OSCAR WILDE

O fantasma de Canterville

e outras histórias

www.lpm.com.br

L&PM POCKET

Coleção **L&PM** POCKET, vol. 284

Texto de acordo com a nova ortografia

Título original: *The Canterville Ghost and Other Stories*

Primeira edição na Coleção **L&PM** POCKET: outubro de 2002
Esta reimpressão: outubro de 2020

Coordenação da tradução: Beatriz Viégas-Faria
Tradução: O crime de Lorde Arthur Savile – Beatriz Viégas-Faria e Cristiano Floriano Almeida
O amigo devotado – Marisa Gershenson
O fantasma de Canterville – Daniel S. Duarte
O jovem rei – Adriana Scolari Costa
O milionário modelo – Flávia Andrade
O pescador e sua alma – Maria Cristina Schleder de Borba
O retrato do Sr. W. H. – José Paulo Golob e Beatriz Viégas-Faria
O príncipe feliz – Paula Pich Garcia
Capa: Ivan Pinheiro Machado sobre detalhe de *Louis Signorino sentado em seu gabinete* por Gustave Bourgain na Galeria George, Londres.
Revisão: Renato Deitos e Jó Saldanha

ISBN 978-85-254-1209-6

W672f Wilde, Oscar, 1854-1900. Pseud.
O fantasma de Canterville / Oscar Fingal O'Flahertie Wills; tradução de Beatriz Viégas-Faria... / et. al/ – Porto Alegre: L&PM, 2020.
208 p.; 18 cm. (Coleção L&PM POCKET)

1. Ficção irlandesa-contos. 2.Wills, Oscar Fingal O'Flahertie Wills, 1854-1900. I. Título. II. Série.

CDD Ir823.1
CDU 820(415)-34

Catalogação elaborada por Izabel A. Merlo, CRB 10/329.

Rua Comendador Coruja, 314, loja 9 – Floresta – 90.220-180
Porto Alegre – RS – Brasil / Fone: 51.3225.5777

PEDIDOS & DEPTO. COMERCIAL: vendas@lpm.com.br
FALE CONOSCO: info@lpm.com.br
www.lpm.com.br

Impresso no Brasil
Primavera de 2020

SUMÁRIO

O CRIME DE LORDE ARTHUR SAVILE

Estudo de um dever

1

Era a última festa de Lady Windermere antes da Páscoa, e Bentinck House estava mais cheia do que nunca. Seis Ministros de Estado tinham vindo diretamente da Recepção ao Presidente do Parlamento, ornamentados com todas as suas condecorações; todas as mulheres bonitas de Londres ostentavam seus vestidos mais elegantes; e, num dos cantos da galeria de retratos, estava a Princesa Sophia de Carlsrühe, uma dama pesada e de aparência tártara, olhinhos diminutos e negros e esmeraldas maravilhosas, conversando a todo o volume num francês horrível e rindo sem moderação de tudo quanto lhe era contado. Era uma fascinante mistura de pessoas, disso não havia dúvida. Deslumbrantes damas da corte conversavam, afáveis, com violentos oposicionistas, religiosos que pregavam ao povo acotovelavam-se com céticos ilustres, e um belo bando de bispos insistia em seguir uma gorda prima-dona de sala em sala; na escadaria encontravam-se vários membros da Academia Real, disfarçados de artistas, e dizia-se que houve uma hora em que o salão de banquetes ficou congestionado com gênios. Na verdade, foi uma das melhores noites de Lady Windermere, e a Princesa ficou até quase onze e meia da noite.

Tão logo ela partiu, Lady Windermere retornou à galeria de retratos – onde um célebre economista político explicava, em tom solene, a teoria científica da música para um indignado virtuose da Hungria –, e começou a conversar com a Duquesa de Paisley. Ela estava divinamente bela, com seu lindo pescoço de marfim, os grandes olhos azuis como miosótis, e o cabelo loiro, farto, encaracolado. O cabelo era *or pur*, não desta cor pálida das palhas que hoje em dia tem usurpado o gracioso nome de "ouro", mas um ouro tal como o que vem tecido em raios de sol ou escondido em notável âmbar, emprestando ao seu rosto um quê da moldura de uma santa com um bocado da fascinação de uma pecadora. Lady Windermere dava um interessante estudo psicológico. Cedo na vida ela descobriu uma importante verdade: nada parece tão inocente quanto uma indiscrição; e, com uma série de brincadeiras impensadas, metade delas bastante inofensivas, adquiriu todos os privilégios de uma personalidade. Trocara de marido mais de uma vez; na verdade, Debrett creditava-lhe três casamentos; mas, como nunca trocou de amante, o mundo, havia muito tempo, cessara de falar dela com escândalo. Contava agora quarenta anos de idade, não tinha filhos e tinha uma desmedida paixão pelo prazer, que é o segredo daqueles que se mantêm jovens.

De repente, ela examinou com impaciência o salão e disse, em sua nítida voz de contralto:

– Onde está meu quiromante?

– Seu o que, Gladys? – perguntou a Duquesa, num sobressalto involuntário.

– Meu quiromante, Duquesa; não sei mais viver sem ele.

– Querida Gladys! Você é sempre tão original – murmurou a Duquesa, tentando lembrar o que era mesmo um quiromante, esperando não fosse o mesmo que um quiropodista.

– Ele vem ler minha mão duas vezes por semana, regularmente – continuou Lady Windermere –, e ele é muito interessante no que faz.

– Meu Deus! – disse a Duquesa para si mesma –, é um tipo de quiropodista, então. Que coisa terrível! Espero que seja um estrangeiro, pelo menos. Daí não seria tão ruim.

– Preciso apresentá-lo a você, com certeza.

– Apresentá-lo! – exclamou a Duquesa. – Você não está querendo dizer que ele está aqui? – E começou a procurar por um pequeno leque de tartaruga e um xale de renda muito gasto, para estar pronta para sair de um minuto para o outro.

Oscar Wilde
(1854-1900)

Oscar Fingal O'Flahertie Wills Wilde nasceu em 1854, em Dublin, filho do cirurgião Sir William Wilde e da escritora conhecida como Speranza. Wilde estudou no Trinity College, em Dublin, e no Magdalen College, em Oxford, e era um aluno brilhante, chegando a ganhar o prêmio Newdigate por seu poema "Ravenna". Enquanto estava em Oxford, a aparência extravagante e a ardente devoção ao esteticismo (ou dandismo) chamou a atenção das pessoas, em grande parte hostis ao seu comportamento. Porém, com seu talento e instinto publicitário, Wilde logo se tornou um nome conhecido no meio literário. Em 1881, publicou *Poems* e, após casar com Constance Lloyd em 1884, publicou alguns volumes de histórias para crianças, originalmente escritas para os próprios filhos. É de 1891 seu único romance, *O retrato de Dorian Gray*. Wilde desfrutou grande sucesso nos palcos com suas inteligentes e brilhantes comédias: *O leque de Lady Windermere* (1892), *A Woman of No Importance* (1893), *Um marido ideal* (1895) e *A importância de ser prudente* (1895). Sua última peça, *Salomé*, escrita em francês, de início foi censurada em Londres. Posteriormente foi adaptada como uma ópera por Richard Strauss e traduzida para o inglês por Lord Alfred Douglas, conhecido como "Bosie", provável amante do autor. O pai de Douglas, o Marquês de Queensberry, que desaprovava fortemente o relacionamento, acusou o notório dramaturgo por suas preferências sexuais. A trágica polêmica levou Wilde para a prisão. Durante o cárcere, escreveu uma carta repleta de ressentimento para Lord Douglas, publicada em 1905 como *De Profundis*. No seu lançamento, em 1897, Wilde estava financeira e emocionalmente arrasado. Nessa época, adotou o nome de Sebastian Melmoth e foi morar na França, onde escreveu seu mais famoso poema, *A balada do cárcere de Reading*. Morreu no exílio, em Paris, em 1900.

Livros do autor na Coleção **L&PM** POCKET

A alma do homem sob o socialismo
De Profundis
O fantasma de Canterville e outras histórias
A importância de ser prudente
O retrato de Dorian Gray

Leia também na Coleção **L&PM** POCKET BIOGRAFIAS

Oscar Wilde – Daniel Salvatore Schiffer

– Mas é claro que está aqui. Eu não sonharia em dar uma festa sem ele. Segundo me disse ele, eu tenho uma mão psíquica pura e, se o meu polegar fosse um tantinho menor, eu teria sido uma pessimista incorrigível e teria levado minha vida num convento.

– Ah, estou entendendo! – disse a Duquesa, sentindo-se aliviada. – Ele lê a sorte, é isso?

– E os azares também – respondeu Lady Windermere –, toda sorte de azares. Ano que vem, por exemplo, estarei em grande perigo, tanto em terra quanto no mar; irei então viver em um balão, e vou içar meu jantar num cesto toda noite. Está tudo escrito no meu mindinho... ou na palma da minha mão, agora esqueci qual.

– Mas isso com certeza é provocar a Providência Divina, Gladys.

– Minha querida Duquesa, com certeza a Providência Divina sabe resistir a provocações a esta altura dos tempos. Acho que todos deviam ler a mão uma vez por mês, que é para saber o que não fazer. Claro, a gente acaba fazendo mesmo assim, mas é agradável ter alguém nos prevenindo. E agora, se ninguém for buscar o Sr. Podgers neste instante, eu mesma vou ter de ir.

– Deixe-me ir, Lady Windermere – disse um jovem alto e bonito que estava ali perto, escutando a conversa com um sorriso divertido.

– Muito obrigada, Lorde Arthur, mas não creio que você o reconheça.

– Se ele é tão maravilhoso como você diz, Lady Windermere, não posso errar. Diga-me como ele é, e eu o trarei para você agora mesmo.

– Bem, ele não se parece nem um pouco com um quiromante. Quer dizer, ele não é misterioso, nem esotérico, e não tem uma aparência romântica. É um homem baixinho, atarracado, com uma careca engraçada, e usa uns óculos grandes, de aro dourado; é uma mistura de médico de família e advogado do interior. Eu sinto muito, mas não é culpa minha. As pessoas são tão irritantes! Todos os meus pianistas parecem poetas, c todos os meus poetas são iguaizinhos a pianistas. Lembro que na última temporada convidei para um jantar um terrorista perigosíssimo, um homem que já explodiu muita gente pelos ares, e que sempre usava uma cota de malha e que sempre tinha uma adaga na manga. Pois saibam vocês que ele chegou e mais parecia um clérigo: um velhinho simpático, fazendo piadas a noite inteira! Claro, ele era muito divertido e tudo o mais, mas para mim foi uma grande decepção; e quando perguntei sobre a cota de malha, ele riu e disse que ela era muito gelada para usar na Inglaterra. Ah, eis aqui o Sr. Podgers! Agora, Sr. Podgers, quero que leia a mão da Duquesa de Paisley. Duquesa, você precisa tirar a sua luva. Não, não a mão esquerda, a outra.

– Querida Gladys, isso não me parece muito correto – disse a Duquesa, desabotoando muito sem vontade uma luva de pelica bem encardida.

– Nada que é interessante é correto – disse Lady Windermere –; *on a fait le monde ainsi*[1]. Mas deixem-me apresentá-los: Duquesa, este é o Sr. Podgers, meu quiromante de estimação. Sr. Podgers, esta é a Duquesa de Paisley e, se você disser que ela tem um monte da lua maior que o meu, nunca mais acredito em você.

– Tenho certeza, Gladys, que não tem nada disso na minha mão – disse a Duquesa num tom grave.

– Sua Graça tem toda razão – falou o Sr. Podgers, dando uma rápida olhada na mãozinha gorda, de dedos curtos e largos –, o monte da lua não se desenvolveu. A linha da vida, por outro lado, é excelente. Por favor, dobre o pulso. Obrigado. Três linhas distintas no *rascette*! Viverá até idade avançada, Duquesa, e será extremamente feliz. Ambição... moderada, linha do intelecto sem grandes exageros, linha do coração...

– Agora, por favor, seja indiscreto, Sr. Podgers – exclamou Lady Windermere.

– Nada me daria mais prazer – disse o Sr. Podgers, inclinando a cabeça numa mesura –, se a Duquesa tivesse

1. Nós fizemos o mundo assim. (N.E.)

indiscrições em sua vida, mas sinto dizer que vejo afeição duradoura, combinada com um forte senso de dever.

– Por favor, continue – disse a Duquesa, parecendo muito satisfeita.

– Economia não é das menores virtudes de Sua Graça – continuou o Sr. Podgers, e Lady Windermere teve um acesso de riso.

– Economia é uma coisa muito boa – observou a Duquesa, satisfeita consigo mesma. – Quando me casei com Paisley, ele tinha onze castelos e nem uma única casa em condições de ser habitada.

– E agora ele tem doze casas e nem um único castelo – exclamou Lady Windermere.

– Bem, minha querida – disse a Duquesa –, eu gosto de...

– Conforto – completou o Sr. Podgers – e instalações modernas e água quente em todos os quartos. Sua Graça tem toda razão. Conforto é a única coisa que a nossa civilização pode nos proporcionar.

– Você leu o caráter da Duquesa de forma admirável, Sr. Podgers, e agora precisa ler o de Lady Flora – e, em resposta a um aceno de cabeça da sorridente anfitriã, uma moça alta, de cabelo amarelado e omoplatas salientes, avançou desajeitada, saindo de detrás do sofá, e estendeu sua mão longa e ossuda, de dedos espatulados.

– Ah, uma pianista! Estou vendo – disse o Sr. Podgers – uma excelente pianista, mas muito provavelmente não uma musicista. Muito reservada, muito honesta, e com um grande amor pelos animais.

– Absolutamente certo! – exclamou a Duquesa, virando-se para Lady Windermere – Absolutamente correto! Flora mantém duas dúzias de cães collie em Macloskie e, se o pai dela deixasse, transformaria nossa casa de campo em um zoológico.

– Bem, isso é justamente o que eu faço com a minha casa todas as quintas-feiras à noite – exclamou Lady Windermere, rindo –, só que, em vez de cães collie, eu prefiro leões.

– Seu único defeito, Lady Windermere – disse o Sr. Podgers, com uma pomposa reverência.

– Se uma mulher não consegue transformar seus defeitos em algo fascinante, ela é apenas uma fêmea – foi a resposta. – Mas você deve ler mais algumas mãos para nós. Venha, Sir Thomas, mostre sua mão ao Sr. Podgers – e um cavalheiro idoso e de aparência afável, de colete branco, apresentou-se e estendeu a mão grossa e áspera, com um dedo médio muito comprido.

– É de natureza aventureira: quatro longas viagens no passado e mais uma por vir. Já naufragou três vezes. Não, só duas, mas corre perigo de um naufrágio em sua próxima viagem. Forte adepto do Partido Conservador, muito pontual, e tem uma paixão: colecionar curiosidades. Teve uma doença grave entre os dezesseis e os dezoito anos. Herdou uma fortuna aos trinta. Grande aversão a gatos e a políticos da oposição.

– Extraordinário – exclamou Sir Thomas. – Você precisa ler a mão da minha esposa também.

– Sua segunda esposa – disse o Sr. Podgers em voz baixa, sempre segurando a mão de Sir Thomas na sua. – Sua segunda esposa. Com o maior prazer. – Mas Lady Marvel, uma mulher de aparência melancólica, de cabelos castanhos e cílios sentimentais, declinou da oferta de ter seu passado e futuro expostos; e nada do que Lady Windermere fez convenceu Monsieur de Koloff, o Embaixador da Rússia, sequer a tirar as luvas. A bem da verdade, muitos ali pareciam temerosos de encarar aquele homenzinho esquisito e seu sorriso caricatural, seus óculos dourados e seus olhos brilhantes como contas; e quando ele disse à pobre Lady Fermor, diante de todos, que ela não se interessava nem um pouco por música, mas era extremamente apegada a músicos, a todos pareceu que quiromancia era ciência das mais perigosas, ciência que não se devia incentivar, exceto num *tête-à-tête*.

Lorde Arthur Savile, entretanto, que não sabia nada sobre a infeliz história de Lady Fermor, e que estivera observando o Sr. Podgers com muito interesse, estava louco de curiosidade para saber o que diziam as linhas de sua própria mão e, sentindo-se um tanto acanhado em oferecer-se, atravessou o salão até onde Lady Windermere estava sentada e, com um rubor que lhe dava certo charme, perguntou à anfitriã se o Sr. Podgers estaria disposto a ler sua mão.

– Mas é claro – disse ela –, é para isso que ele está aqui. Todos os meus leões, Lorde Arthur, são leões amestrados, e saltam no aro sempre que eu mandar. Mas devo adverti-lo de antemão: contarei tudo a Sybil. Ela vem almoçar comigo amanhã, e conversaremos sobre chapéus, e se o Sr. Podgers descobrir que você tem mau gênio, ou tendência para sofrer de gota, ou uma esposa que mora em Bayswater, conto tudinho a ela, pode ter certeza.

Lorde Arthur sorriu e meneou a cabeça num gesto negativo.

– Não tenho medo – respondeu. – Sybil me conhece tão bem quanto eu a conheço.

– Ah, que pena ouvi-lo dizer isso. A base certa para um casamento é o desentendimento mútuo. Não, eu não sou cínica, de modo algum. Apenas tenho experiência, o que, entretanto, é quase a mesma coisa. Sr. Podgers, Lorde Arthur está morrendo de vontade de saber o que diz sua mão. Não diga a ele que está noivo de uma das moças mais lindas de Londres, porque isso apareceu no *Morning Post* no mês passado.

– Querida Lady Windermere – exclamou a Marquesa de Jedburgh –, deixe o Sr. Podgers ficar até mais tarde. Ele acaba de me dizer que eu deveria ser atriz, e isso me interessa muito.

– Se ele lhe disse isso, Lady Jedburgh, preciso afastá-lo de você. Venha cá, e já, Sr. Podgers, e leia a mão de Lorde Arthur.

– Bem – disse Lady Jedburgh, fazendo beicinho enquanto se levantava do sofá –, se não vão me deixar ser atriz, pelo menos cedam-me um lugar na plateia.

– Mas é claro que sim, nós todos estaremos na plateia – disse Lady Windermere. – E agora, Sr. Podgers, trate de nos contar alguma coisa agradável. Lorde Arthur é um dos meus favoritos prediletos.

Mas, quando viu a mão de Lorde Arthur, o Sr. Podgers ficou estranhamente pálido e não disse nada. Houve a impressão de que um súbito calafrio percorreu-lhe o corpo, e suas sobrancelhas, grandes e grossas, contraíam-se convulsivamente, de uma maneira peculiar e irritante, característica de quando ele ficava intrigado. Então, algumas enormes gotas de suor brotaram na pele amarela de sua testa, como um orvalho venenoso, e seus dedos gordos tornaram-se frios e pegajosos.

Lorde Arthur não deixou de perceber esses estranhos sinais de agitação e, pela primeira vez em sua vida, sentiu medo. Seu primeiro impulso foi de sair correndo do salão, mas ele se conteve. Era melhor ficar ciente do pior, fosse o que fosse, do que ficar com uma horrível incerteza.

– Estou esperando, Sr. Podgers – disse ele.

– Estamos todos esperando – exclamou Lady Windermere, naquele seu jeito rápido e impaciente. Mas o quiromante não respondeu.

– Eu acho que Lorde Arthur vai ser ator – disse Lady Jedburgh –, mas depois de sua repreensão, Lady Windermere, o Sr. Podgers está com medo de contar.

O Sr. Podgers de repente soltou a mão direita de Lorde Arthur e tomou-lhe a esquerda, inclinando-se tanto para examiná-la que o aro dourado de seus óculos parecia quase tocar a palma da mão. Por um momento seu rosto tornou-se uma máscara branca de horror, mas em seguida ele recuperou o sangue-frio e, erguendo o olhar para Lady Windermere, disse com um sorriso forçado:

– Esta é a mão de um jovem muito charmoso.

– Claro que é! – respondeu Lady Windermere. – Mas ele vai ser um marido charmoso? Isso é o que eu quero saber.

– Todos os jovens charmosos são maridos charmosos – disse o Sr. Podgers.

– Acho que um marido não deve ser fascinante demais – sussurrou Lady Jedburgh, pensativa. – Seria perigoso.

– Minha querida criança, eles nunca são fascinantes demais – disse Lady Windermere. – Mas o que eu quero são detalhes. Detalhes são as únicas coisas que interessam. O que acontecerá com Lorde Arthur?

– Bem, dentro dos próximos meses Lorde Arthur irá viajar...

– A lua de mel, é claro!

– E perderá um parente.

– Não a irmã, eu espero – disse Lady Jedburgh, num tom de voz comovido.

– Com certeza não é a irmã – respondeu o Sr. Podgers, com um reprovador gesto de mão –, apenas um parente distante.

– Bem, eu estou terrivelmente decepcionada – disse Lady Windermere. – Não tenho nada para contar a Sybil amanhã. Ninguém se importa com parentes distantes hoje em dia. Eles saíram de moda há anos. Entretanto, é melhor ela ter algo em seda preta; vocês sabem, é o que sempre fica bem na igreja. E agora vamos cear. Os outros já devem ter comido tudo, mas nós ainda podemos encontrar um pouco de sopa quente. François preparava uma sopa excelente, mas está tão envolvido com a política hoje em dia que não posso mais garantir. Queria que o General Boulanger ficasse calado. Duquesa, você está cansada, não é mesmo?

– Em absoluto, querida Gladys – respondeu a Duquesa, bamboleando em direção à porta. – Eu me diverti imenso, e o quiropodista, quero dizer, o quiromante, é uma atração. Flora, onde será que está o meu leque de tartaruga? Ah, muitíssimo obrigada, Sir Thomas. E o meu xale de renda, Flora? Ah, obrigada, Sir Thomas, é muita bondade de sua parte – e a valorosa criatura afinal conseguiu descer a escada sem derrubar seu frasquinho de essência mais de duas vezes.

Durante todo esse tempo Lorde Arthur permaneceu em pé junto à lareira, tomado pelo mesmo sentimento de terror, a mesma e nauseante sensação de um mal que se aproxima. Sorriu com tristeza para sua irmã quando esta passou por ele, de braço dado com Lorde Plyndale, linda em seu brocado rosa e suas pérolas, e mal escutou Lady Windermere quando ela o chamou para que a acompanhasse. Ele pensava em Sybil Merton, e a ideia de que alguma coisa pudesse interferir entre os dois fez seus olhos turvarem-se de lágrimas.

Quem olhasse para ele diria que Nêmesis roubara o escudo de Palas e mostrara-lhe a cabeça de uma górgona. Ele estava como que transformado em pedra, e o rosto, em sua melancolia, parecia mármore. Levara até ali a vida suave e luxuosa de um jovem de berço e fortuna, uma vida deslumbrante porque livre de cuidados egoístas, e bela em sua despreocupação juvenil; e agora, pela primeira vez, tomava consciência do terrível mistério do Destino, do horrendo significado da Fatalidade.

Quão louco e monstruoso aquilo tudo parecia! Será que havia mesmo, escrito em sua mão, em caracteres que ele não sabia ler, mas que outro podia decifrar, algum terrível segredo pecaminoso, o sinal ensanguentado de algum crime? Não haveria uma fuga possível? Não éramos mais do que peças de xadrez, movidas por uma força invisível, vasos modelados em barro ao gosto do artista para a honra ou para a vergonha? Sua razão revoltava-se contra isso, porém ele sentia que uma tragédia pairava sobre si, e que ele fora chamado, não mais que de repente, a carregar um fardo insuportável. Os atores é que são felizes. Podem escolher se vão aparecer numa tragédia ou numa comédia, se vão sofrer ou divertir-se, rir ou derramar lágrimas. Mas na vida real é diferente. A maioria dos homens e mulheres são forçados a desempenhar papéis para os quais não têm qualificação. Nossos Guildensterns encenam Hamlet para nós, e nossos Hamlets têm de gracejar como o Príncipe Hal. O mundo é um palco, mas a peça está sendo encenada com um elenco péssimo.

De repente, o Sr. Podgers entrou no salão. Quando viu Lorde Arthur, sobressaltou-se, e seu rosto rústico e gordo tomou uma cor amarelo-esverdeada. Os olhos dos dois se encontraram e, por um momento, houve silêncio.

– A Duquesa deixou uma de suas luvas aqui, Lorde Arthur, e me pediu que viesse buscá-la – disse enfim o Sr. Podgers. – Ah!, ali está ela, sobre o sofá! Boa noite.

– Sr. Podgers, preciso que me dê uma resposta franca e direta, a uma pergunta que vou lhe fazer.

– Outra hora, Lorde Arthur, porque a Duquesa está nervosa. Sinto muito, tenho de ir.

– Não, o senhor não vai. A Duquesa não está com pressa.

– Não se faz uma dama esperar, Lorde Arthur – disse o Sr. Podgers com seu repugnante sorriso. – O belo sexo tende a ser impaciente.

Os lábios lindamente esculpidos de Lorde Arthur curvaram-se num petulante desdém. A pobre Duquesa parecia-lhe de muito pouca importância naquele momento. Ele atravessou o salão até onde o Sr. Podgers estava e estendeu a mão.

– Diga-me o que você viu aqui – disse ele. – Diga-me a verdade. Eu tenho o direito de saber. Não sou nenhuma criança.

Os olhos do Sr. Podgers piscaram por trás de seus óculos de aro de ouro, e ele apoiava-se ora num pé, ora noutro, enquanto seus dedos brincavam nervosos com um vistoso relógio de bolso.

– O que o faz pensar, Lorde Arthur, que vi alguma coisa a mais do que lhe contei?

– Eu sei que você viu, e insisto em que me diga o que foi. Eu pago. Dou-lhe um cheque de cem libras.

Os olhos verdes brilharam por um momento, mas depois tornaram a ficar sem expressão.

– Em guinéus? – disse o Sr. Podgers enfim, em voz baixa.

– Sem problemas. Eu lhe mando um cheque amanhã. Qual é o seu clube?

– Não tenho clube, quer dizer, não no presente momento. Meu endereço é..., mas, com sua licença, aqui está o meu cartão – e, tirando do bolso do colete um pequeno retângulo de cartolina dourada, o Sr. Podgers entregou-o, com uma pequena mesura, a Lorde Arthur, que leu:

Sr. Septimus R. Podgers,
QUIROMANTE PROFISSIONAL
103a West Moon Street

– Meu horário é das dez às quatro – murmurou o Sr. Podgers de maneira mecânica –, e dou desconto para famílias.

– Seja rápido – exclamou Lorde Arthur, muito pálido ao estender-lhe a mão.

O Sr. Podgers olhou nervosamente à sua volta e puxou a pesada cortina da porta, fechando-a.

– Vai levar um tempo, Lorde Arthur. É melhor sentar-se.

– Seja rápido, meu caro senhor – exclamou de novo Lorde Arthur, batendo o pé com raiva no assoalho encerado.

O Sr. Podgers sorriu, puxou do bolso interno do colete uma pequena lupa e cuidadosamente limpou-a com seu lenço.

– Estou pronto – disse ele.

2

Dez minutos depois, com o rosto branco de terror, olhos ensandecidos de desgosto, Lorde Arthur Savile saiu de Bentinck House, correndo e abrindo caminho a cotoveladas na multidão de lacaios em casacos de pele que se postavam ao redor do grande toldo listrado e fingiam não ver nem escutar nada. A noite era de um frio cortante, e os postes de luz a gás ao redor da praça tremeluziam e cintilavam no penetrante vento; mas as mãos de Lorde Arthur ardiam em febre, e ele sentia a testa queimando. Ele continuava e seguia em frente, quase cambaleando, como um bêbado. Um policial olhou-o curioso enquanto passava, e um mendigo, que vinha de uma arcada, encurvado, aproximando-se para pedir esmolas, ficou assustado ao ver um sofrimento maior que o seu. Houve um instante em que Lorde Arthur deteve-se sob um poste de luz e olhou as próprias mãos. Pensou que já se podia detectar nelas a mancha de sangue, e um grito débil brotou de seus lábios trêmulos.

Assassinato, era isso que o quiromante tinha visto. Assassinato! A própria noite parecia saber, e o vento desolado uivava-lhe a notícia nos ouvidos. Os cantos escuros das ruas estavam repletos dela. Dos telhados das casas, ela ria dele.

Primeiro ele foi ao Parque, cujo sombrio arvoredo parecia fasciná-lo. Encostou-se, exausto, contra as grades, refrescando a fronte no metal úmido, escutando o silêncio trêmulo das árvores. "Assassinato! Assassinato!", ele repetia e repetia, como se a iteração pudesse diminuir o horror da palavra. O som da própria voz o fez estremecer, e ainda assim ele quase desejou que Eco pudesse ouvi-lo e acordar a cidade adormecida, arrancando-a de seus sonhos. Sentiu um desejo louco de parar o passante casual e contar-lhe tudo.

Perambulou então a esmo pela Oxford Street, entrando em becos estreitos, indecentes. Duas mulheres de rosto pintado zombaram dele ao vê-lo passar. De um pátio escuro vinha o barulho de xingamentos e pancadas seguidos por gritos estridentes e, amontoados no degrau úmido em frente a uma porta, ele viu as formas encurvadas da pobreza e da velhice. Uma estranha piedade apossou-se dele. Estavam aqueles filhos do pecado e da dor predestinados ao seu fim, como ele ao dele? Eram eles, como ele próprio, apenas marionetes de um espetáculo monstruoso?

E, todavia, não era o mistério, mas sim a comédia do sofrimento o que o impressionava, sua absoluta inutilidade, sua grotesca falta de sentido. Como tudo parecia incoerente! Quanta desarmonia! Ficou perplexo com a discórdia entre o superficial otimismo do dia e os fatos reais da existência. Ele ainda era muito jovem.

Depois de algum tempo, encontrou-se diante da Igreja de Marylebone. A rua silenciosa mais parecia uma longa faixa de prata polida, pincelada aqui e ali pelos escuros arabescos de sombras movediças. Em direção ao horizonte, curvava-se a linha tremeluzente dos postes de luz e, em frente a uma casa pequena de parede na calçada, havia um solitário cabriolé, o cocheiro dormindo em seu interior. Lorde Arthur caminhou apressado em direção a Portland Place, olhando ao seu redor de vez em quando, como se temesse estar sendo seguido. Na esquina da Rich Street havia dois homens parados, lendo um pequeno aviso num tapume. Foi tomado por uma estranha sensação de curiosidade, e atravessou a rua. Ao aproximar-se, a palavra "Assassinato", impressa em letras pretas, encontrou seu olhar. Ele se sobressaltou, e um forte rubor tomou-lhe a face. Era um anúncio, oferecendo uma recompensa por qualquer informação que levasse à prisão de um homem de estatura mediana, entre trinta e quarenta anos de idade, de chapéu-coco e casacão preto, calça xadrez, com uma cicatriz no lado direito do rosto. Ele leu e releu o anúncio e ficou imaginando se aquele infeliz um dia seria preso e como teria arranjado aquela cicatriz. Talvez algum dia seu próprio nome poderia estar estampado nos muros de Londres. Algum dia, talvez, seria colocado um preço por sua cabeça também.

O pensamento deixou-o nauseado de horror. Girou nos calcanhares e apressou-se em continuar andando noite adentro.

Mal conhecia os lugares por onde esteve. Tinha uma vaga lembrança de perambular por um labirinto de casas sórdidas, e já amanhecia quando por fim ele viu que estava em Piccadilly Circus. Enquanto caminhava para casa em direção à Belgrave Square, encontrou as grandes carroças a caminho de Covent Garden. Os carroceiros de jaquetas brancas, com suas caras simpáticas e bronzeadas, cabelo crespo e duro, andavam a passos largos e robustos, estalavam seus chicotes, gritando, de vez em quando, uns para os outros. No dorso de um enorme cavalo cinzento – o líder de um grupo barulhento – montava um rapazote rechonchudo, com um ramo de primaveras em seu chapéu gasto, segurando firme na crina com suas pequeninas mãos e gargalhando. E as grandes pilhas de verduras pareciam massas de jade contra o alvorecer, massas de jade verde contra as pétalas rosadas de uma rosa deslumbrante.

Lorde Arthur sentiu-se estranhamente comovido, sem saber dizer por quê. Havia algo na delicada beleza do amanhecer que lhe pareceu inexprimível e patético, e ele pensou em todos os dias que começam com beleza e terminam em tempestade. Aqueles homens rústicos, também, com suas vozes ásperas e bem-humoradas e seus modos displicentes, que Londres estranha eles enxergavam! Uma Londres livre do pecado da noite e da fumaça do dia, uma pálida cidade fantasmagórica, uma desolada cidade de túmulos! Ficou pensando consigo mesmo o que seria que eles pensavam dela, se conheciam algo do seu esplendor e de sua vergonha, de sua ferocidade e seus abrasadores deleites e de sua fome incessante, de tudo o que nela se cria e se destrói desde a manhã até a noite. Provavelmente para eles era apenas um mercado onde levavam seus produtos para vender, e onde permaneciam por algumas horas no máximo, deixando as ruas ainda mudas, as casas ainda adormecidas. Deu-lhe prazer vê-los passar. Rudes como eram, com seus pesados sapatos de solas pregadas e seu porte desajeitado, traziam um pouco da Arcádia consigo. Lorde Arthur sentiu que eles tinham crescido com a Natureza, e ela lhes ensinara a paz. Invejou-os por todas as coisas a eles desconhecidas.

Quando chegou a Belgrave Square, o céu estava de um azul pálido, e os pássaros começavam a gorjear nos jardins.

3

Quando Lorde Arthur despertou eram doze horas; o sol do meio-dia entrava pelas cortinas de seda marfim do seu quarto. Ele se levantou e olhou pela janela. Um mormaço quente e abafado pairava sobre a metrópole, e os telhados das casas ostentavam um tom escuro de prateado. No gramado tremeluzente da praça logo abaixo, umas poucas crianças corriam como se fossem esvoaçantes borboletas brancas, e a calçada estava tomada de pessoas a caminho do Parque. Nunca a vida lhe pareceu mais encantadora, nunca lhe pareceram mais remotas as coisas ruins.

Então seu criado trouxe-lhe uma xícara de chocolate quente em uma bandeja. Depois de tomar a bebida, abriu a pesada cortina de pelúcia cor de pêssego que escondia uma porta e passou para o banheiro. A luz entrava do teto, suave, através de finas telhas de ônix transparente, e a água na banheira de mármore cintilava, parecendo uma opala. Ele entrou rápido na água, até suas frias ondulações lhe tocarem a garganta e o cabelo, e então mergulhou a cabeça, como quem quer apagar a mancha de alguma lembrança vergonhosa. Quando saiu do banho, sentiu-se quase em paz. As deliciosas sensações do momento o haviam dominado, como acontece com frequência no caso das naturezas bem forjadas, pois os sentidos, assim como o fogo, podem tanto purificar como destruir.

Depois do desjejum ele atirou-se em um divã e acendeu um cigarro. No console da lareira, com moldura de fino brocado antigo, ficava uma grande fotografia de Sybil Merton, como ele a tinha visto pela primeira vez, no baile de Lady Noel. A cabeça, pequena, de linhas requintadas, inclinava-se levemente para um lado como se o pescoço, delgado ao extremo, mal pudesse suportar o peso de tamanha beleza; os lábios estavam ligeiramente descerrados, e pareciam feitos para uma música suave. Toda a terna pureza da meninice transparecia, maravilhada, dos olhos sonhadores. Com seu vestido justo e macio de *crêpe-de-chine* e seu grande leque em forma de folha, ela parecia uma daquelas pequenas e delicadas silhuetas que os homens encontram nos bosques de oliveiras perto de Tânagra; e havia um quê de graça helênica em sua pose e e em sua atitude. E no entanto ela não era *mignon*. Era simplesmente e perfeitamente proporcional – coisa rara numa idade em que tantas mulheres são gigantescas ou insignificantes.

Agora que Lorde Arthur olhava para ela, encheu-se ele daquela terrível piedade que nasce do amor. Casar com ela, percebeu, com a fatalidade do assassínio pairando sobre sua cabeça, seria uma traição igual à de Judas, um pecado muito pior que os sonhados pelos Borgia. Que felicidade poderia haver para eles, quando a qualquer momento poderia ser chamado a cumprir a terrível profecia escrita em sua mão? Que vida seria a deles enquanto o Destino ainda mantivesse aquela pavorosa previsão na balança? O casamento deveria ser adiado, a qualquer custo. Estava decidido a tanto. Embora amasse a garota com ardor, e o mero toque de seus dedos, quando sentavam juntos, fizesse cada nervo de seu corpo vibrar com um prazer extraordinário, ainda assim ele enxergava com clareza o seu dever, e tinha total consciência do fato de não ter direito a casar-se antes de cometer o crime. Isso feito, ele poderia apresentar-se diante do altar com Sybil Merton e colocar sua vida nas mãos dela sem o medo de a estar enganando. Isso feito, poderia acolhê-la em seus braços, sabendo que ela jamais precisaria enrubescer por causa dele, jamais teria de baixar a cabeça com vergonha. Mas primeiro teria de ser feito o que precisava ser feito; e o quanto antes melhor, para ambos.

Muitos homens em sua posição teriam preferido o caminho prazenteiro do gracejo às encostas íngremes do dever; mas Lorde Arthur era consciencioso demais para colocar o prazer acima de seus princípios. Havia mais do que mera paixão em seu amor; e Sybil era para ele um símbolo de tudo o que é bom e nobre. Por um momento ele sentiu uma repugnância natural contra o que fora intimado a fazer, mas aquilo logo se dissipou. Seu coração dizia-lhe não ser aquilo um pecado, mas antes um sacrifício; sua razão lembrava-o não haver nenhum outra saída. Ele tinha de escolher entre viver para si ou viver para os outros e, por mais terrível que fosse, sem dúvida, a tarefa que lhe fora destinada, ele sabia não poder tolerar o triunfo do egoísmo sobre o amor. Cedo ou tarde nós todos somos chamados a decidir a mesma questão – pois a todos a mesma questão é apresentada. Para Lorde Arthur, ela surgiu muito cedo em sua vida – antes de sua natureza arruinar-se pelo cinismo calculista da meia-idade, ou de seu coração corroer-se pelo volúvel e elegante egoísmo de nossa época, e ele não hesitou quanto a cumprir com seu dever. Também felizmente, para ele, Lorde Arthur não era mero sonhador ou diletante inútil. Se fosse, teria hesitado, como Hamlet, deixando a indecisão arruinar seu propósito. Mas ele era um homem essencialmente prático. A vida para ele significava mais ação do que pensamento. Ele possuía a mais rara dentre todas as qualidades, o bom senso.

As sensações ferozes e turvas da noite anterior haviam então cessado. Foi quase com uma sensação de vergonha que recordou de sua louca caminhada a esmo, de rua em rua, de sua intensa agonia emocional. A própria sinceridade de seus sofrimentos fazia com que agora eles lhe parecessem irreais. Perguntou-se como pudera ser tão tolo, perturbando-se a ponto de delirar frente ao inevitável. A única questão que parecia incomodá-lo era de quem dar cabo, pois não estava cego para o fato de que o homícidio, assim como as religiões do mundo pagão, exige, além de um sacerdote, uma vítima. Como não era um gênio, Lorde Arthur não possuía inimigos e, na verdade, sabia não ser este o momento para vingar-se de algum ressentimento ou antipatia; a missão em que estava envolvido era de grande e grave solenidade. Assim, elaborou uma lista de amigos e parentes numa folha de papel de carta e, após cuidadosas considerações, decidiu-se por Lady Clementina Beauchamp, uma velhinha muito querida que vivia na Curzon Street e era sua prima em segundo grau por parte de mãe. Sempre fora muito afeiçoado a Lady Clem, como todos a chamavam; e, como ele próprio era muito rico, tendo herdado todos os bens de Lorde Rugby quando atingiu a maioridade, não existiria a possibilidade de ele obter alguma vulgar vantagem monetária com a morte dela. De fato, quanto mais pensava sobre o assunto, mais ela lhe parecia ser a pessoa certa. Sentindo que qualquer demora seria uma injustiça para com Sybil, resolveu tratar dos preparativos de uma vez.

A primeira coisa a ser feita, claro, era acertar as contas com o quiromante. Então, sentou-se a uma pequena escrivaninha Sheraton perto da janela, preencheu um cheque de cento e cinco libras, pagável ao Sr. Septimus Podgers e, colocando-o num envelope, pediu ao seu criado para levá-lo à West Moon Street. Depois, telefonou para seu cocheiro nos estábulos e vestiu-se para sair. Quando deixava o quarto, voltou-se para olhar a fotografia de Sybil Merton, e jurou: acontecesse o que acontecesse, nunca ele a deixaria saber o que estava fazendo por ela, mas guardaria o segredo de seu autossacrifício escondido para sempre em seu coração.

No caminho para o Buckingham, parou em um florista e enviou a Sybil uma linda cesta de narcisos, de formosas pétalas brancas; chegando ao clube, foi direto à biblioteca, apertou a campainha e pediu ao garçom que lhe trouxesse uma soda limonada e um livro sobre toxicologia. Tomara uma firme decisão: veneno era a melhor solução a adotar nesse assunto problemático. Detestava ao extremo qualquer violência física e, além disso, sentia-se muito desejoso de não matar Lady Clementina de algum modo que pudesse atrair atenção pública, porquanto odiava a ideia de ficar celebrizado nos salões de Lady Windermere, ou de vislumbrar seu nome figurando nos parágrafos dos jornais vulgares da sociedade. Também precisava pensar nos pais de Sybil, pessoas bastante antiquadas, que poderiam opor-se ao casamento se houvesse algum escândalo, embora estivesse certo de que, se lhes contasse todos os fatos do caso em questão, eles seriam os primeiros a apreciar os motivos que o levaram à ação. Ele tinha toda razão em decidir-se por um veneno: era seguro, infalível e silencioso e descartava qualquer necessidade de cenas dolorosas, às quais, como a maioria dos ingleses, ele se opunha radicalmente.

Da ciência dos venenos, no entanto, ele não conhecia nada e, como o garçom mostrava-se incapaz de encontrar qualquer coisa na biblioteca além do *Ruff's Guide* e do *Bailey's Magazine,* ele mesmo examinou as estantes de livros e afinal encontrou uma edição lindamente encadernada da *Pharmacopoeia* e uma cópia da *Toxicologia* de Erskine, editada por Sir Mattew Reid, Presidente da Escola Real de Medicina e um dos membros mais antigos do Buckingham, tendo sido eleito por engano no lugar de outro candidato, um contratempo que enfureceu de tal modo o Comitê que, quando o verdadeiro candidato surgiu, foi vetado por unanimidade. Lorde Arthur não conseguia entender os termos técnicos empregados nos dois livros e estava começando a arrepender-se de não ter prestado mais atenção aos seus estudos clássicos em Oxford quando, no segundo volume de Erskine, encontrou uma descrição completa e muito interessante das propriedades da aconitina, escrita num inglês razoavelmente claro. Pareceu-lhe ser exatamente o veneno que ele estava procurando: de efeito rápido – quase imediato –, completamente indolor e, quando ingerido sob forma de cápsula gelatinosa, o modo recomendado por Sir Matthew, até deixava de ser intragável. Consequentemente, tomou nota, sobre o punho da camisa, da quantidade necessária para uma dose fatal; pôs os livros de volta em seus lugares e dirigiu-se, a pé, pela St. James Street, até a loja de Pestle e Humbey, os famosos farmacêuticos. O Sr. Pestle, que sempre atendia pessoalmente a aristocracia, ficou bastante surpreso com o pedido e, de maneira muito respeitosa, murmurou algo sobre haver a necessidade de uma autorização médica. Entretanto, tão logo Lorde Arthur explicou-lhe ser o veneno para um grande mastim norueguês do qual estava precisando livrar-se, pois mostrava sinais de raiva incipiente, já tendo mordido por duas vezes o cocheiro na batata da perna, o homem deu-se por plenamente satisfeito, felicitando Lorde Arthur pelos seus brilhantes conhecimentos em Toxicologia, e tratou de aviar a prescrição.

Lorde Arthur colocou a cápsula em uma pequena e bonita *bonbonnière* de prata que viu na vitrina de uma loja em Bond Street, jogou fora a feiosa caixa de pílulas da Pestle & Humbey's e, sem mais demora, foi até a residência de Lady Clementina.

– Bem, *monsieur le mauvais sujet*[2] – exclamou a velha senhora quando ele ia entrando na sala –, por que não veio me visitar esse tempo todo?

2. Seu malvado. (N.E.)

– Minha querida Lady Clem, não tenho tempo nem mesmo para mim – respondeu Lorde Arthur, sorrindo.

– Você está querendo me dizer que passa os dias com a Srta. Sybil Merton, comprando *chiffons* e falando de coisas sem o menor sentido? Não entendo por que as pessoas fazem tanto alarde quando o assunto é casamento. Na minha época, os noivos nem sonhavam em trocar carícias e beijos em público. Pensando bem, nem na intimidade.

– Eu lhe asseguro que não vejo Sybil há vinte e quatro horas, Lady Clem. Até onde sei, ela está entregue às suas chapeleiras.

– Mas claro! Essa é a única razão por que você vem visitar uma velha feia como eu. Eu me admiro como é que vocês, homens, não são mais precavidos. *On a fait des folies pour moi*[3], e aqui estou eu, uma pobre criatura reumática, com uma franja postiça e de gênio difícil. Pois olhe, se não fosse a minha querida Lady Jansen me mandar todos os piores romances franceses que ela encontra, eu acho que não suportava mais um dia. Médicos não servem para nada, a não ser para cobrar suas consultas. Não conseguem nem mesmo curar minha azia.

– Eu lhe trouxe um remédio para isso, Lady Clem – disse Lorde Arthur, muito sério. – É uma maravilha, invenção de um americano.

– Não me agradam as invenções americanas, Arthur. Aliás, não gosto delas nem um pouco. Li alguns romances americanos recentemente, e todos eram verdadeiros absurdos.

– Ah, mas não tem absurdo nenhum nisto aqui, Lady Clem! Eu lhe asseguro, é o perfeito remédio. A senhora tem de me prometer que vai experimentar. – E Lorde Arthur tirou a caixinha do bolso e entregou-a a Lady Clem.

– Bem, a caixinha é um encanto, Arthur. É um presente, mesmo? É muita gentileza sua. E este é o remédio maravilhoso? Parece um bombom. Vou tomar agora mesmo.

– Deus do céu, Lady Clem! – exclamou Lorde Arthur, segurando-lhe a mão –, a senhora não deve fazer nada assim.

3. Fizeram loucuras por mim. (N.E.)

Sybil, também, embora cheias de amor, confiança e ternura, possuíam um tom muitas vezes triste, e vez que outra ele pensava havê-la perdido para sempre.

Depois de duas semanas, Lorde Surbiton cansou-se de Veneza e decidiu percorrer a costa até Ravenna, quando ouviu falar que havia um importante jogo de dardos em Pinetum. Lorde Arthur, de início, recusou-se a ir, mas Surbiton, por quem tinha extrema afeição, acabou convencendo-o de que, se ficasse sozinho no Danielli's, morreria de tédio. Assim, na manhã do dia 15, eles partiram, com um forte vento nordeste soprando, e um mar bastante encrespado. O esporte era excelente, e uma vida desprendida, ao ar livre, trouxe a cor de volta às faces de Lorde Arthur. Mas, por volta do dia 22, ele se viu ansioso, pensando em Lady Clementina, e, apesar dos protestos de Surbiton, voltou de trem para Veneza.

Quando desembarcou de sua gôndola e pisou nos degraus do hotel, o proprietário veio recebê-lo com um maço de telegramas. Lorde Arthur arrancou-os da mão do homem e os rasgou para abri-los. Tudo fora bem sucedido. Lady Clementina morrera muito de repente, na noite do dia 17!

Seu primeiro pensamento foi para Sybil, e ele lhe enviou um telegrama, anunciando seu retorno imediato a Londres. Então, ordenou ao seu criado que fizesse suas malas para remetê-las ainda à noite, dispensou seus gondoleiros pagando-lhes quase cinco vezes mais que o preço justo, e subiu correndo as escadas até sua sala de estar, com passadas leves e o coração nas nuvens. Lá encontrou três cartas à sua espera. Uma era de Sybil, cheia de solidariedade e condolências. As outras eram de sua mãe e do advogado de Lady Clementina. Aparentemente a velha senhora havia jantado com a Duquesa aquela noite, e a todos tinha encantado com sua inteligência e senso de humor, mas tinha ido para casa um tanto cedo, queixando-se de azia. Pela manhã, foi encontrada morta em sua cama, e, pelo jeito, fora uma morte sem dor. Sir Matthew Reid foi chamado no mesmo instante, mas, é claro, não havia nada a ser feito, e ela seria enterrada no dia 22, em

Beauchamp Chalcote. Poucos dias antes de morrer, fizera seu testamento, e deixou para Lorde Arthur sua pequena casa da Curzon Street, e toda a sua mobília, bens pessoais e quadros, com exceção de sua coleção de miniaturas, que iria para sua irmã, Lady Margaret Rufford, e seu colar de ametistas ficava para Sybil Merton. A propriedade não era de muito valor, mas o Sr. Mansfield, o advogado, estava extremamente desejoso de que Lorde Arthur retornasse logo, se possível, pois havia muitas contas a serem pagas, e Lady Clementina jamais teve uma regularidade contábil.

Lorde Arthur ficou muito comovido por Lady Clementina ter se lembrado dele com bondade, e sentiu que o Sr. Podgers tinha muito o que explicar. Seu amor por Sybil, entretanto, dominava qualquer outra emoção, e a consciência de que ele cumprira com o seu dever dava-lhe paz e reconfortava-o. Quando chegou a Charing Cross, sentia-se pleno de felicidade.

Os Merton o receberam com muita gentileza. Sybil fez ele prometer que nunca mais deixaria coisa alguma interpôr-se entre eles, e o casamento ficou marcado para o dia 7 de junho. Uma vez mais a vida lhe pareceu bela e brilhante, e voltou-lhe toda a alegria dos velhos tempos.

Um dia, no entanto, enquanto examinava a casa da Curzon Street, acompanhado de Sybil e do advogado de Lady Clementina, queimando pacotes de cartas amarelecidas e revirando gavetas com todo tipo de coisas sem valor, a jovem de repente deu um gritinho de prazer.

– O que você encontrou, Sybil? – perguntou Lorde Arthur, erguendo o olhar de sua tarefa e sorrindo.

– Esta linda *bonbonnière* de prata, Arthur. Não é uma coisa diferente? Você poderia me dá-la de presente! Eu sei que as ametistas só vão combinar comigo quando eu estiver com mais de oitenta anos.

Era a caixinha que guardara a aconitina.

Lorde Arthur sobressaltou-se, e um leve rubor veio-lhe à face. Quase tinha esquecido o que fizera, e pareceu-lhe uma curiosa coincidência que Sybil, justo por quem ele passara toda aquela terrível ansiedade, fosse a primeira a lembrá-lo do ocorrido.

– Claro, pode ficar com ela, Sybil. Eu mesmo dei-a de presente à pobre Lady Clem.

– Ah, obrigada, Arthur. Posso ficar com o bombom também? Eu não tinha ideia que Lady Clementina gostava de doces. Sempre pensei nela como intelectual demais.

Lorde Arthur empalideceu, e uma ideia horrível cruzou-lhe a mente.

– Bombom, Sybil? Como assim? – disse ele em voz pausada e rouca.

– Tem um aqui dentro, só isso. Parece que está velho, e empoeirado, e não tenho a menor intenção de comê-lo. Qual é o problema, Arthur? Como você está branco!

Lorde Arthur atravessou a sala correndo e pegou a caixinha. Dentro dela estava a cápsula cor de âmbar, com sua bolha de veneno. Lady Clementina afinal tinha morrido de causas naturais!

O choque da descoberta foi demais para Arthur. Ele jogou a cápsula no fogo da lareira e deixou-se afundar no sofá com um grito de desespero.

5

O Sr. Merton ficou aflito com o segundo adiamento das bodas, e Lady Julia, que já havia encomendado seu vestido para a cerimônia, fez tudo a seu alcance para convencer Sybil a desmanchar o noivado. Mesmo assim, embora Sybil amasse muito sua mãe, ela havia entregado a sua vida nas mãos de Lorde Arthur, e nada que Lady Julia dissesse faria Sybil vacilar em sua confiança nele. Quanto a Lorde Arthur, levou dias para recuperar-se, tão terrivelmente desapontado ficara; e por algum tempo seus nervos ficaram em frangalhos. Entretanto, seu excelente bom senso logo prevaleceu, e sua mente, saudável e prática, não o deixou tempo demais em dúvidas sobre o que fazer. Como o veneno fora um verdadeiro fracasso, a dinamite, ou algum outro tipo de explosivo, era obviamente a coisa adequada a se tentar.

Daí que ele consultou novamente a lista de amigos e parentes e, após cautelosas considerações, resolveu explodir seu tio, o Deão de Chichester. O Deão, homem de grande cultura e muito estudo, era um amante dos relógios, e possuía uma coleção maravilhosa, com peças datando desde o século XV até os dias de hoje, e quis parecer a Lorde Arthur que esse *hobby* do bom Deão oferecia-lhe uma excelente oportunidade para executar seu plano. Onde conseguir uma máquina explosiva, claro, eram outros quinhentos. O Guia de Londres não lhe ofereceu nenhuma informação a esse respeito, e ele intuiu que pouco lhe adiantaria ir até a Scotland Yard, pois lá eles pareciam nada saber sobre os movimentos da facção dinamitista antes de ocorrer alguma explosão e, mesmo depois, também não ficavam sabendo muito mais.

Súbito, lembrou de seu amigo Rouvaloff, um jovem russo de tendências bem revolucionárias, que ele conhecera na casa de Lady Windermere no último inverno. O Conde Rouvaloff estava supostamente escrevendo uma biografia de Pedro, o Grande, e supostamente chegara à Inglaterra com o propósito de estudar os documentos referentes à estadia do Czar no país, na qualidade de carpinteiro naval. Mas, em geral, suspeitava-se que Rouvaloff era um agente niilista, e não havia dúvidas que a Embaixada Russa não tinha qualquer simpatia à sua presença em Londres. Lorde Arthur intuiu ser ele o homem certo para o seu objetivo. Uma manhã, dirigiu-se aos alojamentos de Rouvaloff em Bloomsbury, para pedir-lhe conselho e assistência.

– Então você está encarando a política com seriedade? – disse o Conde, após Lorde Arthur ter lhe falado do objeto de sua missão.

Mas Lorde Arthur, que detestava vangloriar-se, sentiu-se na obrigação de admitir a Rouvaloff que as questões sociais não tinham o menor interesse para ele, e que ele apenas queria a máquina explosiva para um assunto puramente familiar, e no qual ninguém estava envolvido senão ele mesmo.

O Conde Rouvaloff observou-o atônito por alguns momentos e então, ao ver que Lorde Arthur não estava brincando, escreveu um endereço num pedaço de papel, rubricou e entregou-o ao homem do outro lado da mesa.

– A Scotland Yard daria qualquer coisa para saber esse endereço, meu caro camarada.

– Eles não o terão – exclamou Lorde Arthur, rindo.

Depois de trocar um caloroso aperto de mão com o jovem russo, desceu correndo os degraus, examinou o papel e pediu ao cocheiro para levá-lo até Soho Square.

Lá chegando, dispensou o cocheiro e caminhou pela Greek Street, até chegar a um lugar chamado Bayle's Court. Passou debaixo de uma arcada e viu-se em um curioso beco sem saída, pelo visto ocupado por uma lavanderia do tipo francês, já que havia um perfeito varal de cordas esticadas entre as casas de um lado e outro da rua e o leve esvoaçar de lençóis brancos no ar da manhã. Lorde Arthur andou até o fim da rua e bateu à porta de uma casa pequena e verde. Após alguma demora, quando então cada janela transformou-se em um quadro borrado de rostos indagadores, a porta foi aberta por um estrangeiro de aparência bastante rude, perguntando-lhe num inglês muito ruim qual era o seu negócio ali. Lorde Arthur passou ao homem o papel que lhe fora entregue por Rouvaloff. Quando viu aquilo, o homem saudou-o e convidou Lorde Arthur a entrar em uma saleta de visitas muito acanhada ali no térreo mesmo e, em poucos instantes, Herr Winckelkopf, como era chamado na Inglaterra, entrou na saleta, alvoroçado e com pressa, um guardanapo todo manchado de vinho no pescoço e um garfo na mão esquerda.

– O Conde Rouvaloff é quem está me apresentando ao senhor – disse Lorde Arthur, fazendo uma mesura –, e eu preciso muito conversar com o senhor, rapidinho, sobre um assunto de negócios. Meu nome é Smith, Sr. Robert Smith, e gostaria que o senhor me fornecesse um relógio explosivo.

– Encantado em conhecê-lo, Lorde Arthur – disse o cordial alemão, um sorridente homenzinho, dando uma gargalhada. – Não me olhe tão alarmado; é meu dever conhecer todo mundo, e lembro de tê-lo visto uma noite na casa de Lady Windermere. Espero que Lady Windermere esteja bem. Importa-se de sentar comigo enquanto termino o meu desjejum? Temos um patê excelente, e meus amigos comentam com gentileza que o meu vinho do Reno é melhor do que qualquer vinho que eles bebem na Embaixada Alemã – e, antes de Lorde Arthur recuperar-se da surpresa de ter sido reconhecido, já estava sentado na sala dos fundos, sorvendo o mais delicioso Marcobrünner de um cálice de coloração levemente amarelada, especial para vinho branco, com o monograma imperial gravado, e já estava também conversando com o famoso conspirador como se fossem muito amigos.

– Relógios explosivos – disse Herr Winckelkopf – não são muito bons para exportar, pois, mesmo se conseguem passar pela alfândega, os horários dos trens são tão irregulares que as bombas em geral explodem antes de alcançarem seu destino. Entretanto, se o senhor quer um para uso doméstico, posso lhe fornecer um artigo excelente, e garanto que o senhor ficará satisfeito com o resultado. Posso perguntar quem é o alvo? Se for a polícia, ou alguém ligado à Scotland Yard, sinto muito, não posso atender o seu pedido. Os detetives ingleses são na verdade nossos melhores amigos, e os fatos sempre me mostraram que, confiando na estupidez deles, podemos fazer tudo o que quisermos. Não posso desperdiçar nenhum deles.

– Isso nada tem a ver com a polícia, eu lhe asseguro – disse Lorde Arthur. – Na verdade, o relógio é para o Deão de Chichester.

– Minha nossa! Eu não fazia ideia de que o senhor tivesse uma oposição tão radical contra a religião, Lorde Arthur. Poucos jovens são contra, hoje em dia.

– Receio que o senhor esteja me superestimando, Herr Winckelkopf – replicou Lorde Arthur, corando. – O fato é que na verdade não sei nada sobre teologia.

– Mas então é uma questão puramente pessoal?

– Puramente pessoal.

Herr Winckelkopf deu de ombros e deixou a sala, voltando poucos minutos depois com uma pastilha redonda de dinamite, do tamanho aproximado de uma moeda de um centavo de libra, e um bonito e pequeno relógio francês, encimado por uma figura dourada da Liberdade pisoteando a serpente do Despotismo. O rosto de Lorde Arthur iluminou-se quando viu o relógio.

– É justo o que eu queria! – exclamou. – Agora diga-me como faço para detoná-lo.

– Ah, aí está o meu segredo – respondeu Herr Winckelkopf, contemplando sua invenção com um justificado orgulho no olhar. – Diga-me para quando quer a explosão, e eu ajusto a máquina para o momento certo.

– Bem, hoje é terça-feira. Se o senhor pudesse enviá-la imediatamente...

– Impossível; estou muito ocupado com um trabalho importante para uns amigos meus em Moscou. Contudo, eu poderia enviá-la amanhã.

– Ah, mas assim fica bem! – respondeu Lorde Arthur com polidez. – Se for entregue amanhã à noite, ou quinta-feira pela manhã, ainda chega em tempo. Quanto à hora da explosão... digamos, na sexta-feira ao meio-dia em ponto. O Deão está sempre em casa a essa hora.

– Sexta-feira ao meio-dia – repetiu Herr Winckelkopf, anotando a data em um grande livro-razão sobre uma escrivaninha próxima à lareira.

– Agora – disse Lorde Arthur, levantando de sua cadeira –, diga-me por favor quanto lhe devo.

– É um assunto de tão pouca monta, Lorde Arthur, que nem me preocupo em cobrar. A dinamite custa sete xelins e meio, o relógio é três libras e dez xelins, e a carruagem fica em cinco xelins. Fico sempre feliz em poder ajudar um amigo do Conde Rouvallof.

– Mas e quanto ao seu trabalho, Herr Winckelkopf?

– Ora, isso não é nada! Para mim, é uma satisfação. Não trabalho por dinheiro. Vivo para minha arte, de corpo e alma.

Lorde Arthur depositou as quatro libras e os dois xelins e meio sobre a mesa, agradeceu ao alemão por sua generosidade e, quando conseguiu recusar um convite para conhecer alguns anarquistas em um jantar com chá, cedo da noite, no sábado seguinte, retirou-se e saiu em direção ao Parque.

Durante os dois dias seguintes viu-se em um estado de grande animação, e na sexta-feira, às doze horas, dirigiu-se ao Buckingham para esperar as notícias. O mensageiro, impassível, passou a tarde toda afixando telegramas vindos de diferentes partes do país, anunciando os resultados das corridas de cavalos, vereditos de processos de divórcio, a previsão do tempo, e coisas assim, enquanto o telégrafo imprimia detalhes aborrecidos sobre uma sessão na Câmara dos Comuns que varara a madrugada, e um certo pânico na Bolsa da Valores. Às quatro da tarde chegaram os jornais da noite, e Lorde Arthur desapareceu biblioteca adentro com o *Pall Mall*, o *St. James*, o *Globe* e o *Echo*, para grande indignação do Coronel Goodchild, que queria ler as reportagens de um discurso que ele fizera aquela manhã em Mansion House sobre as Missões Sul-Africanas e se não seria aconselhável ter bispos negros em cada província; e o Coronel, por alguma razão, tinha um enorme preconceito contra o *Evening News*. No entanto, nenhum dos jornais trazia qualquer alusão a Chichester, e Lorde Arthur logo imaginou que o atentado falhara. Foi um baque terrível para ele e, por algum tempo, sentiu-se bastante enervado. Herr Winckelkopf, a quem foi ver no dia seguinte, apresentou-lhe elaborados pedidos de desculpas e ofereceu-se para arranjar-lhe um outro relógio, de graça, ou então uma caixa de bombas de nitroglicerina a preço de custo. Mas ele perdera a fé em explosivos, e o próprio Herr Winckelkopf reconheceu que tudo é tão adulterado hoje em dia que mesmo dinamite estava difícil de conseguir em seu estado puro. O alemão, contudo, conquanto admitisse que algo devia ter falhado no mecanismo, não perdera as esperanças de que o relógio pudesse ainda detonar, e deu como exemplo o caso de um barômetro por ele enviado certa vez ao Governador militar de Odessa: embora preparado para explodir em dez dias, só foi explodir cerca de três meses depois. Quando explodiu, verdade seja dita, apenas conseguiu reduzir uma empregada a átomos, estando o Governador fora da cidade havia seis semanas, mas ao menos mostrou que a dinamite, como força destrutiva, quando sob o controle de um mecanismo, era um agente poderoso, embora não necessariamente pontual. Essa reflexão sobre o assunto de certo modo consolou Lorde Arthur, mas, mesmo assim, ele estava predestinado à decepção, pois, passados dois dias, enquanto ele subia as escadas, a Duquesa chamou-o ao seu *boudoir* e mostrou-lhe uma carta que ela recém tinha recebido, remetida do Gabinete do Deão.

– Jane escreve cartas encantadoras – disse a duquesa. – Você tem de ler a última. É tão boa quanto os romances que Mudie nos envia.

Lorde Arthur tomou a carta da mão da Duquesa. Lia-se o seguinte:

GABINETE DO DEÃO, CHICHESTER,
27 de maio

MINHA TIA QUERIDA

Muito obrigada pela flanela para a Sociedade Dorcas, e também pelo algodão listrado. Concordo plenamente com você: é bobagem querer vestir coisas belas, mas todos são tão radicais na oposição e tão descrentes da religião hoje em dia que é difícil fazê-los ver que não deviam tentar vestir-se como as classes mais altas. Só tenho certeza de que não sei o que vai ser de nós. Como papai costuma dizer em seus sermões, vivemos em uma época de falta de fé.

Temos nos divertido muito com um relógio que papai recebeu na última quinta-feira, mandado por um admirador desconhecido. Chegou de Londres, numa caixa de madeira, com frete pago. Papai acha que foi mandado por alguém que leu o seu memorável sermão "Licença é Liberdade?", pois na parte de cima do relógio havia a figura de uma mulher, usando, segundo papai, o chapéu da Liberdade na cabeça. Pessoalmente, não acho bonito, mas papai disse que era histórico, então acho que assim está bem. Parker tirou o relógio da embalagem, e papai colocou-o no console da lareira da biblioteca, e sexta-feira de manhã estávamos todos sentados na biblioteca quando o relógio bateu as doze, e então escutamos um zunido, e saiu uma fumacinha do pedestal da figura do relógio, e a deusa da Liberdade caiu e quebrou o nariz no guarda-fogo! Maria ficou muito assustada, mas a figura estava tão ridícula que James e eu desatamos a rir, e até papai achou engraçado. Quando examinamos o relógio, descobrimos que era uma espécie de despertador; se você ajusta o alarme para tocar em uma determinada hora e põe um pouco de pólvora e uma coifa sob um martelinho, ele detona na hora que você quiser. Papai disse que o relógio não deve ficar na biblioteca, porque faz barulho, então Reggie o levou para a sala de aula, e lá ele passa o dia tendo pequenas explosões. A senhora acha que Arthur gostaria de um desses como presente de casamento? Imagino que são a última moda em Londres. Papai diz que esses relógios são muito educativos, porque mostram que a Liberdade não dura, e deve cair. Papai diz que a Liberdade foi inventada junto com a Revolução Francesa. Que horror!

Agora tenho de ir até a Dorcas, onde vou ler sua carta, tão instrutiva. Como é verdade, querida tia, esta sua ideia de que, de acordo com sua classe social, eles devem vestir coisas que não lhes caem bem. Devo admitir que é absurdo esse interesse exagerado deles por roupas, quando há tantas coisas mais importantes neste mundo, e no próximo. Fico feliz que o popeline florido ficou-lhe tão bem e que sua renda não se rasgou. Vou usar o meu cetim amarelo, que a senhora, tão gentil, me deu de presente, para ir à casa do Bispo na quarta-feira, e acho que vai ficar bem. A senhora colocaria laços ou não? Jennings diz que todo mundo usa laços agora, e a saia de baixo deve ter babados. Reggie recém teve uma outra explosão, e papai mandou levarem o relógio para os estábulos. Acho que ele não gosta mais tanto do relógio como antes, embora esteja envaidecido por terem lhe mandado um brinquedinho tão bonito e engenhoso. Mostra que as pessoas leem seus sermões e aprendem alguma coisa.

Papai manda lembranças, junto com James, Reggie e Maria, todos juntos, e, esperando que tio Cecil tenha melhorado da gota, sou sinceramente, querida tia, sua sempre carinhosa sobrinha.

JANE PERCY

P.S. – Fale-me sobre os laços. Jennings insiste em dizer que estão na moda.

Lorde Arthur parecia tão sério e infeliz com a carta que a Duquesa desatou a rir.

– Meu querido Arthur – exclamou –, nunca mais lhe mostro uma carta de uma jovem senhorita! Mas o que vou dizer sobre o relógio? Acho que é uma grande invenção, e eu mesma gostaria de ter um.

– Não me parecem ser grande coisa – disse Lorde Arthur com um sorriso triste. Após beijar sua mãe, retirou-se da sala.

No andar de cima, afundou-se em um sofá e seus olhos encheram-se de lágrimas. Dera o melhor de si para cometer esse assassinato, mas falhara em ambas as ocasiões, e sem que fosse culpa sua. Tentara cumprir com o seu dever, mas o próprio Destino parecia ter se tornado um traidor. Sentia-se sufocado pela sensação de impotência das boas intenções, pela sensação de futilidade na tentativa de ser correto. Talvez fosse melhor cancelar de vez o casamento. Sybil sofreria, é verdade, mas o sofrimento não iria de fato arruinar um espírito tão nobre quanto o dela. Quanto a ele próprio, que importava? Sempre tem alguma guerra onde um homem pode morrer, alguma causa pela qual um homem pode dar a vida e, como a vida não lhe dava nenhum prazer, então a morte não era nenhum terror. O Destino que se encarregasse de seu fim. Lorde Arthur não iria facilitar o seu trabalho.

Às sete e trinta ele se vestiu e foi ao clube. Surbiton estava lá, com um grupo de jovens cavalheiros, e ele foi obrigado a jantar com eles. A conversa, trivial, e as piadas, inconsequentes, não o interessavam. Deixou-os assim que o café foi servido, inventando um compromisso para poder escapar-se. Quando estava saindo do clube, o mensageiro entregou-lhe uma carta. Era de *Herr* Winckelkopf, pedindo que o visitasse na noite seguinte, para dar uma olhada num guarda-chuva explosivo, que explodia assim que era aberto. Era invenção novíssima, recém-chegada de Genebra. Ele rasgou a carta em pedacinhos. Tinha se decidido por nunca mais tentar experimentos. Foi passear, e andou até a Barragem do Tâmisa e então ficou sentado, à margem do rio, durante horas. A lua a tudo espiava, através de uma juba dourada, como fosse o olho de um leão, e inúmeras estrelas reluziam no côncavo da abóbada, como poeira dourada que tomou conta de um domo púrpura. Vez por outra, uma barcaça balouçava nas águas turvas do rio e, flutuando, levava-a embora a corrente, e os sinais da estrada de ferro mudavam de verde para vermelho quando os trens atravessavam a ponte, aos guinchos. Passado algum tempo, bateram as doze horas na torre alta de Westminster, e, a cada sonora badalada do sino, a noite parecia estremecer. Então as luzes da ferrovia apagaram-se, e sobrou uma única luz, solitária, luzindo como um enorme rubi num mastro gigante, e o ruído da cidade esmaeceu.

Às duas horas da madrugada ele se levantou e caminhou até Blackfriars. Tudo parecia tão irreal! Como num sonho estranho! As casas do outro lado do rio pareciam feitas de escuridão. Dir-se-ia que o mundo fora redesenhado em prata e sombra. O enorme domo da Igreja de St. Paul era apenas o vulto de uma bolha no ar fusco.

Quando aproximava-se de Cleopatra's Needle, viu um homem debruçado sobre o parapeito e, quando chegou mais perto, o homem ergueu o olhar, e a luz de gás iluminou-lhe o rosto em cheio.

Era o Sr. Podgers, o quiromante! Impossível não reconhecer aquele rosto gordo, flácido, os óculos de aro de ouro, o sorriso débil e doentio, os lábios sensuais.

Lorde Arthur parou. Uma ideia brilhante lhe passou pela cabeça, e ele chegou-se de mansinho por trás do homem. Um momento depois já havia agarrado o Sr. Podgers pelas pernas e o jogara no Tâmisa. Ouviu-se uma praga, o som de alguma coisa pesada caindo na água, e então tudo ficou quieto. Lorde Arthur olhou por tudo, aflito, mas não viu traço do quiromante, a não ser um chapéu alto, fazendo piruetas em um redemoinho de água enluarada. Após um tempo o chapéu também afundou, e então nenhum traço do Sr. Podgers podia ser avistado. Em certo momento pensou ter visto aquela figura volumosa e disforme movimentando-se em direção à escadaria da ponte, e uma horrível sensação de fracasso pesou-lhe na alma, mas era apenas um reflexo, que sumiu quando a lua brilhou detrás de uma nuvem. Enfim, ele parecia ter cumprido o decreto do Destino. Soltou um profundo suspiro de alívio, e o nome de Sybil veio-lhe aos lábios.

– Deixou cair alguma coisa, senhor? – disse de repente uma voz atrás dele.

Ele virou-se e viu um policial com uma lanterna.

– Nada de importante, sargento – respondeu, sorrindo.

Parou um cabriolé que passava, saltou para dentro e ordenou ao cocheiro que fosse até Belgrave Square.

Durante os dias seguintes, alternava o seu espírito entre a esperança e o medo. Havia horas em que esperava ver o Sr. Podgers entrando na sala, e outras horas em que sentia que a Sorte não podia ser tão injusta com ele. Por duas vezes foi até o endereço do quiromante em West Moon Street, mas não se animava a tocar a campainha. Queria ter certeza, e dela tinha medo.

Por fim, ela veio. Estava ele sentado na sala para fumantes do clube, tomando chá e escutando, aborrecido, o relato de Surbiton sobre a mais nova canção cômica no Gaiety, quando o garçom chegou com os jornais vespertinos. Ele pegou o St. James's, e estava virando as páginas de modo desatento quando a estranha manchete chamou-lhe a atenção:

QUIROMANTE COMETE SUICÍDIO

Ficou pálido com o entusiasmo, e começou a ler. Assim constava no parágrafo:

> Ontem, às sete horas da manhã, o corpo do Sr. Septimus R. Podgers, eminente quiromante, foi encontrado na orla de Greenwich, em frente ao Ship Hotel. O desafortunado cavalheiro estava desaparecido há alguns dias, e temia-se por sua segurança nos meios quiromânticos. Supõe-se que ele tenha cometido suicídio sob a influência de um transtorno mental temporário, causado por excesso de trabalho, e um veredito condizente foi entregue hoje à tarde pelo juiz investigador, com base no relatório do médico legista. O Sr. Podgers havia recém completado um tratado em detalhe sobre a Mão Humana, a ser publicado em breve, quando então, com certeza, atrairá bastante atenção. O falecido tinha sessenta e cinco anos, e parece não ter deixado nenhum parente.

Lorde Arthur saiu correndo do clube ainda com o jornal na mão, para grande surpresa do mensageiro, que em vão tentou detê-lo, e foi de imediato até Park Lane. Sybil avistou-o da janela, e algo lhe disse que ele trazia boas notícias. Ela desceu correndo as escadas para encontrá-lo e, quando viu seu rosto, soube que tudo estava bem.

– Minha querida Sybil – exclamou Lorde Arthur –, podemos nos casar amanhã!

– Seu bobo! Mas se o bolo ainda nem foi encomendado! – disse Sybil, rindo em meio às lágrimas.

6

Quando o casamento aconteceu, umas três semanas depois, a Igreja de St. Peter ficou cheia, uma horda perfeita de gente bem vestida. A celebração foi lida de modo impressionante pelo Deão de Chichester, e todos concordavam jamais ter visto casal mais bonito de noivos. No entanto, eles estavam mais do que bonitos – estavam felizes. Nem por um segundo Lorde Arthur arrependeu-se de tudo que sofrera pelo bem de Sybil. Ela, por sua vez, deu a ele as melhores coisas que uma mulher pode dar a um homem: respeito, ternura e amor. Para eles, o romance não se acabou com a realidade. Sentiam-se sempre jovens.

Alguns anos depois, quando duas lindas crianças haviam nascido de sua união, Lady Windermere foi visitá-los no Convento Alton, uma casa antiga e adorável, presente de casamento do Duque ao seu filho. Uma tarde, ela estava sentada com Lady Arthur sob uma tília no jardim, observando os irmãos, um menino e uma menina, brincando para cá e para lá no roseiral, como vacilantes raios de sol, quando pegou a mão de sua anfitriã e perguntou:

– Você está feliz, Sybil?

– Querida Lady Windermere, é claro que estou feliz. A senhora não está?

– Não tenho tempo para ser feliz, Sybil. Sempre gosto da última pessoa que me apresentam; mas, via de regra, tão logo conheço as pessoas eu me canso delas.

– Seus leões não a satisfazem, Lady Windermere?

– Não! Ah, minha nossa, não! Leões são bons para uma estação apenas. Tão logo suas jubas estão cortadas, são as criaturas mais entediantes na face da Terra. Além disso, comportam-se muito mal se você os mima demais. Lembra-se daquele horroroso Sr. Podgers? Era um impostor e tanto. Claro, eu não me importava com isso, e até lhe perdoei quando ele quis me tomar algum dinheiro emprestado, mas eu não o suportava quando fazia amor comigo. Ele me fez odiar a quiromancia. Agora meu interesse é telepatia. Muito mais divertido.

– A senhora não deve dizer nada contra a quiromancia aqui, Lady Windermere; é o único assunto do qual Arthur não gosta que falem mal. Eu lhe digo: ele leva isso muito a sério.

– Você não está me dizendo que ele acredita nisso, está, Sybil?

– Aí esta ele, Lady Windermere; pergunte a senhora mesma.

Lorde Arthur vinha pelo jardim com um enorme buquê de rosas amarelas na mão, as crianças dançando ao seu redor.

– Lorde Arthur?

– Sim, Lady Windermere?

– Quer dizer que você acredita em quiromancia?

– Mas claro que acredito – disse o jovem com um sorriso.

– Mas por quê?

– Porque devo à quiromancia toda a alegria da minha vida – murmurou, atirando-se em uma cadeira de vime.

– Meu querido Lorde Arthur, o que exatamente você deve à quiromancia?

– Sybil – respondeu ele, entregando as rosas à sua esposa e olhando-a nos olhos violeta.

– Que bobagem! – exclamou Lady Windermere. – Nunca ouvi absurdo igual em toda a minha vida.

O AMIGO DEVOTADO

Certa manhã, o velho Ratão do Banhado pôs a cabeça para fora de sua toca. Ele tinha os olhos brilhantes, pequenos e redondos como contas, duros bigodes cinza, e seu rabo parecia um longo pedaço de borracha preta. No lago, os patinhos nadavam de um lado para outro, parecendo um bando de canários amarelos, e sua mãe, inteiramente branca com genuínas patas vermelhas, tentava ensiná-los a manter o equilíbrio com as cabecinhas dentro da água.

– Vocês nunca farão parte da melhor sociedade, a menos que mantenham o equilíbrio em suas cabeças – ela repetia e, de vez em quando, mostrava como isso era feito. Mas os patinhos não prestavam atenção. Eles eram tão pequenos que não sabiam, de modo algum, qual a vantagem de fazer parte da melhor sociedade.

– Que crianças desobedientes! – protestou o velho Ratão. – Eles, de fato, merecem se afogar.

– Nada disso – respondeu a Pata –, todos precisam iniciar de algum jeito, e os pais devem ter muita paciência.

– Ah! Não sei nada sobre sentimentos paternos – disse o Ratão –, não sou um homem de família. Para dizer a verdade, nunca fui casado, nem pretendo ser. O amor é muito bom, de uma certa maneira, mas a amizade é muito melhor. Aliás, não conheço nada no mundo mais nobre e raro do que uma amizade devotada.

– Mas, então, diga-me: qual é a sua ideia sobre os deveres de um amigo devotado? – perguntou um Pintarroxo verde, pousado em um salgueiro próximo e que, por acaso, tinha escutado a conversa.

– Sim, isto é justamente o que quero saber – disse a Pata. E, nadando até o fim do lago, ela se equilibrou com a cabeça dentro da água, de forma a dar aos filhos um bom exemplo.

– Que pergunta boba! – disse o Ratão. – Espero que meu amigo devotado seja devotado a mim, é claro.

– E o que você faria em troca? – perguntou o passarinho, balançando-se sobre uma ramagem prateada e batendo as asinhas.

– Não entendo – disse o Ratão.

– Deixe-me contar-lhe uma estória sobre este assunto – disse o Pintarroxo.

– A estória é sobre mim? – perguntou o Ratão. – Se for, eu a escutarei, porque gosto muito de ficção.

– Serve para você – respondeu o passarinho. – E ele voou e, pousando sobre o banco de areia, contou a estória do Amigo Devotado.

– Era uma vez... – começou o Pintarroxo – um honesto e humilde homem chamado Hans.

– Ele era muito admirado? – perguntou o Ratão.

– Não – respondeu o passarinho. – Acho que ele não era admirado, a não ser por seu bom coração e sua cara redonda, engraçada e bem-humorada. Ele vivia sozinho em uma pequena cabana e todos os dias trabalhava em seu jardim. Em toda a região não havia jardim tão encantador como o dele. Cravos-de-poeta, cravos-da-índia, bolsas-de-pastor e botões-de-ouro cresciam lá. E também rosas cor de damasco e amarelas, açafrão-da-primavera dourado e lilás, violetas roxas e brancas, colombinas e agrião dos prados, manjerona e manjericão silvestre, primaveras e a flor-de-lis, o narciso dos prados e o cravo vermelho. Todas floresciam na sua própria ordem à medida que os meses passavam, uma flor ocupando o espaço de outra flor, de forma que sempre existiam coisas lindas para se olhar e agradáveis odores para sentir.

"Hans tinha muitos amigos, mas o mais devotado de todos era o poderoso Moleiro Hugh. O rico Moleiro era mesmo tão devotado a Hans que não podia passar pelo seu jardim sem inclinar-se sobre o muro e pegar um grande buquê de flores ou um punhado de erva-doce, ou encher seus bolsos com ameixas e cerejas – caso fossem as frutas da estação.

"– Amigos de verdade devem ter tudo em comum – dizia o Moleiro. E Hans sacudia a cabeça, sorria e sentia muito orgulho de ter um amigo com ideias tão nobres.

"Às vezes, os vizinhos estranhavam que o rico Moleiro nunca oferecia nada em troca para Hans, embora tivesse centenas de sacas de farinha estocadas em seu moinho, seis vacas leiteiras e um grande rebanho de ovelhas. Mas Hans nunca se incomodou com essas coisas e nada lhe dava maior prazer do que ouvir as maravilhas que o Moleiro falava sobre o desinteresse da verdadeira amizade.

"E então... Hans trabalhava em seu jardim. Durante a primavera, o verão e o outono, ele ficava muito feliz. Mas com a chegada do inverno, sofria demais de frio e fome, sem ter frutas ou flores para levar ao mercado. Muitas vezes, Hans ia para a cama sem comer nada além de algumas peras secas e nozes. E, no inverno, também ficava extremamente sozinho, porque o Moleiro nunca ia vê-lo.

"– É inútil visitar Hans enquanto a neve perdurar – o Moleiro costumava dizer para sua mulher. – Pois quando as pessoas estão em dificuldades, elas devem ser deixadas sozinhas e não ser incomodadas por visitantes. Isso, pelo menos, é o que penso sobre a amizade, e tenho certeza de que estou certo. Assim, vou esperar até que a primavera chegue para fazer-lhe uma visita. Então ele poderá me dar uma grande cesta de primaveras, o que o deixará muito feliz.

"– Você tem muita consideração pelos outros – disse a mulher do Moleiro, sentada em sua confortável poltrona, próxima da lareira, com seu grande fogo de toras de pinheiro –, muita consideração mesmo! É uma dádiva ouvi-lo falar sobre a amizade. Estou certa de que o próprio pastor não conseguiria dizer coisas tão lindas, embora ele viva em uma casa de três andares e use um anel de ouro em seu dedo mínimo.

"– Mas não poderíamos convidar Hans para vir até aqui? – perguntou o filho caçula. – Se o pobre Hans está em dificuldades, eu lhe darei a metade do meu mingau e lhe mostrarei meus coelhos brancos.

"– Que menino bobo! – disse o Moleiro, irritado. – Não sei qual a utilidade de mandá-lo à escola. Parece que você não aprende nada. Ora, se Hans viesse até aqui e visse nossa acolhedora lareira, nosso bom jantar e nosso grande barril de vinho tinto, poderia ficar com inveja. E inveja é uma coisa terrível, que pode corromper a natureza de uma pessoa. Eu não permitirei que a natureza de Hans seja corrompida. Sou seu melhor amigo, sempre olharei por ele e cuidarei para que não caia em nenhuma tentação. Além disso, se Hans viesse até aqui talvez me pedisse para lhe conceder um pouco de farinha a crédito, e isto eu não poderia fazer. Farinha é uma coisa, amizade é outra, e elas não devem ser confundidas. Ora, essas palavras são escritas de forma diferente e significam coisas diferentes. Todo mundo é capaz de ver isso.

"– Como você fala bem! – disse a mulher do Moleiro, servindo-se de um grande copo de cerveja. – Estou embevecida. É como estar na igreja.

"– Muitas pessoas agem bem – prosseguiu o Moleiro –, mas muito poucas falam bem. O que demonstra que falar é, das duas coisas, a mais difícil e a mais valiosa também. – E olhou severamente para o filho, do outro lado da mesa, que de tão envergonhado ficou muito vermelho e, abaixando a cabeça, começou a chorar sobre seu chá. Mas ele era tão pequeno que deve ser desculpado."

– Esse é o fim da estória? – perguntou o Ratão.

– Claro que não – respondeu o passarinho –, esse é o começo.

– Neste caso, você está desatualizado – disse o Ratão. – Hoje em dia, todos os bons contadores de estórias começam pelo fim, depois vão para o começo e concluem com o meio da estória. Esse é o novo método. Ouvi tudo a respeito, outro dia, de um crítico que caminhava em companhia de um jovem, ao redor do lago. Ele falou minuciosamente sobre o assunto e tenho certeza de que estava certo, pois usava óculos azuis, era careca e, sempre que o jovem fazia uma observação, ele respondia "tolice"! Mas, por favor, continue sua estória. Gosto imensamente do Moleiro. Eu mesmo tenho todo tipo de belos sentimentos, portanto existe uma grande afinidade entre nós.

– Então – prosseguiu o passarinho, pulando de uma perna para a outra –, assim que o inverno terminou e as primaveras começaram a abrir suas pálidas pétalas amarelas, o Moleiro disse para sua mulher que desceria a colina e visitaria Hans.

"– Ora, mas que bom coração você tem! – disse a mulher. – Está sempre pensando nos outros. Não esqueça de levar a grande cesta para as flores.

"E o Moleiro amarrou as pás do moinho com uma forte corrente de ferro e desceu a colina com a cesta no braço.

"– Bom dia, Hans – disse o Moleiro.

"– Bom dia – respondeu Hans, inclinado sobre sua pá e sorrindo de orelha a orelha.

"– Como passou o inverno? – perguntou o Moleiro.

"– Bem... – disse Hans –, é muita bondade sua perguntar, muita bondade mesmo. Infelizmente, tive momentos muito difíceis. Mas agora a primavera chegou, estou feliz e todas as minhas flores estão indo bem.

"– Falávamos sempre sobre você, durante o inverno, e nos perguntávamos como estaria – disse o Moleiro.

"– Foi muita gentileza sua – disse Hans. – Fiquei um pouco apreensivo de que tivesse me esquecido.

"– Você me surpreende, Hans – disse o Moleiro. – A amizade nunca esquece. Isso é o que ela tem de maravilhoso, mas receio que você não entenda a poesia da vida. Falando nisso, como estão lindas suas primaveras!

"– Elas são, certamente, muito lindas – disse Hans –, e que eu tenha tantas é a minha maior sorte. Vou levá-las ao mercado e vendê-las à filha do Burgomestre para, com o dinheiro, comprar de volta meu carrinho de mão.

"– Comprar de volta seu carrinho de mão? Você está querendo dizer que o vendeu? Que coisa estúpida de se fazer!

"– Bem, o fato é que fui obrigado – explicou Hans. – Como você sabe, o inverno foi um período muito difícil para mim. Eu não tinha dinheiro nem para comprar pão. Assim, primeiro vendi os botões de prata do meu casaco de domingo, depois minha corrente de prata, então vendi minha grande gaita de foles e, por último, meu carrinho de mão. Mas, agora, vou comprá-los de volta.

"– Hans – disse o Moleiro –, darei a você o meu carrinho de mão. Ele não está em muito boas condições. Na verdade, um lado está estragado e existe algo de errado com os raios das rodas. Mas, apesar disso, eu o darei a você. Sei que estou sendo generoso e que muitas pessoas me considerariam extremamente insensato por me desfazer dele, mas não sou como o resto do mundo. Penso que a generosidade é a essência da amizade e, além do mais, já tenho um carrinho novo. Sim, pode ficar descansado, darei a você o meu carrinho de mão.

"– Bem, realmente, é generoso de sua parte – disse Hans. E sua cara redonda e engraçada se iluminou toda de satisfação. – Posso consertá-lo facilmente, pois tenho uma tábua de madeira em minha casa.

"– Uma tábua de madeira! – disse o Moleiro. – Ora essa, isto é justamente do que preciso para o teto do meu celeiro. Existe um buraco enorme lá, e o milho ficará úmido se eu não o vedar. Que sorte você ter mencionado isso! É extraordinário como uma boa ação sempre dá origem a outra. Dei a você o meu carrinho de mão e, agora, você vai me dar sua tábua de madeira. É claro, o carrinho de mão vale muito mais do que a tábua de madeira, mas a verdadeira amizade nunca repara em coisas desse tipo. Traga logo a tábua, por favor, e hoje mesmo começarei a trabalhar no meu celeiro.

"– Está certo – disse Hans. – E correu para o galpão e arrastou lentamente a tábua para fora.

"– Não é uma tábua muito grande – disse o Moleiro, examinando-a. – Temo que, após ter consertado o telhado do celeiro, não sobrará nada para você consertar o carrinho. Mas, naturalmente, isso não é culpa minha. E agora que dei a você meu carrinho de mão, estou certo de que, em troca, gostaria de me dar algumas flores. Aqui está a cesta, mas não esqueça de enchê-la até em cima.

"– Até em cima? – disse Hans, desconsolado, porque a cesta era mesmo muito grande. Hans percebeu que se a enchesse não sobrariam flores para o mercado, e ele estava muito ansioso para ter de volta seus botões de prata.

"– Bem – disse o Moleiro –, acho que não é muito pedir-lhe umas poucas flores, já que dei a você meu carrinho de mão. Posso estar errado, mas sempre pensei que a amizade, a verdadeira amizade, fosse isenta de qualquer espécie de egoísmo.

"– Meu caro amigo, meu melhor amigo – disse Hans –, você pode dispor de todas as flores do meu jardim. A qualquer momento, prefiro ter seu bom conceito mais do que meus botões de prata. – E Hans se apressou e colheu todas as suas lindas primaveras, enchendo a cesta do Moleiro.

"– Até logo, Hans – disse o Moleiro, e subiu a colina com a tábua no ombro e a grande cesta na mão.

"– Até logo – respondeu Hans. E, alegremente, começou a cavar a terra, tão satisfeito estava com o carrinho de mão.

"No dia seguinte, Hans estava fixando madressilvas na varanda, quando ouviu a voz do Moleiro que o chamava da estrada. Então, desceu da escada, percorreu o jardim e deu uma olhada sobre o muro.

"Lá estava o Moleiro, com um grande saco de farinha nas costas.

"– Caro Hans – disse o Moleiro –, poderia levar este saco de farinha ao mercado para mim?

"– Ah, sinto muito – disse Hans –, mas, de fato, estou muito ocupado hoje. Tenho todas as trepadeiras para fixar, todas as flores para regar e toda a grama para revolver.

"– Bem – disse o Moleiro –, considerando que vou dar a você meu carrinho de mão, acho que é um tanto descortês de sua parte recusar.

"– Não diga isso – falou Hans, magoado. – Por nada deste mundo eu seria descortês. – E, pegando seu gorro, saiu caminhando com dificuldade, levando o grande saco nos ombros.

"Era um dia muito quente e a estrada estava terrivelmente empoeirada. Hans estava tão cansado que, antes de ter alcançado o marco da sexta milha, teve que sentar e descansar. Entretanto, ele continuou bravamente e, por fim, chegou ao mercado. Lá, após ter esperado por algum tempo, vendeu o saco de farinha por um ótimo preço e voltou logo para casa, com medo de que se demorasse muito poderia encontrar ladrões no caminho.

"– Este foi um dia difícil, com certeza – disse Hans para si mesmo, enquanto ia para a cama. – Mas estou satisfeito de não ter recusado o pedido do Moleiro. Ele é meu melhor amigo e, além do mais, vai me dar seu carrinho de mão.

"Muito cedo, na manhã seguinte, o Moleiro voltou para buscar o dinheiro, mas Hans estava tão cansado que continuava na cama.

"– Puxa vida – disse o Moleiro –, você é muito preguiçoso. Acho que poderia trabalhar mais, considerando que vou lhe dar meu carrinho de mão. A preguiça é um pecado terrível e não gosto que meus amigos sejam ociosos ou indolentes. Você não deve se incomodar que eu fale tão francamente. É claro, nem sonharia em falar assim se não fosse seu amigo. Mas para que serve a amizade, se não se pode dizer exatamente o que se pensa? Qualquer um pode dizer coisas lindas, tentar agradar e lisonjear, mas o verdadeiro amigo sempre diz coisas desagradáveis e não se importa de causar dor. Além disso, se é um amigo de verdade, ele sabe que assim está agindo bem.

"– Desculpe – disse Hans, esfregando os olhos e tirando seu gorro de dormir. – Estava tão cansado que pensei em ficar deitado um pouco mais, ouvindo o canto dos passarinhos. Você sabe que sempre trabalho melhor depois de ouvir o canto dos passarinhos?

"– Fico satisfeito com isso – disse o Moleiro, dando palmadinhas nas costas de Hans –, porque preciso que vá até o moinho assim que estiver vestido e conserte o telhado do celeiro.

"O pobre Hans estava muito ansioso para trabalhar em seu jardim, pois suas flores não tinham sido regadas nos últimos dois dias. Entretanto, porque o Moleiro era um bom amigo, ele não gostaria de recusar seu pedido.

"– Você acha que eu estaria sendo descortês se dissesse que estou ocupado? – Hans perguntou, timidamente.

"– Bem, na verdade – respondeu o Moleiro –, acho que não é pedir muito, considerando que vou dar a você meu carrinho de mão. Mas, é claro, se você recusar, farei o trabalho sozinho.

"– Ah! De jeito nenhum – disse Hans. E, pulando da cama, vestiu-se e foi para o celeiro.

"Lá, trabalhou o dia inteiro até o pôr do sol, quando o Moleiro veio para saber como estava indo.

"– Já consertou o buraco, Hans? – perguntou o Moleiro, com entusiasmo.

"– Está consertado – respondeu Hans, descendo da escada.

"– Ah! – disse o Moleiro –, não existe trabalho mais prazeroso do que o trabalho que se faz para os outros.

"– É, com certeza, um grande privilégio ouvi-lo falar – disse Hans, sentando e limpando a testa –, um imenso privilégio. Acho que nunca terei ideias tão lindas como as suas.

"– Ora! Elas virão para você – disse o Moleiro –, mas precisa se esforçar mais. No momento, você tem apenas a prática da amizade. Algum dia, terá a teoria também.

"– Acredita que conseguirei? – perguntou Hans.

"– Não tenho dúvidas quanto a isso – respondeu o Moleiro. – Mas, agora que terminou o conserto, é melhor que vá para casa e descanse, pois amanhã preciso que leve minhas ovelhas para a montanha.

“O pobre Hans teve medo de dizer qualquer coisa e, cedo na manhã seguinte, o Moleiro levou as ovelhas até a cabana. E Hans se pôs a caminho da montanha. Ir e voltar levou o dia inteiro. Quando retornou, estava tão cansado que dormiu na sua cadeira e não acordou até que o sol estivesse alto.

“– Que delicioso momento terei em meu jardim! – ele disse, e foi logo trabalhar.

“Mas, por alguma razão, Hans nunca conseguia cuidar de suas flores. Seu amigo Moleiro sempre aparecia e lhe dava demorados encargos ou o levava para ajudar no moinho. Às vezes ficava muito aflito, pois temia que suas flores pensassem que ele as tivesse esquecido. Mas o pensamento de que o Moleiro era seu melhor amigo o consolava. – Além disso – costumava dizer –, ele vai me dar seu carrinho de mão, e esse é um ato de pura generosidade.

“E, assim, Hans trabalhou para o Moleiro, que falou todo tipo de coisas bonitas sobre a amizade, as quais Hans anotava em um caderno que lia à noite, porque era um bom estudante.

“E aconteceu que uma noite Hans estava sentado perto da lareira quando ouviu uma forte batida na porta da casa. Era uma noite horrível. O vento soprava e uivava tão terrivelmente ao redor de sua casa que, a princípio, Hans pensou ser apenas o temporal. Mas veio uma segunda batida e, então, uma terceira, muito mais forte do que as outras.

“– É algum pobre viajante – disse para si mesmo, e correu para a porta.

“Lá estava o Moleiro com a lanterna em uma mão e uma grande bengala na outra.

“– Caro Hans – disse o Moleiro –, me encontro em sérias dificuldades. Meu caçula caiu da escada e se machucou, e eu estou indo buscar o Doutor. Mas ele mora tão longe, e esta é uma noite tão ruim, que me ocorreu que seria muito melhor se você fosse em meu lugar. Veja... vou lhe dar meu carrinho de mão, portanto é justo que faça alguma coisa por mim, em troca.

"– Claro – disse Hans. – Considero isso como um cumprimento, vindo de você. Irei imediatamente. Mas precisa me emprestar sua lanterna, pois a noite está tão escura que tenho medo de cair no fosso.

"– Sinto muito – respondeu o Moleiro –, esta é a minha lanterna nova e seria uma grande perda se alguma coisa acontecesse com ela.

"– Não tem importância, irei sem ela – disse Hans. – E vestiu seu grande casaco de pele, seu gorro vermelho e quente, passou o cachecol em volta do pescoço e iniciou a caminhada.

"Que terrível temporal! A noite estava tão escura que Hans mal conseguia enxergar, e o vento era tão forte que ele mal conseguia ficar em pé. Entretanto, Hans era muito corajoso e, após três horas de caminhada, chegou à casa do Doutor e bateu à porta.

"– Quem está aí? – perguntou o Doutor, colocando a cabeça para fora da janela de seu quarto.

"– É o Hans, Doutor.

"– O que você quer, Hans?

"– O filho do Moleiro caiu da escada e se machucou. O Moleiro precisa que o senhor vá até lá imediatamente.

"– Está bem! – disse o Doutor. – E pediu seu cavalo, suas botas de cano alto, sua lanterna, desceu as escadas e partiu em direção à casa do Moleiro, com Hans seguindo-o com dificuldade.

"Mas a tempestade foi ficando cada vez pior, e a chuva caía em torrentes. Hans nem conseguia ver aonde estava indo e nem acompanhar o cavalo. Finalmente, ele perdeu o rumo e afastou-se na charneca – lugar perigoso e repleto de buracos profundos. E lá o pobre Hans se afogou. Seu corpo foi encontrado no dia seguinte, flutuando em uma grande poça de água, por alguns cabreiros, que o trouxeram de volta para a cabana.

"Todos foram ao funeral, pois Hans era muito popular, e o Moleiro era o mais pesaroso.

"– Já que eu fui seu melhor amigo – disse o Moleiro –, é justo que tenha o melhor lugar. – Assim, ele caminhou à frente da procissão, vestindo um longo capote preto e, de vez em quando, esfregava os olhos com um grande lenço.

"– Hans é, certamente, uma grande perda para todos – disse o ferreiro, quando o funeral terminou e todos estavam confortavelmente sentados na taberna, bebendo um bom vinho e comendo bolo.

"– Uma grande perda para mim, de qualquer forma – disse o Moleiro. – Ora, quase dei a ele meu carrinho de mão e agora não sei o que fazer com aquilo. Está estorvando em minha casa e se encontra em tão más condições que, se o vendesse, nada conseguiria por ele. Tomarei cuidado para não dar nada, de uma próxima vez. A gente sofre por ser generoso."

– Então? – disse o Ratão, depois de uma longa pausa.

– Bem, este é o fim – disse o passarinho.

– Mas o que aconteceu com o Moleiro? – perguntou o Ratão.

– Ah! Não sei – respondeu o passarinho –, e estou certo de que não me interessa.

– É evidente, portanto, que em sua natureza não existe solidariedade – disse o Ratão.

– Lamento que você não entenda a moral da estória – observou o passarinho.

– O quê? – berrou o Ratão.

– A moral.

– Você está querendo dizer que a estória tem moral?

– É claro – disse o passarinho.

– Neste caso – disse o Ratão, furioso –, acho que deveria ter dito isso antes de começar. Se tivesse dito, eu não o teria escutado. Na verdade, eu deveria ter dito "tolice", como o crítico. Entretanto, posso dizer agora. – E então gritou "tolice" com toda a força dos seus pulmões, fez um ligeiro movimento com o rabo e voltou para sua toca.

– Você gosta do Ratão? – perguntou a Pata, que chegou nadando suavemente, minutos depois. – Ele tem muitos pontos positivos. Mas, de minha parte, tenho sentimentos maternais e não consigo olhar para um solteirão invcterado sem derramar lágrimas.

– Receio tê-lo aborrecido – respondeu o passarinho. – O fato é que contei a ele uma estória com moral.

– Hmm! Isto é sempre uma coisa muito perigosa de se fazer – disse a Pata.

E eu concordo plenamente com ela.

O FANTASMA DE CANTERVILLE

Uma fantasia hiloidealista

1

Quando o Sr. Hiram B. Otis, o Ministro Americano, comprou Canterville, todos disseram que ele estava cometendo um erro tremendo, pois o lugar era sem sombra de dúvida assombrado. De fato, o próprio Lorde Canterville, homem de grande honra e muitos escrúpulos, sentiu-se na obrigação de mencionar o fato ao Sr. Otis, quando discutiam os termos da compra da casa.

– Não quisemos mais lá morar – disse Lorde Canterville – desde o incidente envolvendo minha tia-avó, a viúva Duquesa de Bolton: a velha dama tomou um susto tão grande, do qual nunca mais se recuperou, quando sentiu as mãos de um esqueleto em seus ombros enquanto estava-se vestindo para o jantar. Sinto-me obrigado a dizer-lhe, Sr. Otis: o Fantasma já foi visto por vários membros de minha família, bem como pelo pastor da paróquia, o Reverendo Augustus Dampier, membro de King's College, Cambridge. Após o infeliz incidente com a Duquesa nenhum dos novos criados quis ficar; Lady Canterville, por sua vez, passou a dormir muito pouco, devido aos misteriosos ruídos vindos do corredor e da biblioteca.

– Meu caro Lorde – respondeu o Ministro –, eu levo a mobília e o Fantasma pelo combinado. Venho de um país moderno, onde o dinheiro compra tudo. Além disso, com nossos rapazes tão cheios de energia agitando a carcaça do velho mundo e levando para a América as melhores atrizes e prima-donas locais, creio que, houvesse tal coisa de fantasma na Europa, logo a teríamos em um dos nossos museus, ou como atração ambulante, talvez.

– Temo que o Fantasma realmente exista – disse Lorde Canterville, sorrindo –, embora já tenha resistido às ofertas de seus audaciosos compatriotas empresários. Já está aqui há três séculos, desde 1584, na verdade, e sempre aparece antes da morte de algum membro da família.

– Assim como o médico da família, caro Lorde Canterville. Mas não há, repito, nada disso de fantasma; e as leis da natureza não seriam diferentes para a aristocracia britânica, eu creio.

– Vocês da América são tão naturais – disse Lorde Canterville, que não entendera bem a última observação do Sr. Otis –, mas se o senhor não se importa de ter um fantasma em casa, a decisão é sua. Apenas lembre-se de meu aviso.

Algumas semanas depois, com a compra efetuada, o Ministro e sua família mudaram-se para Canterville, já no fim do verão. A Sra. Otis, ex-senhorita Lucretia R. Tappan, de West 53rd Street, fora uma das beldades de Nova York; agora era uma belíssima senhora de meia-idade, de belos olhos, perfil soberbo. Muitas senhoras americanas, ao deixarem sua terra natal, cultivam uma aparência de morbidez crônica, crendo ser isso uma espécie de refinamento europeu; a Sra. Otis nunca recaiu nesse erro. Possuía uma magnífica esbelteza física e grande dose de vida. Na verdade, era bastante inglesa em vários aspectos; um excelente exemplo de que temos tudo em comum com os Estados Unidos hoje, exceto, é claro, a língua. Seu filho mais velho, batizado por seus pais com o nome Washington – um momento de patriotismo, o qual ele jamais deixou de lamentar –, era um louro e bonito jovem. Graduara-se em Diplomacia Americana ao levar os alemães ao Cassino Newport por três temporadas seguidas. Era também conhecido como exímio dançarino, até mesmo em Londres. A Nobreza e as gardênias eram suas únicas fraquezas; fora isso, era deveras sensato. A senhorita Virgínia E. Otis, jovem de quinze anos, era graciosa e delicada qual uma corça. Era uma amazona exímia; certa vez havia corrido com seu pônei contra o velho Lorde Bilton, ganhando duas vezes por um corpo e meio, bem em frente à estátua de Aquiles. Imerso em encanto, o jovem Duque de Cheshire pediu-lhe a mão ali mesmo, e foi mandado de volta a Eton, com sua guarda, em prantos. Depois de Virgínia vinham os gêmeos, normalmente chamados de "Estrelas e Listras", pois estavam sempre apanhando. Eram meninos maravilhosos e, fora o respeitoso Ministro, os únicos republicanos verdadeiros na família.

Como Canterville fica a sete milhas de Ascot, a estação mais próxima, o Sr. Otis telegrafou, pedindo um vagonete para apanhá-los. Começaram a viagem com muito bom ânimo. Era um adorável anoitecer de julho e o ar recendia delicado ao aroma dos pinheiros. De vez em quando, eles ouviam uma pomba-trocal encantada com seu próprio canto doce, ou viam, no fundo das samambaias farfalhantes, um reluzente peito de faisão. Pequenos esquilos os espreitavam das faias quando eles passavam; os coelhos desapareciam por entre os arbustos ou atrás dos cômoros musgosos, com seus rabichos brancos à vista. Contudo, quando entraram na alameda de Canterville, o céu de súbito tornou-se carregado de nuvens escuras; uma curiosa paralisia passou a envolver a atmosfera. Uma revoada de gralhas passou sobre eles em silêncio. Antes de chegarem à casa, já haviam caído grossos pingos de chuva.

Em pé, nos degraus, esperando para recebê-los, estava uma velha senhora, vestida com capricho, em seda negra, com barrete e avental brancos. Chamava-se Sra. Umney, era a governanta, a quem a Sra. Otis consentira em manter na mesma posição, atendendo ao desvelado pedido de Lady Canterville. Fez a cada um uma pequena mesura enquanto apeavam, e disse-lhes de modo pitoresco e antiquado:

– Dou-lhes as boas-vindas a Canterville.

Seguindo-a, atravessaram todos o luxuoso *hall* estilo Tudor até a biblioteca, uma sala longa, de pé-direito baixo, toda apainelada em carvalho negro e com um grande mosaico ao fundo. Lá encontraram o chá já preparado. Depois de tirarem os casacos, sentaram-se e começaram a admirar a sala, enquanto a Sra. Umney os servia.

A Sra. Otis avistou, de súbito, uma opaca mancha vermelha no assoalho, bem ao lado da lareira. Inconsciente de seu verdadeiro significado, disse à Sra. Umney:

– Creio que algo foi derramado ali.

– Sim, senhora – replicou a velha governanta em voz baixa. – Sangue foi derramado naquele lugar.

– Que horror! – exclamou a Sra. Otis. – Não quero manchas de sangue na sala de estar, de modo algum. Ela deve ser removida imediatamente.

A velha dama sorriu e respondeu na mesma voz baixa e misteriosa:

– Aquele é o sangue de Lady Eleanore de Canterville, assassinada naquele mesmo lugar por seu próprio marido, Sir Simon de Canterville, em 1575. Sir Simon ainda viveu mais nove anos, e desapareceu de repente, em circunstâncias misteriosíssimas. Seu corpo jamais foi encontrado, mas seu espírito em culpa ainda assombra a casa. A mancha de sangue é muito admirada por turistas e curiosos, e não se consegue removê-la.

– Tudo bobagem! – exclamou Washington Otis. – O Removedor de Manchas Campeão de Pinkerton e o Detergente Perfeição vão limpá-la em menos de um segundo! – E antes que a governanta em choque pudesse interferir, ele já estava de joelhos, esfregando com velocidade um bastonete do que parecia ser uma tintura negra. Em poucos segundos nenhum traço da mancha de sangue podia ser visto.

– Eu sabia! O velho Pinkerton sempre resolve! – exclamou exultante, fitando a atônita família ao redor. Mal havia dito ele estas palavras quando a terrível luz de um relâmpago iluminou a sala escura, o tenebroso rugir de um trovão fê-los pular, enquanto a Sra. Umney desmaiava.

– Que clima horroroso! – disse o Ministro com calma enquanto acendia um comprido charuto. – Creio que a velha terra está tão superlotada que eles não têm um tempo decente para todos. Sempre fui da opinião de que o êxodo é a única saída para a Inglaterra.

– Hiram querido – exclamou a Sra. Otis –, o que fazer com uma empregada desmaiada?

– Descontar do pagamento por danos materiais. – Ela não mais desmaiará depois disso. – De fato, em poucos instantes a Sra. Umney voltou a si. Entretanto, estava por demais nervosa, não havia dúvida. Advertiu com severidade o Sr. Otis para tomar cuidado com futuros problemas na casa.

– As coisas que vi, com estes olhos, senhor – disse –, fariam arrepiar o cabelo de qualquer cristão. Por muitas e muitas noites não consegui dormir devido às coisas horripilantes aqui perpetradas. – O Sr. Otis e sua esposa, no entanto, com ternura asseguraram à boa alma não ter medo de fantasmas. Depois de invocar as bênçãos da Providência sobre seus novos patrões e fazer acertos para um aumento de salário, a velha governanta cambaleou até seu quarto.

2

A tempestade rugiu por toda a noite, cheia de poder malévolo, porém nada de estranho aconteceu. Entretanto, na manhã seguinte, quando estavam todos descendo para o café da manhã, encontraram a pavorosa mancha de sangue mais uma vez no assoalho.

– Não pode ser culpa do Detergente Perfeição. – disse Washington – Experimentei-o com tudo. Deve ter sido o Fantasma.

Ele então esfregou a mancha uma segunda vez, mas na manhã seguinte ela reapareceu. Na terceira manhã, também estava lá, embora o próprio Sr. Otis houvesse trancado a biblioteca à noite e levado a chave para o quarto consigo. A família inteira estava agora bastante interessada: o Sr. Otis começou a suspeitar que havia sido dogmático demais ao negar a existência de fantasmas; a Sra. Otis expressou sua intenção de filiar-se à Sociedade Psíquica; e Washington escreveu uma longa carta aos senhores Myers e Podmore sobre o tema "Permanência de Manchas Sanguíneas Quando em Conexão com o Crime". Mas naquela mesma noite todas as dúvidas sobre a existência objetiva de fantasmas seriam dissipadas para sempre.

O dia estivera quente e ensolarado. Ao cair da noite, a temperatura já mais amena, a família toda saiu para um passeio. Não voltaram eles até as nove horas, quando comeram uma ceia leve. As conversas de modo algum foram sobre fantasmas. Não havia assim nem mesmo aquela espécie de expectativa receptiva, condição primária com tanta frequência precedente ao acontecimento de fenômenos psíquicos em si. Os assuntos discutidos, como pude saber pelo próprio Sr. Otis, foram apenas os que compreendem a conversação ordinária de norte-americanos cultos de classe alta, tais como a imensa superioridade da senhorita Fanny Davenport sobre Sarah Bernhardt como atriz; a dificuldade de se obter milho verde, bolo de trigo e angu de milho, mesmo nos melhores armazéns ingleses; a importância de Boston no desenvolvimento mundial; as vantagens do sistema automático de embarque de bagagens nas viagens ferroviárias; a doçura do sotaque de Nova York quando comparado com o balbucio londrino. Nada foi dito sobre o sobrenatural, nem se aludiu de qualquer modo a Sir Simon de Canterville. Às onze horas a família foi se deitar. Dali a meia hora todas as luzes estavam apagadas. Passado algum tempo, o Sr. Otis foi acordado por um ruído estranho vindo do corredor, em frente ao seu quarto. Soava como o arrastar de metal e parecia aproximar-se a cada segundo. Ele levantou-se de imediato, acendeu um fósforo e olhou as horas. Uma hora em ponto. Estava muito calmo; auscultou seu pulso: nem um pouco acelerado. O estranho ruído ainda continuava. Concomitante a ele, ouvia o som de passos. Colocou seus chinelos, tirou um pequeno frasco oblongo do armário do banheiro e abriu a porta. À sua frente ele viu, sob a luz pálida da lua, um velho de aparência aterradora. Seus olhos eram vermelhos como carvão em brasa; os cabelo longos e grisalhos, crespos e sebosos caíam sobre seus ombros; suas vestes, à moda antiga, estavam empoeiradas e gastas; de seus pulsos e tornozelos pendiam pesadas algemas e grilhões cheios de ferrugem.

– Meu caro senhor – disse o Sr. Otis. – Eu realmente devo insistir para o senhor lubrificar suas correntes; para tanto, trouxe-lhe uma pequena garrafa do Lubrificante Tamany Sol Nascente. Dizem ser eficaz por completo em uma única aplicação; aqui na caixa há depoimentos de alguns dos nossos clérigos mais eminentes. Deixá-la-ei para o senhor, aqui ao lado do castiçal, e ficarei feliz em dar-lhe mais, se necessário.

Dito isto, o Ministro dos Estados Unidos largou a garrafa em uma mesinha de mármore, fechou sua porta e foi dormir.

Por um momento o Fantasma de Canterville ficou sem ação, totalmente estupefato. Então atirou a garrafa no soalho brilhante e saiu a voar pelo corredor, proferindo urros demoníacos e emitindo uma malévola luz esverdeada. Entretanto, quando alcançou o topo da grande escadaria de carvalho, uma porta abriu-se com violência, apareceram duas pequenas criaturas em robes brancos e um travesseiro grande passou zunido por sua cabeça! Era evidente que não havia tempo a perder; adotando, rápido, a Quarta Dimensão do Espaço como meio de fuga, ele desapareceu através dos lambris, e a casa voltou a ficar em silêncio.

Quando alcançou uma pequena câmara secreta, na ala esquerda, recostou-se contra um raio de luar para recuperar o fôlego. Começou a tomar consciência da situação: nunca, em uma brilhante e ininterrupta carreira de trezentos anos, fora insultado de maneira tão rude. Pensou na viúva Duquesa, a quem assustara da forma mais apavorante possível quando ela se encontrava diante do espelho, admirando seu colar e seus diamantes; nas quatro arrumadeiras, que ficaram histéricas quando ele tão somente sorriu, arreganhando os dentes por detrás das cortinas de um dos quartos de hóspedes; no pastor da paróquia, agora sob os cuidados de Sir William Gull, sofrendo das mais agudas crises nervosas, desde que teve sua vela apagada pelo fantasma, quando voltava da biblioteca certa noite; e na velha Madame de Tremouillac: tendo acordado uma manhã e visto um esqueleto sentado em uma poltrona, ao lado da lareira, lendo seu diário, reconciliou-se com a Igreja e cortou relações com aquele cético notório, o Sr. de Voltaire. Lembrou-se da fatídica noite em que o perverso Lorde Canterville foi encontrado engasgado em seu quarto de vestir, com o valete de ouros atravessado em sua garganta. Pouco antes de morrer, o Lorde confessou ter enganado Charles James Fox, roubando-lhe £50.000,00 no Crocksford com aquela mesma carta. O fantasma o fizera engoli-la, jurou ele. Todos os seus grandes feitos vieram-lhe novamente à memória, do mordomo que se suicidara na despensa porque vira uma mão verde batendo na vidraça, à bela Lady Stutfield, obrigada a usar pelo resto da vida uma tira de veludo negro ao redor da garganta, para esconder a marca de cinco dedos cauterizados em sua pele alva. Acabou afogando a si própria no lago de carpas, no fim de King's Walk. Com o ego inflamado do verdadeiro artista ele lembrou suas performances mais célebres. Sorriu com amargura ao trazer à mente sua última aparição como "Ruben Roxo, ou o Bebê Estrangulado"; seu début como "Gibeon Descarnado, ou o Chupador de Sangue de Bexley Moore"; e o furor causado em uma adorável noite de junho, só por ter ele jogado boliche com seus próprios ossos na quadra de tênis. Depois de uma carreira como esta, vinham uns americanos malcriados oferecer-lhe o Lubrificante Sol Nascente e atirar um travesseiro na sua cabeça! Era por demais insuportável. Além disso, nenhum fantasma na História fora alguma vez insultado dessa forma. Pois bem, iria ter sua vingança. Ficou até o amanhecer em profunda reflexão.

3

Na manhã seguinte, quando a família Otis encontrou-se na mesa do café da manhã, conversou um pouco sobre o Fantasma. O Ministro dos Estados Unidos sentia-se um pouco contrariado por ter seu presente recusado.

– Não desejo ferir o Fantasma de modo algum – observou. – Também devo dizer que, levando em conta há quanto tempo ele está na casa, não acho nem um pouco educado atirar-lhe travesseiros – uma observação muito justa, à qual, devo dizer, os gêmeos irromperam em risos. – Por outro lado – continuou –, se ele se recusa mesmo a usar o Lubrificante Sol Nascente, devemos tirar-lhe as correntes. É impossível dormir com um ruído desses vindo de fora dos quartos.

Pelo resto da semana, contudo, eles não foram perturbados. A única coisa a causar ainda algum comentário era o contínuo renovar da mancha de sangue no assoalho da biblioteca. Era deveras estranho, pois a porta era sempre trancada à noite pelo Sr. Otis e as janelas eram mantidas fechadas com barras. Também a cor caleidoscópica da mancha chamava a atenção. Em algumas manhãs estava de um vermelho escuro, quase sangue; outras, ficava cinabre, outras, de um púrpura vivo. Certa vez, quando desciam todos para as orações em família, segundo os rituais da Livre Igreja Episcopal Reformada Americana, encontraram uma brilhante mancha verde esmeralda. Como era de se esperar, tais mudanças camaleônicas muito surpreenderam o grupo; apostas sobre ela eram feitas todas as noites. A única a não entrar na brincadeira foi Virginia; por alguma razão desconhecida, ficava sempre incomodada com a visão da mancha de sangue, e quase gritou na manhã em que ela estava verde esmeralda.

A segunda aparição do fantasma deu-se no domingo à noite. Pouco depois de todos terem se recolhido, foram de súbito acordados por um terrível estrondo no *hall*. Descendo com pressa as escadas, encontraram a pesada cota de uma velha armadura fora de seu suporte, caída no soalho de pedra. Em frente a ela, sentado em uma cadeira de costas altas, estava o Fantasma de Canterville, esfregando os joelhos com uma expressão de forte agonia no rosto. Como haviam trazido suas zarabatanas consigo, os gêmeos incontinentes atiraram-lhe duas bolotas, com aquela mira precisa, alcançada apenas com uma longa e cuidadosa prática em um professor de caligrafia, enquanto o Ministro dos Estados Unidos apontava-lhe o revolver, mandando-o, de acordo com a etiqueta californiana, levantar as mãos. O Fantasma pôs-se de pé com um urro de fúria, passou através deles como névoa, apagando a vela de Washington Otis ao passar, deixando-os assim em total escuridão. Ao alcançar o topo da escadaria, acalmou-se e decidiu soltar sua famosa risada demoníaca: tinha sido utilíssima em mais de uma ocasião. Diziam ter tornado grisalha a peruca de Lorde Raker em uma única noite, além de com certeza ter feito três preceptoras francesas de Lady Canterville pedirem dispensa antes do fim mês. Ele então riu sua mais pavorosa risada, até a velha abóbada do telhado ranger quase ao ponto de se quebrar. Mas mal havia o temível eco se extinguido quando uma porta abriu; dali saiu a Sra. Otis em um robe de chambre azul claro.

– Você não me parece nada bem – disse –, por isso trouxe uma garrafa do Extrato do Doutor Dobell. Se é indigestão, você irá sentir-se aliviado.

O Fantasma fitou-a, em fúria; começou a metamorfosear-se em um imenso cão preto (um feito pelo qual possuía merecido renome); o médico da família sempre atribuía a esse cão a idiotia permanente do tio de Lorde Canterville, o ilustre Thomas Horton. O som de passos se aproximando, no entanto, fê-lo hesitar em seu objetivo ignominioso. Contentou-se em tornar-se levemente fosforescente, desaparecendo com um profundo gemido cadavérico, justo quando os gêmeos o alcançaram.

Quando chegou na sua sala o Fantasma perdeu inteiramente o controle, tomado pelo desespero. A vulgaridade dos gêmeos, o materialismo tosco da Sra. Otis, eram com certeza irritantes por demais; mas o que realmente o tirou de si foi o fato de ele não conseguir vestir a cota de malha. Tivera a esperança de que mesmo americanos modernos seriam afetados pela visão de um Espectro em Armadura, se não por alguma razão sensata, ao menos por respeito ao seu poeta Longfellow, cuja graciosa e atraente poesia haviam entretido o Fantasma nas muitas horas enfadonhas em que os Cantervilles estavam na cidade. Além disso, era sua própria armadura. Havia-a usado com sucesso no torneio de Kenilworth, onde fora condecorado por ninguém menos que a própria Rainha Virgem. Não obstante, quando a pusera, sobrepujaram-no completamente o peso da enorme placa peitoral e do elmo de aço; caiu como um pateta no chão de pedra, esfolando ambos os joelhos e contundindo as juntas de sua mão direita.

Esteve muito mal por alguns dias; quase não circulou fora de seu quarto, exceto para manter a mancha de sangue em bom estado. Ficou de resguardo e, assim, recuperou-se. Resolveu então fazer uma terceira tentativa de assustar o Ministro dos Estados Unidos e sua família. Escolheu sexta-feira, dezessete de agosto, para sua performance. Passou a maior parte do referido dia escolhendo seu guarda-roupa, finalmente se decidindo em favor de um chapéu grande, de abas baixas, uma mortalha com enfeites nos punhos e colarinho e uma adaga enferrujada. Ao cair da noite principiou uma violenta tempestade, o vento soprava forte, todas as janelas e portas da casa velha vibravam, trêmulas. Era justamente o tempo que ele adorava. Assim planejara sua ação: seguiria em silêncio até o quarto de Washington Otis, iria assustá-lo do pé da cama e esfaqueá-lo três vezes ao som de música lenta. Nutria por Washington um rancor todo especial; tinha certeza de que era ele quem tinha por hábito remover a famosa mancha Canterville com o Detergente Perfeição de Pinkerton. Reduzido o bravo e precipitado jovem a uma condição de terror abjeto, iria seguir então ao quarto ocupado pelo Ministro dos Estados Unidos e sua esposa. Uma vez lá, iria pousar a mão gélida na testa da Sra. Otis, e ao mesmo tempo sussurrar aos ouvidos de seu trêmulo marido os horríveis segredos da morgue. Com respeito a Virginia, ainda não tinha se decidido muito bem. Ela nunca, de modo algum, o havia insultado, era bela e gentil. Uns poucos gemidos cadavéricos vindos do guarda-roupa estariam a seu contento, pensou; ou, se isso não a acordasse, ele poderia arrastar-se pela colcha com garras afiadas e paralisantes. Quanto aos gêmeos, estava determinado a ensinar-lhes uma lição. A primeira coisa a fazer era, é claro, sentar em seus peitos, para produzir a sufocante sensação de pesadelo. Então, como suas camas eram próximas uma da outra, deitar-se-ia entre eles na forma de um gélido cadáver apodrecido, até ficarem paralisados de medo; por fim, tiraria sua mortalha e rastejaria pelo quarto, com os ossos brancos e um globo ocular caído, no papel de "Daniel Doido, ou o Esqueleto Esquecido", um papel que em mais de uma circunstância produzira um grande efeito; considerava-o quase tão bom quanto o seu famoso "Martin, o Maníaco, ou o Mistério Mascarado".

Às dez e trinta ele ouviu a família indo deitar-se. Durante algum tempo ainda foi incomodado pelas risadas selvagens dos gêmeos que, com a alegria despreocupada dos jovens, estavam com certeza aprontando das suas. Mas às onze e um quarto tudo era silêncio. Quando soou meia-noite, ele saiu. A coruja piava contra as vidraças, o corvo grasnava do velho teixo; o vento soprava, uivando ao redor da casa como uma alma penada. Dentro, a família Otis dormia, inconsciente de seu destino: muito acima da chuva e tempestade ele podia ouvir o constante ronco do Ministro dos Estados Unidos. Saiu pé ante pé para fora dos lambris, um sorriso maldoso em sua boca velha e enrugada. A lua escondeu o rosto em uma nuvem quando ele passou pela majestosa sacada, a qual ostentava, em azul celeste e ouro, os brasões seu e de sua esposa morta. Deslizava ele como uma sombra de puro mal; a própria escuridão parecia encher-se de asco quando ele passava. Pensou uma vez ter ouvido um chamado e parou; porém era apenas um cão ladrando da distante Fazenda Vermelha. Prosseguiu, resmungando estranhas maldições do século XVI, brandindo em golpes invisíveis a adaga enferrujada no ar frio da meia-noite. Alcançou então a extremidade do corredor que levava aos aposentos do infeliz Washington. Deteve-se por um momento, o vento varrendo seus cabelos velhos, fazendo serpentear em ondas fantásticas e grotescas a mortuária capa do Fantasma. O relógio bateu meia-noite e um quarto: sentiu que a hora chegara. Riu sorrateiro para si e fez a curva no corredor. Tão logo o fez, recuou lépido, com um gritinho de medo, escondendo o rosto descarnado nas mãos longas e ossudas. Bem à sua frente estava um espectro horripilante, imóvel como uma estátua, monstruoso como o sonho de um desvairado. Sua cabeça era nua, reluzente; sua cara, redonda, gorda e branca; uma risada medonha parecia ter transformado suas feições em um eterno riso contorcido. Dos olhos saíam raios de luz escarlate; a boca era um fosso do inferno; e um traje, tão medonho quanto ele próprio, recobria a titânica criatura. Uma placa cobria seu peito, com uma mensagem em estranhos caracteres de escrita arcaica. Lembrava um rol de vergonha, uma lembrança de pecados animalescos, um horroroso calendário do crime. Em sua mão direita, trazia desembainhada uma cimitarra de aço reluzente.

Estava apavorado, naturalmente: nunca vira um fantasma antes. Depois de uma segunda espiada apressada no horrendo espírito, escapuliu o Fantasma de volta a seu quarto, deixando sua comprida mortalha desenrolar enquanto voava pelo corredor; até deixou cair o punhal enferrujado dentro de uma das botas de couro de burro do Ministro, onde foi encontrado pelo mordomo na manhã seguinte. Dentro da privacidade do seu quarto, atirou-se em um pequeno catre, tapando sua cabeça com as cobertas. Após um certo tempo, contudo, o velho e bravo espírito Canterville voltou ao comando. Decidiu ele ir falar ao outro fantasma tão logo raiasse o dia. Assim que a aurora estava tocando as colinas com mãos de prata, o Fantasma voltou ao ponto onde pela primeira vez pusera os olhos no horroroso espectro, sentindo que, no fim das contas, dois fantasmas era melhor do que um. Naquele mesmo dia, com a ajuda do seu novo amigo, ele com certeza daria cabo dos gêmeos. Não obstante, o que seus olhos encontraram ao chegar no lugar o surpreendeu: algo acontecera ao espectro, era evidente, pois a luz sumira de seus olhos vazios; a reluzente cimitarra não estava mais em sua mão: jazia recostada contra a parede, em posição incômoda, desconfortável. Correu o Fantasma até onde se encontrava o espectro, puxou-o pelo braço e qual não foi seu espanto quando viu a cabeça da criatura cair e rolar pelo chão; quando o corpo desmontou, ele viu-se abraçado a um cobertor branco de fustão! Aos seus pés, jaziam uma vassoura, uma faca de cozinha e um nabo! Sem entender o porquê de tão curiosa transformação, agarrou a placa com rapidez febril. Nela, sob a luz prateada da manhã, leu ele estas palavras mortais:

Phantasmæ Otis.
Unicum ver dadeirum phantasmorum.
Cuidáivus cum imitationis!
Omni outri copias sunt.

A coisa toda lhe atingiu como um raio. Fora ludibriado, trapaceado, feito de bobo! O velho olhar Canterville surgiu em seus olhos, suas gengivas desdentadas rangeram; levantou as mãos sobre a cabeça e jurou, segundo a fraseologia típica da escola antiga, que quando Chantecler houvesse duas vezes feito soar seu clarim, derramar-se-ia o sangue em poças. O Assassinato andaria à solta, em passos silentes.

Mal havia ele terminado sua praga, ouviu-se o cantar de um galo, vindo do telhado de barro de alguma propriedade vizinha. Ele riu, uma risada longa, grave, cheia de amargura. Esperou. Por horas e horas ele esperou, mas o galo, por alguma estranha razão, não cantou uma segunda vez. Por fim, às sete e trinta, a chegada das arrumadeiras fê-lo desistir da vigília obsessiva. Voltou em silêncio para o quarto, pensando em seus objetivos frustrados. Lá, consultou inúmeros livros de cavalaria antiga. Em todas as ocasiões em que proferira sua praga, o galo Chantecler sempre cantara uma segunda vez, assim descobriu.

– Danou-se o frangote malcriado – murmurou. – Já o dia posso ver em que, com minha lança de pujante aço, tê-lo-ei agarrado pelos gorgomilos! Fá-lo-ei cantar-me um hino à morte!

Foi então deitar-se em um confortável caixão de chumbo, onde ficou até o anoitecer.

4

No dia seguinte o Fantasma sentia-se muito fraco e cansado. A tremenda excitação das últimas quatro semanas começava a transtorná-lo. Seus nervos estavam em frangalhos; tinha um sobressalto ao menor ruído que escutasse. Ficou em seu quarto por cinco dias, desistindo afinal da mancha de sangue na biblioteca. Se a família Otis não a queria, por certo não a merecia. Com toda a certeza, aquelas eram pessoas em um plano de existência baixo, material, totalmente incapazes de apreciar o valor simbólico de fenômenos extrassensoriais. Quanto a aparições fantasmagóricas, ou ao desenvolvimento de corpos astrais, eram por certo questões mui diferentes, não estavam sob seu controle. Suas obrigações solenes consistiam apenas em aparecer no corredor uma vez por semana e emitir gemidos da sacada na primeira e terceira quartas-feiras do mês. Não via como capitular com honra a tais compromissos. Sua vida fora bastante má, era bem verdade, mas, por outro lado, tinha muita ciência sobre todas as coisas com relação ao sobrenatural. Por três sábados seguidos, portanto, ele caminhou pelo corredor, como de costume, entre meia-noite e três horas da manhã, tomando todo o cuidado possível para não ser nem visto nem ouvido. Descalçava as botas, pisava o mais levemente possível no assoalho carcomido por cupins, vestia um casaco de veludo grande e preto; tinha o cuidado de também usar o Lubrificante Sol Nascente para desenferrujar suas correntes. Soube que tomou esta última medida de segurança com certa relutância. Contudo, certa noite, quando a família jantava, ele deslizou até o quarto do Sr. Otis e levou o frasco consigo. Sentiu-se um pouco humilhado a princípio, mas depois reconheceu que fora sensato o bastante para ver o quão útil era a tal invenção, e, até certo ponto, ela lhe serviu muito bem. Ainda assim, não deixaram de molestá-lo. No escuro, tropeçava em fios esticados entre as paredes do corredor. Uma noite, vestido de "Isaac, o Negro ou O Caçador de Hogley", teve uma queda brusca, quando pisou em uma camada de manteiga, espalhada pelos gêmeos, que ia da entrada da Sala de Tapeçaria até o topo da escada de carvalho. Esse último insulto enfureceu-o para além de qualquer limite. Resolveu assim recuperar sua dignidade: iria visitar os insolentes jovens de Eton na noite seguinte, vestido em sua célebre persona "Rupert Rompante, ou Earl-sem-cabeça". Não se disfarçava assim há mais de setenta anos; a bem da verdade, com este disfarce assustara a bela Lady Barbara Modish, levando-a a romper o noivado com o avô do atual Lorde Canterville; ela fugiu para Gretna Green com o galante Jack Castleton, dizendo que nada no mundo a faria casar com um homem cuja família permitia a um fantasma tão horrendo andar pelo terraço no crepúsculo. O pobre Jack acabou baleado em um duelo contra Lorde Canterville, em Wandsworth Common; Lady Barbara morreu, com o coração partido, em Tunbridge Wells, antes do fim daquele ano. De qualquer modo, fora um grande sucesso. Contudo, era uma maquiagem extremamente difícil, se é que posso usar uma expressão teatral como analogia para os grandes mistérios sobrenaturais ou, para empregar um termo mais científico, supranaturais. Levou três horas para se preparar. Enfim estava pronto, e satisfeito com sua aparência. As grandes botas de montaria, de couro, eram um pouco largas, bem como as roupas; também só conseguiu encontrar uma das duas pistolas de cavalaria, porém o resultado geral muito o satisfez. À uma e quinze ele deslizou para fora dos lambris e arrastou-se pelo corredor. Ao alcançar o quarto ocupado pelos gêmeos – chamado de "a Câmara da Cama Azul", devido à cor de suas cortinas – encontrou a porta entreaberta. Decidiu fazer uma entrada dramática: abriu a porta de sopetão; foi quando caiu um balde de água sobre ele, molhando-o dos pés à cabeça, quase atingindo o seu ombro esquerdo. Na mesma hora ele ouviu risadas abafadas vindas das camas de colunas. Como se houvesse tomado um choque em sua espinha, voltou correndo ao quarto o mais rápido possível. No dia seguinte estava de cama, com um forte resfriado. Seu único consolo mesmo era o fato de não ter levado a cabeça consigo. Se o houvesse feito, as consequências teriam sido muito sérias.

Acabaram-se para ele as esperanças de poder assustar essa família americana rude a não poder mais. Contentou-se, via de regra, em arrastar os pés pelos corredores usando chinelos de pelúcia, com um grosso cachecol vermelho ao redor da garganta para não apanhar o ar frio da noite, carregando um pequeno bacamarte, caso fosse atacado pelos gêmeos. O ataque final ocorreria em dezenove de setembro. O Fantasma tinha descido as escadas até o luxuoso hall de entrada, crendo que, depois de toda a desgraça, não seria mais perturbado. Estava se divertindo, satirizando as enormes fotografias Saroni do Ministro dos Estados Unidos e sua esposa, agora em lugar das pinturas da família Canterville. Estava simples mas caprichosamente envolto em uma longa capa, coberto com mofo de cemitério; amarrara seu queixo com uma tira de linho amarelo; carregava uma pequena lanterna e uma pá de corte. Na verdade, estava vestido de "Jonas-sem-cova, ou o Apanhador de Corpos de Chester Barn", uma de suas encarnações mais impressionantes. Tinham os Cantervilles todas as razões em lembrar-se, pois fora ela a verdadeira causa da querela entre os primeiros e seu vizinho, Lorde Rufford. Eram por volta de duas e um quarto da madrugada. Pelo visto, não havia movimento. Não obstante, quando estava indo até a biblioteca, ver se restava algum traço da mancha de sangue, duas figuras saídas de um canto escuro saltaram sobre ele, sacudindo os braços sobre as cabeças e fazendo "BUUUU!!!!"

Tomado de pânico, o que era muito natural, dada a circunstância, correu até escadaria, mas lá encontrou Washington esperando por ele, com uma comprida mangueira de jardim. Cercado por seus inimigos por todos os lados, quase sendo apanhado, desapareceu dentro da grande estufa de ferro. Para sua sorte ela não estava acesa. Assim escapou por entre os canos e chaminés, chegando em seu quarto cheio de poeira, confusão e desespero.

Depois disto não foi mais visto em excursões noturnas. Os gêmeos o esperavam por várias horas; todas as noites espalhavam nozes nos corredor, para grande irritação de seus pais e dos empregados; mas era inútil. O Fantasma estava decepcionado, era óbvio, e não iria aparecer. Em consequência, o Sr. Otis voltou à sua grande obra sobre a história do Partido Democrata; a Sra. Otis organizou um maravilhoso jantar de frutos do mar, uma deliciosa surpresa para todo o condado; os rapazes foram jogar *lacrosse*, *euchre*, *poker* e outros jogos típicos dos Estados Unidos; Virginia foi cavalgar pelas alamedas com seu pônei, acompanhada do jovem Duque de Cheshire; ele viera passar a última semana de suas férias em Canterville. Todos supunham que o Fantasma se fora. O Sr. Otis até escreveu uma carta a Lorde Canterville sobre o assunto. Este, em resposta, mostrou-se feliz com a notícia e mandou seus cumprimentos à gentil esposa do Ministro.

A família Otis, no entanto, estava enganada: o Fantasma ainda permanecia na casa. Embora estivesse praticamente inválido, não iria de modo algum desistir de sua empreitada, ainda mais quando soube o Duquesinho de Cheshire estar entre os convidados. O tio-avô do Duque, Lorde Francis Stilton, certa vez apostara cem guinéus com o Coronel Carbury como iria jogar dados com o Fantasma Canterville. Foi encontrado, na manhã seguinte, caído no chão da sala de jogos em um estado de paralisia lamentável; embora houvesse vivido até uma idade bastante avançada, jamais conseguira falar nada além de "Duplo Seis!" A historieta foi à época bastante conhecida; sem o mínimo respeito pelas duas nobres famílias, tudo foi feito para escondê-la. Um relato completo das circunstâncias a ela ligadas pode ser encontrado no terceiro volume de *As recordações do Príncipe-Regente e seus amigos*. Assim, o Fantasma estava muito ansioso para mostrar como ainda tinha influência sobre os Stiltons, com quem na verdade tinha um parentesco distante – sua prima em primeiro grau havia sido casada em *secondes noces*4 com o Sieur de

4. Segundas núpcias. (N.E.)

Bulkeley, de onde, como todos sabem, descende a linhagem dos Duques de Cheshire. Preparou-se então para aparecer ao namoradinho de Virginia, na pele de "O Monge Vampiro, ou o Beneditino Exangue", uma figura repulsiva ao extremo, a ponto de ter levado a idosa Lady Startup à histeria, quando a viu, naquela fatídica noite de Ano-Novo de 1764. Seus gritos desesperados a levaram a uma apoplexia violenta; morreu três dias depois, tendo deserdado os Cantervilles, seus parentes mais próximos, e deixado o dinheiro para a hipotecária, em Londres. No último instante, contudo, seu medo pavoroso dos gêmeos o impediu de deixar o quarto. Assim, o Duquesinho dormiu em paz, sob o volumoso cobertor de penas, no Quarto Real, e sonhou com Virginia.

5

Poucos dias depois, Virginia e seu cavalariço de cabelos cacheados saíram a passear nos arredores de Brockley, onde ela arruinou sua capa quando adentrou um espinheiro. Ao voltar para casa, decidiu entrar pela escadaria dos fundos, para não ser vista. Quando passava, correndo, pela Sala da Tapeçaria, cuja porta calhava de estar aberta, pensou ter visto alguém ali dentro. Acreditando ser a empregada de sua mãe, cujo trabalho às vezes para lá levava, voltou para pedir que lhe remendasse a capa. Entretanto, para sua imensa surpresa, quem lá estava era o Fantasma de Canterville, em espírito! Sentado junto à janela, observava o ouro escuro das árvores amarelecidas flutuando no ar e as folhas vermelhas dançando, desvairadas, ao longo da alameda. Apoiava a cabeça em uma das mãos. Seu semblante denotava extrema depressão. De fato, tão desesperançado, tão alquebrado parecia, que a jovem Virginia, cuja primeira ideia fora fugir correndo e esconder-se no quarto, encheu-se de piedade; decidiu tentar confortá-lo. Tão leve eram seus passos, e tão grande a melancolia do Fantasma, que ele não tomou consciência da presença de Virgínia até esta lhe dizer:

– Sinto muito por você – exclamou. – Meus irmãos voltam para Eton amanhã. Se você se comportar agora ninguém o incomodará mais.

– É absurdo pedir para bem me comportar! – replicou, encarando com surpresa a linda jovem que se atrevera a lhe dirigir a palavra. – Por demais absurdo! É mister arrastar minhas correntes, sussurrar pelas fechaduras, vagar noite adentro, se é disso que estás a falar. É toda a razão da minha existência.

– Isto não é razão nenhuma para existir. Você sabe que foi bem perverso. A Sra. Umney mesmo nos disse, quando chegamos aqui: você matou sua própria esposa!

– Ora, pois o fiz, e admito – disse o Fantasma, com petulância –, mas era uma questão de família. A outros não dizia respeito.

– Matar alguém é algo muito errado! – replicou Virginia, a quem às vezes advinha uma doce seriedade puritana, herdada de algum velho ancestral da Nova Inglaterra.

– Ah! Odeio essa severidade plebeia da ética abstrata! Minha esposa era comum por demais, nunca franzia meus rufos de maneira apropriada, e além do mais, nada sabia de cozinha. Caçara eu um corço, em Hogley Woods, vejas só, um magnífico veado. Sabes como ela o preparou? Bem, não mais interessa agora, pois acabou-se. Mas não creio ter sido gentil da parte de meus cunhados ter me feito morrer de inanição... muito embora eu a tenha matado.

– Mataram-no de fome? Oh, senhor Fantasma, quero dizer, Sir Simon, está com fome? Tenho um sanduíche em minha cesta. Quer?

– Não, muito grato. Nada como nos dias presentes. Mas é mui gentil de tua parte assim mesmo. És mui boa alma, comparada à corja de tua família. Bando de mortais disformes, rudes, desonestos...

– Pare! – gritou Virginia, batendo o pé. – Você é que é rude e disforme e vulgar. E por falar em desonestidade, foi você quem roubou as tintas da minha caixa para tentar retocar aquela mancha de sangue ridícula na biblioteca. Primeiro pegou os meus vermelhos, inclusive o cinabre; não podia mais pintar um pôr do sol sequer; aí pegou o verde esmeralda e o prata. No fim, não tinha nada além de índigo e branco gelo; só dava para fazer quadros de luar, umas coisas deprimentes de se ver e nada fáceis de pintar. Eu nunca lhe disse nada, embora estivesse muito irritada; e além do mais a coisa toda era ridícula: onde já se já viu sangue verde esmeralda?

– Pois, é bem verdade – replicou o Fantasma. – Mas de que outro modo poderia eu fazer? Não é mister dos mais fáceis conseguir o verdadeiro sangue em dias de hoje. E foi teu irmão quem começou toda a querela; não vi assim causa para não tomar-te as tintas. Em respeito à cor, foi sempre uma questão de gosto: vejas bem, os Cantervilles possuem sangue azul, o mais azul em terras de Inglaterra. Mas tenho por suposto que a vós, de América, não importam coisas tais.

– Você não sabe nada sobre isso! A melhor coisa para você é viajar para fora daqui e ampliar os horizontes. Meu pai ficará muito feliz em lhe dar uma passagem grátis; segundo ouvi dizer, há uma taxa muito pesada sobre qualquer tipo de espírito, mas não haverá problema de espécie alguma, todos os funcionários da alfândega são democratas. Uma vez em Nova York, você será um grande sucesso, pode ter certeza. Sei de montes de pessoas que dariam até cem mil dólares para ter um avô, quanto mais para ter um fantasma na família.

– Não creio que a América me agrade tanto assim.

– Talvez porque não tenhamos nem ruínas nem curiosidades – disse Virginia em tom de mofa.

– Como não as têm? E quanto a sua Marinha e suas maneiras?

– Bem, boa noite. Vou pedir a papai que conceda uma semana extra para os gêmeos.

– Misericórdia, pequena Virginia, por favor, não! – exclamou. – Tão só tenho estado, tão infeliz. Não vejo mais saída. Dormir é meu desejo, mas não o consigo.

– Isto é absurdo. Você só precisa ir para a cama e apagar a vela. Acho muito difícil ficar acordada às vezes, ainda mais na igreja, mas não acho nem um pouco complicado ir dormir. Ora bolas, até os bebês sabem fazer isso, e eles nem são tão espertos assim.

– Meu sono não vem há trezentos anos – disse ele com tristeza, e os lindos olhos azuis de Virginia se arregalaram, assombrados. – Por trezentos anos não tenho dormido. Estou muito cansado.

Virginia ficou séria. Seus lábios tremiam, como pétalas de rosa. Achegou-se a ele, ajoelhou-se ao seu lado e olhou para sua face descarnada.

– Pobre Fantasma – murmurou. – Não há lugar onde você possa descansar?

– Longe daqui, além dos pinheirais – respondeu em voz sonhadora –, há um pequeno jardim. Lá a grama cresce alta e profunda, a flor de cicuta nasce como uma estrela branca, o rouxinol canta por toda a noite. Por toda a noite ele canta, e a lua fria de cristal baixa os olhos e o teixo estica seus braços gigantes sobre os que dormem.

Virginia escondeu o rosto entre as mãos, os olhos cheios de lágrimas.

– Você está falando do Jardim da Morte – sussurrou.

– Sim, Morte. A Morte deve ser tão bela. Deitar na fofa terra cinzenta, com a grama ondulando acima da cabeça, e escutar o silêncio. Olvidar o tempo, perdoar a vida, descansar em paz. Podes me ajudar! Sim. Podes me abrir os portais da mansão da Morte, pois o Amor está sempre contigo. O Amor é mais forte que a Morte.

Virginia estremeceu, um calafrio passou-lhe a espinha. Fez silêncio por alguns momentos. Sentia-se como se estivesse em um pesadelo.

Então o Fantasma voltou a falar; sua voz soava como o sopro do vento.

– Por ventura já leste a profecia no mosaico da biblioteca?

– Sim, com frequência – exclamou a jovem, levantando os olhos. – Sei-a de cor. Está escrita em estranhas letras negras, e é difícil de ler. Só tem seis versos:

Quando a menina d'ouro houver livrado
Do cântaro os lábios do pecado;
Quando a amendoeira estéril der o fruto
E a criança houver esquecido o luto,
A casa então 'stará silenciada
E em Canterville a paz fará morada.

... mas não sei seu significado.

– Querem os versos dizer – disse ele com tristeza – que precisas chorar por meus pecados, pois não tenho lágrimas; precisas comigo rezar por minha alma, pois não tenho lágrimas. Então, se houveres sido sempre doce, bondosa, gentil, o Anjo da Morte de mim apiedar-se-á. Verás formas tenebrosas no escuro, assim te digo; vozes perversas sussurrarão em teu ouvido, mas não far-te-ão elas mal algum; contra a pureza de uma criança não podem os poderes do Inferno prevalecer.

Virginia não respondeu. O Fantasma crispou as mãos em desespero enquanto olhava a cabeça dourada inclinada para o chão. Levantou-se ela de súbito, muito pálida, com uma estranha luz nos olhos.

– Não tenho medo – disse com firmeza. – Vou pedir sua misericórdia ao Anjo.

O Fantasma levantou-se com um débil grito de alegria, tomou a bela jovem pelo braço, inclinou-se e beijou-lhe a mão como nos tempos antigos. Seus dedos eram frios como o gelo e seus lábios queimavam como o fogo, mas Virginia não hesitou quando ele a conduziu pela mão através da sala empoeirada. Na gasta tapeçaria verde estavam bordados três caçadores. Eles sopravam suas cornetas enfeitadas com borlas e com suas mãos pequeninas acenavam gritando para ela voltar. "Volte, pequena Virginia! Volte!", gritavam, mas o Fantasma segurou-lhe a mão com mais força e ela fechou os olhos para não mais os ver. Bestas de formas horrendas, com caudas de lagarto e olhos arregalados piscavam para ela da chaminé entalhada. "Cuidado, pequena Virginia! Podemos te perder para sempre!", sussurravam eles, mas o Fantasma apurou o passo, e Virginia não ouviu. Quando alcançaram o fundo da sala, o Fantasma parou; começou a murmurar palavras ininteligíveis para Virginia. Ela abriu seus olhos. Viu a parede desaparecer aos poucos, como se fosse névoa; em seu lugar surgiu a boca imensa de uma caverna. Dela soprava um vento gelado e áspero. A menina sentia algo puxar seu vestido.

– Rápido, corre – gritou o Fantasma –, ou será demasiado tarde!

Um instante depois, o lambril fechou-se por detrás deles, e a Sala da Tapeçaria estava vazia.

6

Cerca de dez minutos depois, a campainha chamou para o chá. Como Virginia não desceu, a Sra. Otis mandou um dos criados chamá-la. Ele retornou passado algum tempo, dizendo que não conseguira encontrar a senhorita Virginia. Como ela tinha o hábito de ir ao jardim todas as noites colher flores para a mesa de jantar, a Sra. Otis não se incomodou muito. Mas quando bateram as seis horas e ela não apareceu, sua mãe ficou muito agitada. Mandou os rapazes procurarem ao redor da casa, enquanto ela e o Sr. Otis vasculhavam cada quarto e cada sala. Às seis e trinta os rapazes voltaram e reportaram seu insucesso: não a haviam encontrado em lugar algum. Estavam todos desesperados agora, sem saber o que fazer. Foi quando o Sr. Otis lembrou do bando de ciganos a quem dera permissão, alguns dias antes, para acampar em suas terras. Saiu de imediato, acompanhado de seu filho mais velho e dois empregados, em direção a Blackfell Hollow, onde, sabia, estavam acampados os ciganos. O Duquesinho de Cheshire, trêmulo de ansiedade, implorou para ir junto, mas o Sr. Otis não o permitiu; temia haver tumulto. Ao lá chegar, descobriu terem os ciganos ido embora. A partida fora rápida, pelo visto: o fogo ainda estava ardendo, com algumas chapas jogadas no chão. Após ter mandado Washington e os dois homens procurar pelo distrito, correu para casa, enviou telegramas a todos os inspetores de polícia do condado, lhes mandando procurar por uma garota que fora raptada por andarilhos ou ciganos. Mandou então encilharem seu cavalo. Teve de insistir para que seus filhos e esposa fossem jantar. Após, saiu com o cavalo em disparada pela estrada Ascot, acompanhado por um servo. Mal tinha corrido uma duas milhas quando ouviu alguém vindo atrás dele. Ao voltar-se, descobriu ser o pequeno Duque montado em seu pônei, com o rosto vermelho e sem chapéu.

– Sinto muitíssimo, Sr. Otis – disse o rapaz de chofre –, mas não conseguirei comer enquanto Virginia estiver perdida. Por favor, não se zangue. Se o senhor tivesse nos deixado casar ano passado, jamais tal tragédia ocorreria. Não me irá mandar embora, irá? Não posso ir embora! Não irei!

O Ministro não pôde deixar de sorrir ao belo e jovem mandrião; e até ficou um pouco tocado ao ver sua devoção para com Virginia. Inclinando-se, bateu de leve a mão em seu ombro e disse:

– Bem, Cecil, se você não vai voltar, venha comigo; mas é minha obrigação conseguir-lhe um chapéu em Ascot.

– Ora, para o diabo com o chapéu! Eu quero é Virginia! – exclamou o Duquesinho, rindo.

Foram a galope até a estação ferroviária. Lá o Sr. Otis perguntou ao encarregado da estação se uma garota cuja descrição batia com a de Virginia fora vista na plataforma, mas não obteve resposta positiva sobre ela. O encarregado, entretanto, telegrafou para todas as estações da linha; assegurou-lhes que manteria vigilância severa em busca da menina. Após, o Sr. Otis comprou um chapéu para o jovem Duque, de um fanqueiro que estava recém-pendurando suas cortinas. Voltaram a Bexley, um vilarejo a cerca de quatro milhas, onde, haviam lhe dito, os ciganos acampavam com frequência, devido ao descampado que ali havia. Lá chamaram o policial do local, sem no entanto obter dele informação alguma. Depois de vasculhar todo o descampado, sem nada achar, voltaram seus cavalos em direção a casa. Chegaram a Canterville por volta das onze horas, exaustos e com o coração na mão. Encontraram Washington e os gêmeos esperando por eles no portão, com lanternas para iluminar a estrada já toda escura. Não descobriram nada sobre Virginia, em lugar nenhum. Os ciganos foram capturados nos arredores de Broxley, mas ela não estava em seu poder. Explicaram eles sua súbita partida dizendo terem trocado a data da Feira de Chorton, saindo assim com pressa, com medo da perdê-la. Na verdade, muito consternaram-se ao saber do desaparecimento de Virginia; eram muito gratos ao Sr. Otis por tê-los deixado acampar em sua propriedade. Quatro deles acabaram por ficar para ajudar nas buscas. O lago das carpas fora dragado, a propriedade revistada por completo, sem qualquer resultado. Por aquela noite, estava claro, Virginia estava perdida para eles. O Sr. Otis e os rapazes chegaram em casa em um estado de profunda depressão, o servo seguindo atrás deles, com os dois cavalos e o pônei. No *hall*, encontraram um grupo de empregados, cheios de medo; na biblioteca, deitada em um sofá, estava a pobre Sra. Otis, quase fora de si, tomada de ansiedade e pavor, enquanto a governanta banhava-lhe a testa com água-de-colônia. O Sr. Otis insistiu para que ela comesse algo, e pediu também o jantar para todos os outros. Foi um repasto melancólico, quase não se falou, e mesmo os gêmeos estavam mansos e receosos, pois eram muito afeitos à irmã. Quando acabaram, o Sr. Otis mandou-os todos para a cama, muito apesar das súplicas do Duquesinho; disse-lhes que nada mais poderia ser feito aquela noite; na manhã seguinte, telegrafaria à Scotland Yard, requerendo alguns detetives o mais rápido possível. Saíam eles da sala de jantar quando bateu a meia-noite no relógio da torre. Quando soou a última batida eles ouviram um estilhaçar de vidro e um grito agudo; um trovão assustador balançou a casa, uma espécie de música transcendental pairou no ar por um instante e um painel no alto da escadaria caiu com um estrondo. Ao bater no chão, dele saiu Virginia, muito pálida, com um pequeno porta-joias na mão. Na mesma hora todos correram para ela. A Sra. Otis a enlaçou com todo o amor em seus braços, o Duque cobriu-a de beijos desesperados e os gêmeos dançaram uma dança de guerra selvagem ao redor do grupo.

– Céus, criança! Onde você esteve? – disse o Sr. Otis, muito bravo, pensando que ela lhes houvesse pregado uma peça. – Cecil e eu lhe procuramos por todo o condado, sua mãe está apavorada. Nunca, nunca mais faça essas brincadeiras de mau gosto.

– Exceto com o Fantasma, exceto com o Fantasma!! – gritavam os gêmeos, dando cambalhotas ao redor.

– Minha querida! Graças a Deus você foi encontrada! Nunca mais saia do meu lado – murmurou a Sra. Otis, enquanto beijava a trêmula jovem, acariciando seus cabelos dourados.

– Papai – disse Virginia em tom baixo –, eu estava com o Fantasma. Ele morreu, o senhor tem de ir vê-lo. Ele já foi muito mau, mas se arrependeu de tudo o que fez; e me deu esta caixa com estas joias lindas, antes de morrer.

A família toda a fitou, muda de surpresa, mas ela permaneceu muito séria; virando-se, levou a família por uma abertura nos lambris até um estreito corredor secreto, Washington segurando uma vela acesa que pegara da mesa de jantar. Chegaram por fim a uma grande porta de carvalho, cheia de pregos enferrujados. Quando Virginia a tocou, a porta abriu com um som das dobradiças oxidadas, e eles se viram em uma sala pequena e baixa, com o teto abaulado e uma diminuta janela com barras de ferro. Cimentada na parede estava uma pesada corrente de ferro, por sua vez presa a um esqueleto descarnado, esticado no chão de pedra; parecia tentar agarrar, com seus longos dedos sem carne, uma ânfora e uma bandeja fora do seu alcance. A jarra já contivera água algum dia, via-se pelo musgo em seu interior. Nada havia na bandeja além de um montículo de poeira. Virginia ajoelhou-se ao lado do esqueleto, juntou as mãos e começou a rezar, enquanto os outros admiravam, espantados, a terrível tragédia cujo segredo agora lhes era desvelado.

– Ei! – exclamou um dos gêmeos com surpresa; estivera olhando pela janela, tentando descobrir em que ala da casa ficava a sala. – Olhem só! a velha amendoeira seca renasceu. Posso ver as flores com a luz da lua.

– Deus o perdoou – disse Virginia em tom baixo enquanto levantava. Um sorriso delicado iluminou seu rosto.

– Você é um anjo! – exclamou o jovem Duque, puxando-a para si e beijando-a.

7

Quatro dias após tão curiosos incidentes, começava em Canterville um funeral, cerca de onze horas da noite. O carro fúnebre foi puxado por oito cavalos negros, cada um com um tufo de penas de avestruz na testa; o caixão de chumbo estava coberto por uma rica manta púrpura bordada com os brasões da família Canterville. Ao lado do carro e dos coches caminhavam criados carregando tochas. Uma cerimônia deveras impressionante. Lorde Canterville comandava o velório, vindo de Wales excepcionalmente para assistir ao funeral, sentado ao lado de Virginia na primeira carruagem. Vinham então o Ministro dos Estados Unidos e sua esposa, depois Washington e os três rapazes e, na última carruagem, a Sra. Umney. Era consenso geral que, como fora assustada pelo Fantasma por mais de cinquenta anos, tinha o direito de ver o seu fim. Uma cova funda fora cavada em um canto do cemitério, embaixo do velho teixo, e a encomendação feita pelo Rev. Augustus Dampier foi magnífica. Acabada a cerimônia, os criados, de acordo com um costume seguido pela família Canterville, apagaram suas tochas. E quando o féretro estava sendo baixado, Virginia se adiantou e pôs sobre ele uma cruz vultosa, feita de brotos de amendoeira em flor.

Quando o fez, a lua saiu de trás de uma nuvem, inundando o pequeno cemitério com seu silêncio prateado; de um arbusto, um rouxinol começou a cantar. Ela pensou na descrição do Fantasma sobre o Jardim da Morte. Seus olhos se encheram de lágrimas e ela mal conseguiu falar durante a volta.

Na manhã seguinte, antes de Lorde Canterville voltar à cidade, o Sr. Otis participou-lhe sobre as joias que o Fantasma deixara para Virginia. Eram magníficas, perfeitas, em especial um certo colar de rubi entalhado em estilo veneziano, com certeza um soberbo exemplar da lapidaria do século XVI. O valor das joias era tão grande que o Sr. Otis sentiu escrúpulos consideráveis em relação à sua filha aceitá-las.

– Meu caro Lorde – disse ele –, em seu país as herdades dizem respeito tanto aos pertences quanto à terra, e para mim é claro que estas joias são, ou deveriam ser, herança de sua família. Assim, peço-lhe levar as joias para Londres consigo; tome-as como uma parte de sua propriedade que lhe foi devolvida em circunstâncias um pouco estranhas. Quanto a minha filha, é só uma criança e ainda tem, fico feliz em dizer, pouco interesse em tais aparatos desse luxo frívolo. Também fui informado pela Sra. Otis, a qual, posso dizê-lo, não é pouca autoridade em Arte – teve o privilégio de passar vários invernos em Boston quando ainda era menina –, que estas gemas são de grande valor monetário e, se postas à venda, alcançariam um alto preço. Em virtude de tais circunstâncias, Lorde Canterville, tenho por certo que o senhor irá reconhecer o quão impossível me é permitir ficarem as gemas em poder de qualquer membro de minha família. Além do mais, tais ornamentos e brinquedos vãos, conquanto necessários à dignidade da aristocracia britânica, ficariam completamente deslocados entre aqueles que cresceram sob os rigorosos e, acredito, imortais princípios da simplicidade republicana. Não obstante, Virginia deseja pedir-lhe para ficar com a caixa, como lembrança do seu desafortunado porém néscio ancestral. Como é muito velha, e portanto precisa de um bom reparo, talvez você possa satisfazer seu desejo. Quanto a mim, confesso-me deveras surpreso ao ver uma filha minha expressar simpatia para com medievalismos em qualquer forma possível, e tão somente posso crer nisso devido ao fato de Virginia ter nascido na sua Londres pouco depois de a Sra. Otis ter retornado de uma viagem a Atenas.

Lorde Canterville escutou, sério, o discurso do valoroso Ministro, coçando seu bigode grisalho de vez em quando para esconder um sorriso involuntário. Quando o Sr. Otis terminou, ele apertou-lhe a mão, cordato, e disse:

– Meu caro senhor, sua adorável filha fez ao meu infeliz ancestral, Sir Simon, um favor muito importante; eu e minha família estamos em débito para com ela por sua maravilhosa coragem e resolução. As joias pertencem a ela, sem sombra de dúvida; e além disso, oh céus, acredito que, se eu fosse desalmado o suficiente para tirá-las das mãos dessa jovem, o velho camarada sairia de sua cova em duas semanas, e faria da minha vida um inferno. Quanto às herdades, todos os objetos e pertences não mencionados em um testamento ou outro documento legal não podem ser considerados como tal, e a existência destas joias era desconhecida. Afirmo não ter mais direitos sobre elas do que seu mordomo. Quando a senhorita Virginia crescer, ficará feliz em ter coisas bonitas para usar, ouso dizer. Além disso, não se esqueça, Sr. Otis: o senhor comprou a mobília e o Fantasma pelo preço combinado, e tudo o que pertencia ao Fantasma agora lhe pertence, pois, a despeito de qualquer atividade quiçá perpetrada por Sir Simon à noite nos corredores, pela lei ele já estava morto. E você adquiriu a propriedade através de compra, não se esqueça.

O Sr. Otis incomodou-se diante da recusa de Lorde Canterville; pediu para o último reconsiderar sua decisão, mas o bom coração do colega era firme e acabou por convencer o Ministro a deixar sua filha ficar com o presente que o Fantasma havia dado a ela. E quando, na primavera de 1890, a jovem Duquesa de Cheshire foi introduzida no salão da Rainha, por ocasião do seu casamento, suas joias eram motivo de admiração por parte de todos. Pois Virginia recebeu a pequena coroa, símbolo das princesinhas norte-americanas, e casou-se com seu amado tão logo ele alcançou a maioridade. Todos ficavam encantados com o jovem par: eram ambos muito charmosos, e amavam-se muito. Todos, à exceção da velha Marquesa de Dumbleton – ela tentara casar o Duque com uma de suas sete filhas solteironas, oferecendo não menos de três jantares caríssimos – e, por estranho que pareça, o próprio Sr. Otis. Ele era extremamente afeiçoado ao Duquesinho, mas, em teoria, opunha-se a títulos de qualquer ordem. Para usar suas próprias palavras, "não o concedi sem apreensão, temendo que, envolta pelas enervantes influências da aristocracia folgazã, os verdadeiros princípios da simplicidade republicana pudessem ser esquecidos". Suas objeções, no entanto, não foram levadas em consideração. Acredito que, quando ele galgou o corredor da igreja de St. George, em Hanover Square, de braços dados com sua filha, não havia homem mais orgulhoso em toda a extensão do território inglês.

O Duque e a Duquesa, depois da lua de mel, voltaram a Canterville e, no dia seguinte, foram, à tarde, até o cemitério abandonado, pela trilha dos pinheirais. Fora difícil decidir-se, a princípio, sobre a inscrição da lápide de Sir Simon, mas por fim escolheu-se a simplicidade: gravaram-na com as iniciais do velho cavalheiro e os versos da janela da biblioteca. A Duquesa trouxera consigo algumas rosas frescas e as espalhou sobre a sepultura. Depois de ali permanecerem por algum tempo, foram até o altar da velha abadia. Lá a Duquesa sentou-se em um pilar derrubado, enquanto seu marido postava-se aos seus pés, fumando seu cigarro e olhando-a com seus olhos bonitos. De repente, jogou o cigarro longe, segurou na mão da companheira e disse:

– Virginia, a esposa não deve ter segredos para seu marido.

– Cecil, amor, não guardo segredo nenhum de você.

– Guarda, sim – respondeu, sorrindo. – Você nunca me disse o que lhe aconteceu quando estava trancada com o Fantasma.

– Nunca o disse a ninguém, Cecil — disse Virginia em voz baixa.

– Eu sei, mas você poderia dizê-lo a mim.

– Por favor, meu amor, não pergunte. Não posso lhe dizer. Pobre Sir Simon! Devo tanto a ele. É verdade, não ria, Cecil; eu realmente devo. Ele me fez ver o que é a Vida, o que a Morte significa, e por que o Amor é mais forte do que ambos.

O Duque levantou-se e beijou sua esposa com todo o amor.

– Você pode ter seus segredos, desde que eu tenha seu coração.

– Você sempre o terá, Cecil.

– E você dirá isso aos nossos filhos algum dia, não?

Virginia corou.

O JOVEM REI

Era a noite anterior ao dia marcado para sua coroação, e o jovem Rei estava sentado, sozinho, em seu lindo quarto. Todos os seus cortesãos tinham se despedido, curvando as cabeças ao solo, conforme o cerimonioso costume da época, e haviam se retirado ao Salão Principal do Palácio, a fim de receber algumas lições finais do Professor de Etiqueta. Entre eles, alguns conservavam, ainda, modos muito naturais, o que, num cortesão, não preciso dizer, é uma ofensa gravíssima.

O rapaz – pois era não mais que um rapaz, com apenas dezesseis anos de idade – não estava triste com a saída deles, e atirou-se, com um profundo suspiro de alívio, nas almofadas macias do divã enfeitado, deitando-se lá, boquiaberto e de olhos arregalados, como um fauno castanho do bosque, ou algum jovem animal da floresta recém-preso numa armadilha pelos caçadores.

E, de fato, foram os caçadores que o encontraram, deparando-se com ele quase por acaso quando, de pernas despidas e de flauta na mão, acompanhava o rebanho do pobre pastor de cabras que o criara, e de quem sempre imaginara ser filho. Descendente da filha única do velho Rei, por meio de um casamento secreto com alguém muito abaixo da posição social dela – um forasteiro, alguns disseram, que, pela sua maravilhosa magia de tocar o alaúde, fizera a jovem Princesa amá-lo; enquanto outros falavam de um artista de Rimini, a quem a princesa demonstrara muita, talvez excessiva, estima, e que inesperadamente desaparecera da cidade, deixando inacabado o seu trabalho na Catedral –, ele fora, com apenas uma semana de idade, roubado, às escondidas, do lado de sua mãe, enquanto ela dormia, e entregue aos cuidados de um camponês comum e de sua esposa, os quais não tinham filhos e viviam num lugar afastado da floresta, a mais de um dia de distância da cidade. A tristeza, ou a peste, como o médico da corte declarou, ou, como alguns sugeriram, um rápido veneno italiano servido em um cálice de vinho saboroso, matou, dentro de uma hora do seu despertar, a menina clara que o gerou, e enquanto o leal mensageiro, que carregava a criança sobre o arção da sela, desceu do seu cavalo cansado e bateu à porta tosca da cabana do pastor de cabras, o corpo da Princesa estava sendo baixado a uma cova aberta, que tinha sido cavada num cemitério deserto, além dos portões da cidade. Uma cova onde diziam que outro corpo também jazia, o de um homem jovem, de maravilhosa e exótica beleza, cujas mãos foram amarradas nas costas com uma corda nodosa e cujo peito tinha muitos ferimentos vermelhos provocados por punhaladas.

Tal era, pelo menos, a história que os homens murmuravam uns para os outros. O certo é que o velho Rei, no seu leito de morte, quer movido pelo remorso por seu grande pecado, ou apenas desejando que o reino continuasse após sua geração, mandara buscar o rapaz e, na presença do Conselho, reconhecera-o como seu herdeiro.

E parecia que, desde o primeiro momento do reconhecimento, ele mostrara sinais de estranha paixão pela beleza que estava destinada a ter tão grande influência em sua vida. Aqueles que o acompanhavam ao conjunto de aposentos reservados ao seu uso com frequência falavam do grito de prazer que se desprendeu dos seus lábios quando viu o delicado traje e as joias preciosas que lhe foram preparadas, e a quase feroz alegria com que ele arremessou para longe sua áspera túnica de couro e grosseira capa de pele de carneiro. De fato, ele sentia falta, às vezes, da liberdade da vida na floresta, e estava sempre predisposto a irritar-se nas tediosas cerimônias da Corte, que lhe ocupavam tanto tempo a cada dia. Porém, o maravilhoso palácio – Joyeuse, como o chamavam – de que agora ele se julgava soberano parecia-lhe ser um mundo novo, recém-moldado para seu deleite; e, assim que podia escapar da mesa de reuniões do Conselho, ou da sala de audiências, descia correndo a grande escadaria, com seus leões de bronze dourado e degraus de pórfiro brilhante, e perambulava, de quarto em quarto, de corredor em corredor, como alguém que estivesse buscando encontrar na beleza um calmante para a dor, uma espécie de reparação da moléstia.

Nessas jornadas de descobrimento, como ele as chamaria – e, de fato, elas eram para ele legítimas viagens por uma terra surpreendente –, ele estava, de vez em quando, acompanhado pelos esguios e louros pajens da Corte, com suas capas flutuantes e vistosas e esvoaçantes fitas. Mas, na maioria das vezes, ele ia sozinho, sentindo, por um certo instinto apurado, quase uma adivinhação, que os segredos da arte são melhor aprendidos secretamente, e que a Beleza, como a Sabedoria, ama o adorador solitário.

Muitas histórias curiosas foram contadas a seu respeito durante aquele período. Dizia-se que um bravo burgomestre, que viera proferir um discurso floreado como representante dos cidadãos da cidade, avistou-o ajoelhando-se em verdadeira adoração diante de um grande quadro que havia pouco fora trazido de Veneza e que parecia anunciar o culto a alguns novos deuses. Em outra ocasião, ele desaparecera por várias horas e, após uma longa busca, fora encontrado num quartinho de uma das torres do lado norte do palácio, olhando fixo, como alguém em transe, para uma joia grega esculpida com a figura de Adônis. Ele foi visto, assim contavam, pressionando seus lábios quentes contra o semblante de mármore de uma estátua antiga, que fora descoberta no leito do rio na ocasião da construção da ponte de pedra, e que estava gravada com o nome do escravo da Bitínia de Adriano. Ele passou uma noite inteira observando o efeito do luar sobre uma imagem prateada de Endimião.

Todos os materiais raros e valiosos tinham certamente uma grande fascinação sobre ele, e, na ânsia de consegui-los, enviara muitos comerciantes, alguns para negociar por âmbar com os rudes pescadores dos mares do norte, alguns ao Egito para procurar aquela curiosa turquesa verde, que é encontrada somente nos túmulos dos reis e diz-se dela possuir propriedades mágicas, alguns à Pérsia em busca de tapetes de seda e cerâmica pintada, e ainda outros à Índia para comprar gaze e marfim colorido, pedras lunares e braceletes de jade, sândalo e esmalte azul e xales de lã pura.

Porém, o que mais lhe preocupava era o manto que devia usar na coroação, o manto de ouro entrelaçado, e a coroa cravada de rubis e o cetro com suas fileiras e argolas de pérolas. De fato, era nisso que ele estava pensando naquela noite, enquanto repousava na luxuosa cama, observando o comprido tronco de pinho que se ia queimando na lareira aberta. Os desenhos, produzidos pelas mãos dos mais famosos artistas da época, tinham sido apresentados a ele muitos meses antes, e ele ordenara que os artesãos trabalhassem dia e noite para executá-los e que, no mundo inteiro, deveriam ser procuradas joias dignas do trabalho deles. Ele se imaginou em pé, no altar-mor da catedral, num belo traje de rei, e esboçou um sorriso que perdurou em seus lábios infantis, iluminando, com um brilho radiante, seus olhos de mata escura.

Após algum tempo, ele se levantou do seu assento e, recostando-se junto ao alpendre esculpido da chaminé, olhou ao redor do quarto vagamente iluminado. Nas paredes estavam penduradas ricas tapeçarias representando o Triunfo da Beleza. Um amplo armário, revestido com ágata e lápis-lazúli, ocupava um dos cantos e, em frente à janela, ficava uma escrivaninha curiosamente decorada com painéis laqueados de ouro pulverizado em mosaicos, sobre a qual estavam colocadas algumas taças delicadas de vidro de Veneza e uma xícara de escuro ônix raiado. Papoulas desbotadas foram bordadas na colcha de seda da cama, como se houvessem caído das mãos cansadas de sono, e juncos altos de marfim claro sustentavam o dossel de veludo, de onde grandes tufos de plumagem de avestruz brotavam, como uma espuma branca, para a prata pálida do teto ornamentado. Um Narciso risonho, em bronze verde, segurava um espelho polido acima da cabeça. Sobre a mesa, havia uma tigela rasa de ametista.

Ele podia ver a imensa cúpula da catedral do lado de fora, avultando como uma bolha acima das casas sombrias, e os sentinelas fatigados andando de um lado para outro na plataforma enevoada junto ao rio. Ao longe, num pomar, um rouxinol cantava. Um leve perfume de jasmim entrava pela janela aberta. Ele escovou seus cachos castanhos para trás, afastando-os da testa e, pegando um alaúde, deixou seus dedos vaguearem sobre as cordas. Suas pálpebras pesadas tombaram, e uma estranha fraqueza dele se apossou. Jamais sentira tão profundamente, nem com tal extraordinária alegria, a magia e o mistério das coisas belas.

Quando, da torre do relógio, soou a meia-noite, ele tocou uma campainha, e seus pajens entraram e despiram-no com muita cerimônia, derramando água de rosas sobre suas mãos e espalhando flores no seu travesseiro. Momentos depois que haviam saído do quarto, ele adormeceu.

E, quando dormiu, sonhou um sonho, e este foi o seu sonho.

Pensou que estava parado num sótão baixo e comprido, entre o zumbido e o estrépito de muitos teares. A escassa luz do dia despontava através das janelas gradeadas e mostrava-lhe as formas esqueléticas dos tecelões curvando-se sobre as caixas. Crianças pálidas, com aparência doentia, estavam agachadas nos enormes travessões. Enquanto as lançadeiras penetravam na urdidura, elas erguiam as ripas pesadas e, quando as lançadeiras paravam, elas deixavam as ripas caírem e, em seguida, apertavam os fios, juntando-os. Seus rostos estavam contraídos de fome, e suas mãos magras tiritavam e tremiam. Algumas mulheres abatidas estavam sentadas à mesa, costurando. Um odor horrível infestava o lugar. O ar era poluído e pesado, e as paredes gotejavam, vertendo umidade.

O jovem Rei aproximou-se de um dos tecelões, colocou-se ao lado dele e o observou.

E o tecelão olhou irritado para ele e disse:

– Por que estás me observando? És um espião colocado entre nós pelo nosso amo?

– Quem é o teu amo? – perguntou o jovem Rei.

– Nosso amo! – bradou o tecelão amargamente. – Ele é um homem como eu. Na verdade, há somente esta diferença entre nós: ele usa roupas requintadas, enquanto eu ando em trapos e, enquanto eu estou fraco de fome, ele passa mal por comer demais.

– O país é livre – disse o jovem Rei –, e tu não és escravo de ninguém.

– Na guerra – replicou o tecelão –, o forte escraviza o fraco, e, na paz, o rico escraviza o pobre. Precisamos trabalhar para viver, e eles nos dão um salário tão insignificante que morremos à míngua. Labutamos para eles o dia inteiro e eles acumulam ouro nos cofres e nossos filhos esmorecem antes do tempo, e os rostos de quem amamos tornam-se duros e maus. Esmagamos as uvas, e outro bebe o vinho. Semeamos o trigo, e nossa mesa está vazia. Temos correntes, embora ninguém as veja, e somos escravos, ainda que os homens nos chamem de livres.

– É assim com todos? – ele perguntou.

– É assim com todos – respondeu o tecelão –, com os jovens tanto quanto com os velhos, com as mulheres tanto quanto com os homens, com as criancinhas tanto quanto com aqueles que são atingidos pela idade. Os comerciantes nos oprimem, e precisamos cumprir suas ordens. O padre passa rezando o terço e ninguém se preocupa conosco. Pelos nossos becos sem sol arrasta-se a Pobreza com seus olhos famintos, e o Pecado, com seu rosto encharcado, a segue logo atrás. A Miséria nos desperta pela manhã e a Vergonha repousa conosco à noite. Mas o que são essas coisas para ti? Tu não és um de nós. Teu rosto é muito feliz. – E ele se virou, carrancudo, e colocou a lançadeira sobre a urdidura. E o jovem Rei viu que ela estava entremeada com um fio de ouro.

E um grande terror apoderou-se dele, e ele disse para o tecelão:

– Que manto é este que estás tecendo?

– É o manto para a coroação do jovem Rei – ele respondeu. – O que tens com isto?

E o jovem Rei deu um grito estrondoso e acordou, e eis que estava no seu próprio quarto. E, através da janela, ele viu a lua cor de mel, suspensa no ar sombrio.

E adormeceu novamente e sonhou, e este foi o seu sonho.

Pensou que estava deitado no convés de uma enorme galera conduzida a remos por uma centena de escravos. Sobre um tapete, ao seu lado, o comandante da galera estava sentado. Ele era negro como ébano e seu turbante era de seda carmesim. Grandes brincos de prata esticavam-lhe os lóbulos grossos das orelhas e, nas mãos, tinha uma balança de marfim.

Não fosse pela tanga esfarrapada, os escravos estariam nus, e cada homem estava acorrentado ao seu vizinho. O sol quente batia sobre eles, queimando, e os negros corriam de um lado para outro do passadiço, açoitando-os com chicotes de couro. Eles estendiam os braços magros e puxavam os remos pesados dentro da água. Borrifos salgados voavam das pás.

Finalmente, alcançaram uma pequena baía e começaram a realizar as sondagens. Um vento brando soprava da costa, cobrindo o convés, e a grande vela latina com uma poeira fina e vermelha. Três árabes montados em burros selvagens apareceram e arremessaram-lhes lanças. O comandante da galera apanhou um arco pintado e atingiu um deles na garganta. O homem atingido caiu pesadamente na arrebentação e seus companheiros galoparam para longe. Uma mulher envolta em um véu amarelo seguiu-os a passo lento, num camelo, de vez em quando virando-se para trás, para olhar o morto.

Assim que lançaram âncora e arriaram a vela, os negros desceram ao porão e dali trouxeram uma comprida escada de corda, pesada, carregada com a sonda. O comandante da galera arremessou-a sobre a borda, amarrando as extremidades em duas estacas de ferro. Em seguida, os negros agarraram o escravo mais jovem e arrancaram-lhe as algemas. Encheram suas narinas e seus ouvidos com cera, e ataram uma grande pedra ao redor da sua cintura. Ele desceu a escada, arrastando-se com cansaço, e desapareceu no mar. Algumas bolhas levantaram onde ele mergulhou. Alguns escravos olhavam curiosos sobre a borda. Na proa da galera, sentou-se um encantador de tubarões batendo monotonamente um tambor.

Após algum tempo, o mergulhador emergiu da água e, ofegante, segurou-se na escada com uma pérola na mão direita. Os negros apoderaram-se dela e empurraram-no de volta. Os escravos adormeceram sobre os remos.

Muitas vezes ele subiu e cada vez que vinha trazia consigo uma formosa pérola. O comandante da galera pesava-as e colocava-as em uma bolsinha de couro verde.

O jovem Rei tentou falar, mas sua língua parecia estar grudada no céu da boca, e seus lábios se recusavam a mover-se. Os negros tagarelavam uns com os outros e começaram a brigar por um colar de contas brilhantes. Duas garças voavam ao redor da embarcação.

Então, o mergulhador subiu pela última vez, e a pérola que trouxe consigo era a mais bela de todas as pérolas de Ormuzd, pois tinha o formato da lua cheia e era mais branca que a estrela matutina. Mas seu rosto estava estranhamente pálido e, quando ele caiu sobre o convés, sangue jorrou de seus ouvidos e narinas. Ele tremeu por uns instantes e, em seguida, ficou imóvel. Os negros deram de ombros e jogaram o cadáver ao mar.

E o comandante da galera riu e, espichando-se, pegou a pérola e, quando a viu, apertou-a junto à testa e curvou-se.

– Esta servirá – disse ele – para o cetro do jovem Rei – e fez um sinal para os negros içarem a âncora.

E, quando o jovem Rei ouviu isso, deu um grito estrondoso e acordou. E, através da janela, ele viu os dedos longos e cinzentos da alvorada segurando-se nas estrelas desvanecidas.

E adormeceu novamente e sonhou, e este foi o seu sonho.

Pensou que estava perambulando por um bosque turvo, coberto de frutas estranhas e belas flores venenosas. Enquanto passava, as serpentes silvavam para ele, e os vívidos papagaios voavam, gritando de galho em galho. Tartarugas enormes jaziam inertes sobre o lodo quente. As árvores estavam repletas de macacos e pavões.

Ele avançou, sem parar, até alcançar os arredores do bosque, e lá viu uma multidão infinita de homens trabalhando no leito de um rio ressecado. Fervilhavam no fundo do abismo como formigas. Cavavam buracos fundos no solo e desciam para dentro deles. Alguns fendiam as rochas com grandes machados, outros tateavam na areia. Arrancavam os cactos pelas raízes e pisoteavam as flores escarlates. Apressavam-se, chamando uns aos outros, e ninguém estava desocupado.

Da escuridão de uma caverna, a Morte e a Avareza observavam-nos, e a Morte falou:

– Estou cansada, dá-me um terço deles e deixa-me ir.

Mas a Avareza balançou a cabeça.

– Eles são meus criados – ela replicou.

E a Morte disse a ela:

– O que tens na mão?

– Tenho três grãos de trigo – ela respondeu. – O que tens com isto?

– Dá-me um deles – gritou a Morte – para plantar no meu jardim; apenas um deles, e irei embora.

– Nada te darei – disse a Avareza, e escondeu a mão nas dobras da roupa.

E a Morte riu. Pegou uma xícara e mergulhou-a numa poça de água, e, da xícara, ergueu-se a Sezão. Ela passou entre a grande multidão e um terço dela jazeu morta. Uma névoa fria seguiu-a, e as cobras-d'água corriam ao seu lado.

E, quando a Avareza viu que um terço da multidão estava morta, ela bateu no peito e chorou. Bateu no seio estéril e soluçou alto.

– Tu mataste um terço dos meus criados – ela gritou –, vai embora. Há guerra nas montanhas da Tartária, e os reis de cada lado estão chamando por ti. Os afegãos mataram o boi preto e estão marchando para a batalha. Eles bateram sobre seus escudos com suas lanças e puseram seus capacetes de ferro. O que é o meu vale para ti, para que tu queiras permanecer nele? Vai embora e não voltes mais.

– Não – respondeu a Morte. – Enquanto não me deres um grão de trigo, não irei.

Mas a Avareza fechou a mão e cerrou os dentes.

– Nada te darei – ela resmungou.

E a Morte riu. Apanhou uma pedra preta e arremessou-a para dentro da floresta, e, de uma moita de cicuta silvestre, surgiu a Febre num manto de chama. Ela passou entre a multidão e tocou-a, e cada homem que ela tocou morreu. O gramado secava sob seus pés no mesmo instante em que passava.

E a Avareza estremeceu, colocando cinzas na cabeça.

– És cruel – ela bradou –, és cruel. Há fome nas cidades muradas da Índia, e as cisternas de Samarkand secaram. Há fome nas cidades muradas do Egito, e os gafanhotos vieram do deserto. O Nilo não transbordou suas margens, e os padres cuidaram de Ísis e Osíris. Vai embora para aqueles que precisam de ti, e deixa-me meus criados.

– Não – respondeu a Morte. – Enquanto não me deres um grão de trigo, não irei.

– Nada te darei – disse a Avareza.

E a Morte riu novamente. Assobiou por entre os dedos, e uma mulher apareceu voando pelo ar. Peste estava escrito na sua testa, e um grupo de urubus magros girava em torno dela. Ela cobriu o vale com suas asas, e ninguém foi deixado vivo.

E a Avareza fugiu guinchando pela floresta, e a Morte pulou sobre seu cavalo vermelho e galopou para longe, e seu galope era mais rápido que o vento.

E, da lama do fundo do vale, arrastavam-se dragões e criaturas horríveis com escamas, e os chacais vieram trotando pela areia, farejando o ar com suas narinas.

E o jovem Rei chorou, e disse:

– Quem eram estes homens, e o que estavam procurando?

– Por rubis para a coroa de um rei – respondeu alguém que estava atrás dele.

E o jovem Rei sobressaltou-se e, virando-se, viu um homem vestido como um peregrino segurando na mão um espelho de prata.

E, empalidecendo, perguntou:

– Para que rei?

E o peregrino respondeu:

– Olha neste espelho e o verás.

E ele olhou no espelho e, vendo seu próprio rosto, deu um grito estrondoso e acordou. E a radiante luz do sol transbordava dentro do quarto, e, das árvores do jardim de recreio, os pássaros estavam cantando.

E o Camareiro e os oficiais superiores do Estado entraram fazendo-lhe reverência, e os pajens trouxeram-lhe o manto de ouro entrelaçado, colocando a coroa e o cetro diante dele.

E o jovem Rei olhou para eles, e eles eram belos. Eram mais belos do que qualquer coisa que ele já vira. Porém, ele se lembrou dos seus sonhos e disse para os lordes:

– Levem estas coisas embora, pois não as usarei.

E os cortesãos ficaram atônitos, e alguns riram, pois pensaram que ele estava brincando.

Mas ele falou-lhes, firme, outra vez, dizendo:

– Levem estas coisas embora e escondam-nas de mim. Apesar de ser o dia da minha coroação, eu não as usarei. Pois no tear do sofrimento e, pelas mãos brancas da Dor, foi tecido meu manto. Há Sangue no coração do rubi e Morte no coração da pérola – e contou-lhes seus três sonhos.

E quando os cortesãos os ouviram, entreolharam-se e cochicharam, dizendo:

– Certamente ele está louco, pois o que é um sonho senão um sonho, e uma visão senão uma visão? Não são coisas reais que alguém deva considerar. E o que temos a ver com as vidas daqueles que trabalham por nós? Deve um homem não comer o pão até que tenha visto o semeador, nem beber o vinho até que tenha conversado com o vinhateiro?

E o Camareiro falou com o jovem Rei, dizendo:

– Meu senhor, imploro-te que desprezes esses pensamentos negros e vistas este belo manto, e coloques esta coroa sobre tua cabeça. Pois como saberá o povo que és um rei, se não tens um traje de rei?

E o jovem Rei olhou para ele:

– É realmente assim? – indagou. – Eles não me reconhecerão como um rei se eu não tiver um traje de rei?

– Eles não te reconhecerão, meu senhor – exclamou o Camareiro.

– Eu pensava que tivessem existido homens que tinham jeito de rei – ele replicou –, mas é possível que seja como tu disseste. E, ainda assim, não usarei este manto, nem serei coroado com esta coroa, mas exatamente como eu vim para o palácio sairei dele.

E ordenou que todos saíssem, exceto um pajem que mantinha como companheiro, um rapaz um ano mais novo que ele. Ele o manteve à sua disposição e, após banhar-se em águas límpidas, abriu um grande baú pintado e dele tirou a túnica de couro e a rude capa de pele de carneiro que vestia quando vigiava na encosta as cabras peludas do cabreiro. Vestiu-as e apanhou seu tosco cajado de pastor.

E o pajenzinho, espantado, abriu seus olhos grandes e azuis e disse, sorrindo, a ele:

– Meu senhor, vejo teu manto e teu cetro, mas onde está tua coroa?

E o jovem Rei arrancou um galho da roseira brava que trepava pela sacada, curvou-o, fazendo dele um círculo pequeno, e colocou-o na cabeça.

– Está será minha coroa – ele respondeu.

E assim trajado, ele passou do seu quarto para o Salão Principal, onde os nobres estavam esperando por ele.

E os nobres gargalharam, e alguns criticaram:

– Meu senhor, o povo espera pelo rei e tu lhe mostras um mendigo.

E outros estavam furiosos e disseram:

– Ele traz vergonha para o nosso país e é indigno de ser nosso amo.

Mas ele não lhes respondeu uma palavra, apenas prosseguiu. Desceu a brilhante escada de pórfiro, atravessou os portões de bronze, montou no seu cavalo e cavalgou em direção à catedral. O pajenzinho corria ao seu lado.

E o povo riu e disse:

– É o bobo da corte que está vindo – e zombaram dele.

E ele puxou as rédeas e disse:

– Pode ser, mas sou eu o rei – e contou-lhes os três sonhos.

E um homem apareceu na multidão e falou-lhe amargamente, dizendo:

– Senhor, tu não sabes que do luxo do rico vem a vida do pobre? Pela vossa pompa, somos nutridos, e vossos vícios nos dão sustento. Trabalhar para um amo é cruel, porém, não ter um amo para quem trabalhar é mais cruel ainda. Pensas que os corvos nos alimentarão? E que remédio tu tens para estas coisas? Dirás para o comprador: "Comprarás por tanto!", e ao vendedor: "Venderás por este preço?" Eu não creio. Portanto, volta ao teu Palácio e coloca tua púrpura e teu vistoso linho. O que tens a ver conosco e com o que sofremos?

– Não são irmãos os ricos e os pobres? – perguntou o jovem Rei.

– Sim – respondeu o homem –, e o nome do irmão rico é Caim.

E os olhos do jovem Rei encheram-se de lágrimas, e ele cavalgou em meio ao burburinho do povo. O pajenzinho amedrontou-se e deixou-o.

E, quando ele chegou ao grande portal da catedral, os soldados estenderam as alabardas e disseram:

– O que procuras aqui? Ninguém entra por esta porta, exceto o rei.

E seu rosto ruborizou de raiva, e ele disse-lhes:

– Eu sou o rei – e, desprezando as alabardas, entrou.

E quando o velho bispo o viu chegando com roupa de cabreiro, levantou-se espantado do seu trono, foi ao seu encontro e disse-lhe:

– Meu filho, isto são vestes de um rei? E com que coroa te coroarei, e que cetro colocarei na tua mão? Este deveria ser, sem dúvida, um dia de alegria, e não um dia de humilhação.

– Vestirá a Alegria o que a Tristeza moldou? – disse o jovem rei. E contou-lhe os três sonhos.

E, após ouvi-los, o Bispo franziu a testa e disse:

– Meu filho, eu sou um homem velho e, no inverno dos meus dias, sei que muitas coisas más são feitas no mundo todo. Os ladrões violentos descem das montanhas, levam embora as criancinhas e vendem-nas aos mouros. Os leões deitam-se à espera das caravanas e saltam sobre os camelos. Os javalis arrancam o trigo no vale, e as raposas roem as vinhas na colina. Os piratas devastam o litoral, incendeiam as embarcações dos pescadores e tomam as suas redes. Nas fronteiras marinhas, vivem os leprosos; eles têm casas gradeadas de junco, e ninguém pode chegar perto deles. Os mendigos vagam pelas cidades e comem seu alimento com os cachorros. Podes fazer com que estas coisas não aconteçam? Tolerarás o leproso como teu companheiro de cama, e sentarás à tua mesa o mendigo? Cumprirá o leão a tua ordem, e o javali te obedecerá? Não é Ele, que fez a miséria, mais sábio do que tu? Portanto, não te louvo pelo que fizeste, mas ordeno-te que voltes ao Palácio, faças uma cara alegre e vistas o traje adequado a um rei; e com a coroa de ouro te coroarei, e o cetro de pérola colocarei na tua mão. E, quanto aos teus sonhos, não penses mais neles. A carga deste mundo é muito grande para um único homem suportar, e o sofrimento do mundo é muito pesado para um único coração sofrer.

– Dizes isso nesta casa? – disse o jovem Rei, e em passos largos ultrapassou o Bispo, subiu os degraus do altar e parou diante da imagem de Cristo.

Ele parou diante da imagem de Cristo e, à sua direita e à sua esquerda, estavam os maravilhosos vasos de ouro, o cálice com o vinho amarelo e o pequeno frasco com o óleo sagrado. Ele se ajoelhou diante da imagem de Cristo, e as velas grandes queimavam brilhantemente junto à capela adornada com joias, e a fumaça do incenso enrolava, em finos espirais azuis, em direção à cúpula. Ele curvou a cabeça em oração, e os padres, em suas vestes engomadas, afastaram-se, em silêncio, do altar.

E, de repente, um tumulto desenfreado veio do lado de fora, e entraram os nobres com as espadas desembainhadas, plumas balançantes e escudos de aço polido.

– Onde está o sonhador de sonhos? – eles gritaram. – Onde está o rei que se veste como um mendigo, este menino que traz vergonha para o nosso país? Sem dúvida, o mataremos, pois ele é indigno de governar por nós.

E o jovem Rei curvou a cabeça novamente e rezou. E, quando terminou a oração, levantou-se e, virando-se, olhou triste para eles.

E eis que, através das janelas pintadas, veio a luz do sol, derramando-se sobre ele. Seus raios teceram, ao seu redor, um manto entrelaçado, que era mais belo que o manto moldado para o seu prazer. O cajado morto floresceu e gerou lírios que eram mais brancos do que pérolas. O espinho seco floresceu e gerou rosas que eram mais vermelhas do que rubis. Mais brancas do que as pérolas refinadas eram os lírios, e seu caule era de prata brilhante. Mais vermelhos do que os rubis machos eram as rosas, e suas folhas eram de ouro velho.

Ele permaneceu ali, num traje de rei, e repentinamente abriram-se os portões da capela adornada de joias, e do cristal da custódia radiante resplandeceu uma maravilhosa e mística luz. Ele permaneceu ali, num traje de rei, e a Glória de Deus preencheu o lugar, e os santos nos seus nichos esculpidos pareciam mover-se. Num belo traje de rei, ele permaneceu diante deles, e o órgão ecoou sua música, os trombeteiros sopraram as trombetas e os meninos cantores cantaram.

E o povo, estupefato, caiu de joelhos, e os nobres embainharam suas espadas e reverenciaram. O rosto do Bispo empalideceu, e suas mãos tremiam.

– Alguém maior do que eu te coroou – bradou, e ajoelhou-se diante dele.

E o jovem Rei desceu do altar-mor e voltou para casa pelo meio do povo. Mas ninguém ousou olhar para o seu rosto, pois parecia o rosto de um anjo.

O MILIONÁRIO MODELO

Uma nota de admiração

A menos que você seja rico, não tem por que ser fascinante. Romancear é um privilégio de ricos, e não uma profissão para desempregados. Os pobres deveriam ser práticos e prosaicos, pois é mais vantajoso ter uma renda fixa do que ser fascinante. Estas são as grandes verdades da vida moderna, das quais Hughie Erskine nunca se deu conta. Pobre Hughie! Intelectualmente, precisamos admitir, ele nunca foi de muita importância. Durante toda a sua vida, jamais foi capaz de dizer qualquer coisa brilhante ou mesmo insolente. Mas fazia uma ótima figura. Era belo e bem apanhado: perfil caprichosamente definido, cabelo descendo em cachos perfeitos num tom de bronze e chocolate, e uns olhos cinzentos. Era tão popular com os homens quanto com as mulheres, e conseguiu todo tipo de realizações, exceto na arte de fazer dinheiro. Como herança, o pai deixou-lhe a espada de membro da cavalaria e uma *História da guerra peninsular* em quinze volumes. A espada, Hughie pendurou-a sobre o espelho; e os quinze volumes foram para uma prateleira, onde se encontraram ladeados pelo guia da "Ruff" e por uma pilha de revistas "Bailey". De resto, vivia com duzentas libras ao ano, que lhe eram remetidas por uma velha tia. Ele tentou de tudo. Durante seis meses, trabalhou no mercado de ações, mas o que poderia uma borboleta fazer entre ursos e touros? Trabalhou, também, com o comércio de chá durante certo tempo, mas logo cansou-se dos trocados e das especiarias. Tentou, então, o comércio de xerez do tipo seco. Não foi feliz, o vinho era um pouco seco demais. Por fim, reduziu-se a um nada. Um deleitável inútil, com um perfil perfeito e nenhuma profissão.

Para piorar as coisas, estava apaixonado. A garota que amava era Laura Merton, filha de um coronel da reserva que perdera, na Índia, o paladar e o bom humor, e jamais tornara a encontrar qualquer um dos dois. Laura adorava-o, e ele estava pronto a beijar-lhe os cordões dos sapatos. Formavam o casal mais elegante de Londres e não tinham nem um centavo no bolso. O coronel gostava muito de Hughie, mas não queria ouvir falar em noivado.

– Fale comigo, meu rapaz, depois que você tiver dez mil libras, e então nós pensaremos sobre o assunto – ele costumava dizer.

Hughie ficava muito deprimido nesses dias e precisava do consolo de Laura.

Uma manhã, ele estava a caminho da casa dos Merton quando mudou de ideia e resolveu visitar um grande amigo, Alan Trevor. Trevor era pintor. Na verdade, poucas pessoas escapam disso hoje em dia. Mas ele era também um artista, e artistas são muito raros. Trevor era um camarada particularmente estranho, de gênio difícil, desagradável mesmo. Tinha a cara cheia de sardas e uma barba vermelha sempre em desalinho. Contudo, quando pegava os pincéis, era um verdadeiro mestre, e suas pinturas eram procuradas com avidez. Ele se sentiu grandemente atraído por Hughie, à primeira vista, o que deve-se creditar exclusivamente ao seu charme pessoal. Alan Trevor costumava dizer:

– Um pintor deveria relacionar-se somente com pessoas bonitas e *bête*, que sejam um prazer artístico para os olhos e um prazer intelectual para os ouvidos. Os homens e as mulheres elegantes é que dominam o mundo ou, pelo menos, deveriam.

Entretanto, depois que conheceu Hughie melhor, Trevor passou a apreciá-lo ainda mais por sua natureza generosa e inconsequente, pela vivacidade e exuberante alegria, e concedeu-lhe um *entrée* permanente para seu estúdio.

Quando Hughie entrou, encontrou Trevor dando os toques finais a uma belíssima pintura, em tamanho natural, de um mendigo. O mendigo, que estava de pé sobre uma plataforma elevada a um canto do estúdio, era um homem velho e encarquilhado, cujo rosto cheio de rugas parecia um pergaminho antigo e carregava a expressão mais pesarosa do mundo. Sobre os ombros trazia um manto de tecido grosseiro, em tiras, farrapos mesmo; nos pés calçava botinas grossas e remendadas; com uma das mãos apoiava-se em uma bengala tosca, enquanto com a outra estendia o surrado chapéu, pedindo por esmolas.

– Que modelo surpreendente! – murmurou Hughie, enquanto apertava a mão de seu amigo.

– Modelo surpreendente? – berrou Trevor com toda a sonora potência de sua garganta. – Eu também diria isso. Mendigos como este não se encontram todos os dias. *Une trouvaille, mon cher*[5]. Um Velasquez vivo! Minha estrela! Um Rembrandt, então, o que não teria feito com ele!

– Pobre velho! – disse Hughie. – Ele parece tão miserável, mas eu suponho que para vocês, pintores, esse aspecto é sua fortuna.

– Certamente – replicou Trevor –, você não queria que um mendigo parecesse feliz, queria?

– Quanto ganha um modelo para posar? – perguntou Hughie enquanto acomodava-se confortavelmente em um divã.

– Cinco centavos a hora.

– E você, quanto você vai ganhar por esta pintura, Alan?

– Ah, por esta vou receber uns dois milhares de...

– Libras?

– Guinéus. Pintores, poetas e médicos sempre recebem guinéus.

– Bem, eu acho que os modelos deveriam receber uma porcentagem – bradou Hughie rindo. – Eles trabalham tão duro quanto vocês.

– Absurdo! Despropósito! Imagine a tela pintar-se sozinha só por ter diante de si o modelo. Está tudo muito bem, Hughie, para você é fácil falar, mas eu lhe asseguro de que

5. Um grande achado, meu caro. (N.E.)

existem momentos em que a arte quase atinge a dignidade do trabalho braçal. E pare de tagarelar, estou muito ocupado. Fume um cigarro e fique quieto.

Depois de algum tempo, o criado entrou e disse a Trevor que o fabricante de molduras desejava falar-lhe.

– Não fuja, Hughie – disse ele ao sair –, estarei de volta em um minuto.

O velho mendigo aproveitou-se da ausência de Trevor para descansar por um momento em um banco de madeira que havia atrás dele. Ele parecia tão miserável e desamparado que Hughie não conseguia deixar de sentir pena; e remexeu nos bolsos, para ver quanto dinheiro tinha. Tudo o que ele pôde encontrar foi um soberano e alguns centavos.

– Pobre velho – pensou consigo mesmo –, ele precisa mais do dinheiro do que eu, mas isso significa duas semanas sem condução – pensou consigo e, atravessando o estúdio, depositou a libra na mão do mendigo. O velho homem esboçou um movimento de surpresa, e um ligeiro sorriso passou por seus lábios murchos.

– Muito obrigado, senhor – disse ele –, muito obrigado.

Trevor retornou, então Hughie se despediu meio desconcertado, ruborizando um pouco pelo que tinha feito. Passou o dia com Laura, de quem recebeu uma encantadora repreensão por sua extravagância, e teve de ir andando para casa. Às onze horas da noite, Hughie entrou no Clube dos Pintores e encontrou Trevor sozinho na sala de fumar, bebendo vinho branco e água mineral.

– E então, Alan, terminou a tela? – perguntou Hughie enquanto acendia o cigarro.

– Terminada e emoldurada, meu rapaz. E, a propósito, você hoje fez uma conquista. O velho modelo que você viu lhe é bastante devotado. E eu tive de contar a ele tudo a seu respeito: quem você é, onde mora, sua renda e suas perspectivas...

– Meu caro Alan! – desesperou-se Hughie. – Eu provavelmente irei encontrá-lo esperando por mim quando chegar em casa. Mas é claro que você está apenas brincando, não é? Pobre velho, eu gostaria de poder fazer alguma coisa por ele, acho horrível que alguém deva ser tão miserável. Tenho pilhas de roupas velhas em casa, você acha que ele se interessaria por algumas delas? Ele veste andrajos que estão em pedaços.

– Mas ele me parece esplêndido neles – disse Trevor. – Por nada no mundo eu o pintaria de casaca. O que você chama de andrajos, eu chamo romance. O que a você parece pobreza, vejo como excentricidade. Entretanto, falarei a ele sobre a sua oferta.

– Alan! Vocês pintores não têm sentimentos – disse Hughie, sério.

– O coração do artista é a sua cabeça – replicou Trevor. – E, além disso, a nossa função é retratar o mundo como o vemos, e não reformar o que conhecemos. *A chacun son métier*[6]. E agora diga-me como vai Laura; o velho modelo ficou bastante interessado por ela.

– Você não vai me dizer que falou a ele sobre Laura – disse Hughie.

– Certamente que sim. Ele sabe tudo sobre o insensível coronel, a doce Laura e as dez mil libras.

– Você contou àquele velho mendigo todos os problemas de minha vida pessoal? – gritou Hughie, muito vermelho e furioso.

– Meu caro rapaz – disse Trevor, sorrindo –, aquele velho mendigo, como você o chama, é um dos homens mais ricos da Europa. Ele poderia comprar toda a Londres amanhã sem abalar sua conta bancária, tem uma casa em cada capital, come com talheres de ouro e pode impedir que a Rússia entre em guerra se quiser.

– O que é que você está querendo dizer? – exclamou Hughie.

– Exatamente o que eu disse. O velho homem que você viu hoje em meu estúdio é o Barão Hausberg. Ele é um grande amigo meu, compra todas as minhas pinturas e esse

6. Cada um com seu trabalho. (N.E.)

tipo de coisa. Há cerca de um mês atrás, encomendou-me um quadro: eu deveria pintá-lo como mendigo. *Que voulez-vous? La fantasie d'um millionnaire*[7]. Devo dizer que ele faz uma ótima figura em seus andrajos, ou talvez eu devesse dizer em meus andrajos: emprestei-lhe uma velha roupa comprada na Espanha.

– Barão Hausberg? – bradou Hughie. – Pelos céus! Eu dei a ele um soberano – e afundou-se em uma poltrona com uma expressão desolada.

– Você deu a ele um soberano? – berrou Trevor, soltando uma gargalhada. – Meu querido garoto, você nunca verá o seu soberano novamente. *Son affaire c'est l'argent des autres*[8].

– Acho que você devia ter me contado, Alan – disse Hughie aborrecido –, em vez de deixar-me passar por tolo.

– Bem, para começar, Hughie, eu nunca imaginei que você sairia por aí distribuindo esmolas levianamente. Posso entender, por exemplo, que você beije um modelo bonito; mas que dê um soberano a um modelo em nada atraente... por Deus, não! Além disso, o fato é que hoje eu não estava em casa para ninguém; quando você entrou, bem, eu não sabia se Hausberg gostaria de ter o nome revelado. Afinal, como você viu, ele não estava propriamente vestido.

– Ele deve pensar que sou um idiota!

– De modo algum. Ele estava em seu melhor humor depois que você saiu, rindo consigo mesmo e esfregando as mãos enrugadas. Eu é que não conseguia entender por que ele estava tão interessado em você, mas agora compreendo perfeitamente. Ele investirá o seu um soberano para você, Hughie, vai lhe prestar contas a cada seis meses, pagar juros, e assim terá uma ótima história para contar depois do jantar.

– Eu sou um infeliz dum pobre coitado – resmungou Hughie. – A melhor coisa que posso fazer é ir para a cama. E você, meu querido Alan, não pode contar isso a ninguém. Eu não teria coragem de aparecer na Row para um passeio.

---

7. O que vocês querem? É a fantasia de um milionário. (N.E.)
8. Seu negócio é o dinheiro dos outros. (N.E.)

– Que absurdo! O fato confere o mais alto crédito ao seu espírito filantrópico, Hughie. E não vá embora: fume outro cigarro, e pode falar sobre Laura o quanto quiser.

Hughie, entretanto, não voltou atrás. Foi para casa deprimido, sentindo-se tremendamente infeliz, e deixando Alan Trevor em meio a um acesso de riso.

Na manhã seguinte, enquanto tomava o café da manhã, o criado lhe trouxe um cartão no qual estava escrito: "Monsier Gustave Naudim, *de la part de* M. le Baron Hausberg".

– Suponho que ele tenha vindo para receber as minhas desculpas – pensou Hughie consigo mesmo, e disse ao criado que fizesse o visitante subir.

Então, entrou na sala um senhor distinto, de cabelos grisalhos, que usava óculos com aros de ouro, e que falou com um leve sotaque francês:

– Tenho a honra de estar me dirigindo ao Sr. Erskine? – ao que Hughie assentiu. – Eu venho da parte do Barão de Hausberg. O Barão...

– Eu peço que o senhor lhe ofereça as minhas mais sinceras desculpas – interrompeu Hughie.

– O Barão – disse o velho cavalheiro com um sorriso – encarregou-me de trazer-lhe esta carta – e entregou a Hughie um envelope lacrado.

Por fora estava escrito: "Um presente de casamento para Hughie Erskine e Laura Merton. De um velho mendigo"; e dentro havia um cheque de dez mil libras.

Quando eles se casaram, Alan Trevor foi o padrinho, e o Barão fez um discurso na festa.

– Modelos milionários são raros o bastante – observou Alan –, mas, por Deus, milionários modelos são mais raros ainda.

O PESCADOR E SUA ALMA

Todas as tardes o Jovem Pescador saía ao mar e jogava suas redes na água.

Quando o vento soprava de terra, pescava apenas alguns peixinhos, quase nada. Pois era um vento cruel, de asas negras; ondas violentas cresciam para encontrá-lo. Quando soprava em direção à praia, porém, os peixes do fundo do mar vinham à tona, enchendo suas redes. O Jovem Pescador, então, os levava ao mercado e os vendia.

Todas as tardes saía ao mar; numa delas, a rede ficou tão pesada que lhe foi difícil alçá-la ao barco. Então, rindo, falando sozinho, disse:

– Com certeza devo ter pego todos os peixes do mundo, ou um monstro ridículo que divertirá os homens; ou talvez algo tão horrendo que até a Grande Rainha cobiçará.

Usando de toda a força, puxou as cordas rijas até que – qual as linhas esmaltadas que rodeiam os vasos de bronze – as longas veias de seus braços delinearam-se, dilatadas.

Puxou as cordas finas e, pouco a pouco, foram aflorando as boias achatadas de cortiça, até que, afinal, a rede chegou à tona.

Mas nela não havia peixe nenhum, nem tampouco monstro ou qualquer coisa horrenda, apenas uma pequena sereia dormindo profundamente.

Seus cabelos eram úmidos flocos dourados, cada fio tinha a aparência de uma fina linha de ouro numa taça de cristal. O corpo, branco como o marfim, e onde deveriam estar as pernas, havia uma cobertura de prata e pérolas. De prata e pérolas era a parte inferior de seu corpo, incrustadas à ela verdes plantinhas do mar. Os ouvidos, madrepérola, os lábios, coral. Ondas geladas salpicavam seus frios seios. O sal em seus cílios... brilhava.

Tão linda ela era que, ao vê-la, o Jovem Pescador ficou totalmente arrebatado. Estendeu uma das mãos, puxou a rede para perto de si e, pendurando-se à borda do barco, tomou-a nos braços. Ao ser tocada, gritou de susto tal qual uma gaivota, e se acordou, e seus olhos de malva e ametista o olharam com pavor. Lutou para escapar. Mas ele a abraçava com determinação, não a deixando fugir.

Quando percebeu que não havia forma de escapar, começou a chorar, suplicando:

– Rogo-te, deixa-me ir, sou filha única de um Rei, meu pai está velho e só.

Mas o Jovem Pescador respondeu:

– Apenas te deixarei ir se prometeres que, ao te chamar, sempre virás e cantarás para mim; pois os peixes deliciam-se em escutar as canções das Criaturas do Mar. Assim, minhas redes estarão sempre cheias.

– Dizes a verdade? Vais me deixar ir, se eu te prometer voltar? – perguntou a Sereia.

– Digo a verdade, te deixarei ir, – replicou o Jovem Pescador.

Prometeu o que ele desejava jurando com a palavra sagrada das Criaturas do Mar. Ele soltou-a de seu abraço. Ela mergulhou tremendo, sentindo um medo estranho.

Todas as tardes o Jovem Pescador saía ao mar a chamar a Sereia; ela surgia da água e cantava para ele. Ao seu redor nadavam golfinhos, enquanto gaivotas selvagens desenhavam círculos sobre sua cabeça.

As canções eram belíssimas: ela cantava sobre as Criaturas do Mar levando os companheiros de gruta em gruta, carregando os filhotes nos ombros; sobre os Tritões de longas barbas e peitos cobertos de pelos entoando, em conchas retorcidas, toques quando do passar do Rei; cantava sobre o Palácio do Rei, todo em âmbar, coberto de esmeraldas claras, e com um piso de pérolas luminosas; e também sobre os jardins do mar, com seus grandes fios entrelaçados de ouro, prata e coral flutuando o dia todo, e sobre os peixes voando por entre eles tal qual pássaros de prata; e as anêmonas aderidas às rochas e os *bourgeons*[9] acomodados às sinuosas ondulações amareladas que formam o manto de areia do fundo do mar. Cantava sobre as grandes baleias vindas dos mares do norte com pedaços pontiagudos de gelo ainda presos às bartanas; as Sereias Ninfas, iniciadas em contar aos mercadores histórias tão terrívelmente encantadoras que muitos colocavam cera nos ouvidos para não serem seduzidos, ao ponto de se jogarem ao mar, onde morreriam afogados; e os navios de altos mastros afundados, os marinheiros congelados agarrando-se com firmeza às bordas das embarcações, os peixes comuns nadando em verdadeiro entra e sai por entre as portinholas e escotilhas; os pequenos crustáceos, grandes viajantes, cujo feitio é juntarem-se às quilhas dos navios e, assim, conhecerem o mundo inteiro; e os chocos, habitantes dos rochedos, que a natureza permite, caso desejem, fazer o dia virar noite apenas esticando os longos braços. Cantava sobre a argonauta, cujo barco incrustado com uma opala navegava com velas de seda; e sobre os Tritões tocando harpas que podiam encantar, o grande *Krahen*[10], fazendo-o adormecer; e as crianças do mar que galgavam o escorregadio dorso dos delfins e deslizavam rindo sobre eles; e as Sereias deitadas nas brancas espumas abrindo os braços aos marinheiros; dos leões do mar de caninos curvos, e dos cavalos marinhos de pelagens flutuantes.

Enquanto cantava, os atuns subiam das profundezas para escutá-la, e o Jovem Pescador jogava as redes, então capturando-os; outros peixes ele pescava com um arpão. Quando, por fim, o barco ficava bem carregado, a Sereia mergulhava, sorrindo.

---

9. *Bourgeon* – Palavra francesa cujo significado mais comum é broto ou semente. (N.T.)

10. *Krahen* – Monstro marinho lendário, cuja origem é atribuída à cultura norueguesa. (N.T.)

Jamais, contudo, se aproximava dele de forma que lhe fosse possível tocá-la. Ele chamava, chamava e chamava, implorando que se aproximasse, mas ela não o atendia. Quando tentava abraçá-la, ela mergulhava como uma foca, aparecendo novamente apenas no dia seguinte. A cada dia, porém, o som de sua voz se tornava mais doce aos ouvidos do Jovem Pescador. Tão doce era aquela voz que acabou por fazê-lo perder o interesse pelo trabalho, esqueceu-se das redes e da pesca: cardumes de atuns com avermelhadas nadadeiras e lindos olhos dourados passavam sem que fossem percebidos. O arpão ficava junto a ele, sem uso; os cestos de vime, vazios. Os lábios entreabertos, olhos túrbidos de encanto, permanecia sentado sem nada fazer, escutando, escutando, escutando; até ser envolvido pela bruma do mar, até que sobre seus braços e pernas bronzeados, raios de prata a lua lançasse.

Então, certa tarde, ele a chamou e confessou:

– Pequena Sereia, minha Pequena Sereia, te adoro. Aceita-me como teu marido, te adoro.

Mas a Sereia balançou a cabeça.

– Tens uma alma humana – disse. – Se te libertares de tua alma, então poderei te amar.

Naquele momento o Jovem Pescador pensou consigo mesmo: de que me serve a alma? Não posso vê-la. Não posso tocá-la. Não a conheço. Com certeza dela me libertarei, e desfrutarei de muitos prazeres.

Foi nesse momento que um grito de alegria brotou em seus lábios, e pondo-se em pé estendeu os braços à Pequena Sereia, dizendo:

– Libertar-me-ei de minha alma, tu serás minha esposa e eu teu marido, e viveremos no fundo do mar. Tudo aquilo que dizes em tuas canções, me mostrarás. Terás tudo o que desejares de mim. Nossas vidas serão uma só.

A Pequena Sereia riu de prazer, escondendo o rosto com as mãos.

– Mas como me libertarei de minha alma? – bradou o Jovem Pescador. – Dize-me como devo fazer e eu o farei.

– Ah! Não sei – respondeu a Pequena Sereia. – As Criaturas do Mar não possuem alma. – Assim respondendo, mergulhou de imediato, olhando-o com melancolia.

Bem cedo, na manhã seguinte, antes do sol nascer, antes mesmo de perceber-se um pedacinho de sua luz acima da colina, o Jovem Pescador foi à casa do Padre, e bateu na porta três vezes.

O noviço olhou pelo postigo e, vendo de quem se tratava, tirou a tranca, dizendo:

– Entra.

O jovem Pescador entrou, ajoelhou-se sobre as ervas docemente perfumadas e, dirigindo-se ao Padre, que estava a ler a Bíblia Sagrada, disse:

– Senhor, estou apaixonado por uma das Criaturas do Mar, porém minha alma intervém na realização de meu desejo. Dizei-me como posso libertar-me de minha alma, pois em verdade dela não necessito. Que valor tem minha alma para mim? Não posso vê-la, não posso tocá-la, não a conheço.

O Padre, batendo no próprio peito, retorquiu:

– Por Deus! Estás louco ou ingeriste alguma erva tóxica? A alma é a parte mais nobre do homem, foi-nos dada por Deus para que a usemos com dignidade. Não há nada mais precioso do que a alma humana, nada secular pode a ela ser comparado. A alma vale mais do que todo o ouro do mundo, é mais preciosa que os rubis dos reis. Portanto, meu filho, não pensa dessa maneira, pois esse é um pecado sem perdão. Quanto às Criaturas do Mar, são perdidas, e aqueles que com elas convivem são perdidos também. Elas são como as bestas do campo: não discernem entre o bem e o mal. Não foi por elas que o Senhor Nosso Deus morreu.

Os olhos do Jovem Pescador inundaram-se de lágrimas ao escutar as palavras amargas do Padre. Levantou-se, dizendo-lhe:

– Senhor, os Faunos vivem felizes nas florestas; nos rochedos sentam-se os Tritões com liras de ouro avermelhado.

Deixa-me ser como eles, imploro, pois seus dias são tal qual os dias das flores. Quanto à minha alma, que proveito pode dar-me quando se interpõe entre mim e o objeto do meu amor?

– O amor do corpo é vil – exclamou o Padre, franzindo o cenho. – E vis e más são essas coisas pagãs que Deus em sofrimento permite vagarem em Seu mundo. Malditos sejam os Faunos que habitam entre as árvores, malditas sejam também essas cantoras do mar! Já as escutei à noite, tentando afastar-me de minhas preces. Batem em minha janela e riem. Sussurram em meus ouvidos perigosas histórias de alegria e prazer. Tentam fazer-me cair em tentação e, quando tento rezar, fazem caretas. São perdidas, digo-te, são perdidas. Para elas não há Céu ou Inferno, e, mesmo se houvesse, nem no Céu nem no Inferno louvariam o nome de Deus.

– Senhor – exclamou o Jovem Pescador –, não sabeis o que dizeis. Pesquei certa vez a filha de um Rei. É mais alva que a estrela matutina, mais clara que a lua. Por seu corpo eu daria minha alma. Por seu amor abriria mão do Céu. Dizeis o que vos peço, permitindo que eu vá em paz.

– Para trás! Para trás! – gritou o sacerdote. – Tua amada é uma perdida, também tu ficarás perdido junto a ela.

Sem o abençoar, o Padre mostrou-lhe a saída.

O Jovem Pescador foi então para o mercado, caminhando bem devagar, com a cabeça baixa, como aqueles que sofrem.

Quando os mercadores o viram, começaram a cochichar. Um deles aproximou-se e, chamando-o pelo nome, perguntou:

– Tens algo a vender?

– Minha alma – respondeu. – Rogo-te que a compre, estou por demais dela cansado. Para que serve minha alma? Não posso vê-la. Não posso tocá-la. Não a conheço.

Os mercadores zombaram dele, dizendo:

– Que uso tem a alma de um homem para nós? Não vale um centavo. Vende-nos teu corpo como escravo e te vestiremos distintamente, em tons de vermelho-escuro, colocaremos anéis em teus dedos, te faremos o favorito da Grande

Rainha. Mas nada de falar em alma, para nós não vale a pena, tampouco tem ela qualquer valor para nossos negócios.

O Jovem Pescador refletiu consigo mesmo: que estranho! O Padre me diz que minha alma vale todo o ouro do mundo enquanto os mercadores dizem não lhes valer um centavo. Saiu do mercado, foi à praia e começou a ponderar sobre o que fazer.

Por volta do meio-dia, lembrou-se de um companheiro, trabalhador na coleta de ervas marítimas cosmetíveis, que lhe contara, certa vez, sobre uma Jovem Bruxa, tida como feiticeira eficaz, que morava em uma caverna no topo da baía. Pôs-se a correr imediatamente; em sua correria pela praia, deixou uma nuvem de areia no ar, tão ansioso estava para livrar-se de sua alma. Uma coceirinha na palma da mão serviu de presságio à Bruxa: era a vinda do Jovem Pescador. Riu, soltou o cabelo vermelho e, nele envolta, esperou por ele na entrada da caverna. Nas mãos, tinha um ramo de verdejante cicuta selvagem.

– Que desejas? Que desejas? – disse, enquanto ele subia ofegante a íngreme montanha, vindo a cair aos pés da feiticeira. – Peixes para tuas redes, quando o vento está ruim? Possuo uma pequena gaita de junco; quando a entoo, as ondas se voltam para a baía. Mas para tudo há um preço, menino querido, há um preço. Que desejas? Que desejas? Uma tempestade para afundar os navios e trazer ricos tesouros à praia? Possuo mais tempestades que o vento, pois aquele a quem sirvo é mais poderoso que ele; com uma peneira e um balde d'água tenho o poder de afundar as grandes galeras. Mas para tudo há um preço, menino querido, há um preço. Que desejas? Que desejas? Sei de uma flor do vale que todos desconhecem. Suas folhas são púrpura, seu miolo, um coração, seu sumo, branco qual leite. Caso toques os duros lábios da Rainha com ela, a Grandiosa te acompanhará mundo afora. Deixará a cama do Rei, seguirá no teu encalço, estejas onde estiveres. Mas para tudo há um preço, menino querido, há um preço. Que desejas? Que desejas? Posso moer um sapo num pilão, fazer dele caldo e temperá-lo com a mão dum morto. Borrifa-o sobre teu inimigo enquanto ele dorme, e ele se transformará numa víbora negra, e sua própria mãe o matará. Posso tirar a lua do céu com um círculo, com uma bola de cristal te mostrar a Morte. Que desejas? Que desejas? Dize-me teu desejo, eu o realizarei, mas pagarás um preço, queridinho: pagarás o meu preço.

– Meu anseio é simples – argumentou o Jovem Pescador –, muito embora o Padre tenha sido duro e tenha se aborrecido comigo: enxotou-me. É muito simples aquilo que quero, mas os mercadores zombaram de mim, negaram ajuda também. Assim sendo, venho a ti, embora sejas famosa por seres má. Mas não importa: seja qual for o teu preço, eu o pagarei.

– Qual é o teu desejo? – perguntou a Bruxa, aproximando-se dele.

– Gostaria de me separar de minha alma – respondeu o Jovem Pescador.

A Bruxa empalideceu, espantada, e tremendo ocultou o rosto em seu manto azul.

– Menino querido, meu queridinho – murmurou –, isso é horrível.

Ele fez balançar os escuros cachos de sua cabeça, rindo.

– Minha alma para mim é nada – alegou. – Não posso vê-la, não posso tocá-la, não a conheço.

– O que me darás se te disser o que fazer? – perguntou a Bruxa. Os belos olhos da feiticeira olhavam-no com desdém.

– Cinco moedas de ouro, minhas redes, minha casa de juncos e meu barco. Dize-me apenas como livrar-me de minha alma e darei a ti todas as minhas posses.

Ela riu com deboche e, golpeando-o delicadamente com o ramo de cicuta, retorquiu:

– Posso transformar as folhas do outono em ouro e tecer em prata os pálidos raios da lua, se me der vontade. Aquele a quem sirvo é o mais rico dos Reis desse mundo, e já possui suas posses, seus domínios.

– O que devo dar-te, então, se teu preço não é nem ouro nem prata?

A Bruxa acariciou os cabelos com sua pequena mão branca.

– Deves dançar comigo, menino querido – disse, sorrindo, num leve múrmurio.

– Nada além disso? – disse o Jovem Pescador, surpreso, enquanto se levantava.

– Nada mais do que isso – respondeu ela, de novo sorrindo para ele.

– Então, ao pôr do sol, dançaremos em algum lugar secreto – disse – e, após a dança, vais me contar o que necessito saber.

Ela fez que não com a cabeça.

– Quando houver lua cheia, quando for lua cheia – disse ela baixinho.

Naquele momento, olhou ao redor com atenção, atenta a cada som. Um pássaro azul saiu piando de seu ninho e pôs-se a sobrevoar as dunas, três pássaros pintados debateram-se sobre a áspera grama cinzenta, assobiando uns para os outros. Não havia nenhum outro som, exceto o de uma onda batendo nas pequenas pedras lisas ao rés do penhasco. Nesse instante, ela estendeu as mãos, puxando-o para perto de si, aproximou os lábios secos do ouvido do Jovem Pescador, explicando-lhe:

– Esta noite, deves ir ao cume da montanha – segredou. – É a noite do Sabath, e Ele estará lá.

O Jovem Pescador olhou para a Bruxa, assustado. Ela riu, mostrando a dentadura branca.

– Quem é Ele de quem falas? – indagou o Jovem Pescador.

– Isso não importa – respondeu a Bruxa. – Vai esta noite, fica sob os galhos de uma árvore que se assemelha a um chifre e espera minha chegada. Se um cão preto correr em tua direção, bate-lhe com uma vara de salgueiro: ele fugirá. Se uma coruja te dirigir a palavra, não respondas. Quando a lua estiver cheia, estarei contigo, e dançaremos na relva.

– Mas juras que vais me dizer como abandonar minha alma? – questionou ele.

Movimentando-se em direção à luz do sol, o vento agitando-lhe os cabelos vermelhos, ela replicou:

– Pelas Patas do Bode, eu juro.

– És a melhor das Bruxas – disse o Jovem Pescador –, e com certeza dançarei contigo esta noite no cume da montanha. Francamente, preferiria pagar-te com ouro ou prata, mas, se esse é o teu preço, assim será. Ademais, é algo muito simples.

Tirou o boné de imediato, curvando-se perante ela. Sem maiores rodeios, correu de volta à cidade, cheio de alegria.

A Bruxa observou-o até perdê-lo de vista, entrou em sua caverna, pegou um espelho guardado numa caixa de cedro, colocou-o numa moldura, queimou verbena diante dele e espiou através da cortina de fumaça. Logo após, cerrou os punhos com raiva.

– Ele deveria ser meu – maldisse –, pois sou tão linda quanto ela.

Naquela noite, quando a lua surgiu, o Jovem Pescador subiu ao cume da montanha e se acomodou sob os galhos da árvore. Tal qual escudo de metal polido, o mar descansava a seus pés, as sombras dos barcos pesqueiros podiam ser vistas movimentando-se pela baía. Uma grande coruja, de sulfurosos olhos amarelos, chamou-o pelo nome, e ele não respondeu. Um cão negro correu até ele, rosnando, e ele revidou com a vara de salgueiro; o danado se foi, ganindo.

À meia-noite, chegaram as bruxas, voando como morcegos.

– Psiu – fizeram, ao tocar o solo. – Há alguém aqui que não conhecemos! – Cheiraram por todo canto, conversaram umas com as outras, fizeram sinais. Finalmente, chegou a Jovem Bruxa, o cabelo vermelho tremulando ao vento. Usava um vestido dourado, bordado com olhos de pavão e, na cabeça, trazia um pequeno chapéu de veludo verde.

– Onde está ele? Onde está ele? – guincharam as bruxas ao vê-la.

Ela apenas riu, depois correu para o tronco de galhos chifrudos e, tomando o Jovem Pescador pela mão, trouxe-o para o clarão da lua, começando a dançar.

Rodopiavam, rodopiavam e rodopiavam, e a Jovem Bruxa saltava tão alto que até mesmo os saltos vermelhos dos sapatos que usava, ele enxergava. Enquanto saltitavam, escutou-se o galope de um cavalo, vindo do lado oposto ao dos dançarinos; contudo, não havia cavalo algum à vista. O Jovem Pescador sentiu repentino pavor.

– Mais rápido, mais rápido – bradou a Jovem Bruxa, estirando os braços ao redor do pescoço do Jovem Pescador, enquanto aproximava o hálito quente ao rosto do par. – Mais rápido, mais rápido, mais rápido – exclamou a Jovem Bruxa, e a terra parecia girar sob os pés do Jovem Pescador; sua mente estava atormentada, e um enorme terror dele tomou conta, como se algo maligno o estivesse observando; por fim, percebeu, sob a sombra duma pedra, uma criatura até então ausente ao evento.

Era um homem trajando um terno de veludo negro, de corte espanhol. O rosto, estranhamente pálido; os lábios, porém, uma esplêndida flor vermelha. Parecia cansado e, inclinado, brincava, indiferente, com o punho da adaga. Ao seu lado, na relva, havia um chapéu de plumas, um par de luvas de montar de longos punhos cobertos por cordões de ouro entrelaçados e por bordados em pérolas que desenhavam um símbolo enigmático. Uma curta capa adornada de brasões negros pendia de seus ombros, e as delicadas mãos brancas eram ornadas de anéis. Pesadas pálpebras cobriam-lhe os olhos.

O Jovem Pescador, encantado, não conseguia dele desviar o olhar. Finalmente, seus olhos se encontraram e, onde quer que a dança prosseguisse, parecia ao Jovem Pescador que os olhos do homem o acompanhavam. Escutou a Jovem Bruxa rir, pegou-a pela cintura e já começava a rolar e rodopiar tal qual um louco.

Subitamente, um cão ladrou na floresta, os dançarinos pararam e, movimentando-se em pares, ajoelharam-se perante o homem, beijando-lhe as mãos. Enquanto isso, um leve sorriso contornou os altivos lábios, como quando as asas de um pássaro tocam levemente a água, fazendo-a sorrir. Naquele sorriso, porém, havia escárnio. O homem continuava a observar o Jovem Pescador.

– Vem! Vamos adorá-lo – disse suavemente a Jovem Bruxa, conduzindo-o. Um enorme anseio de fazer o que ela lhe pedira tomou conta dele, e ele a seguiu. Mas quando do outro se aproximou, fez o sinal da cruz, invocando o nome de Deus sem saber ao certo por que o estava fazendo.

Mal o havia feito e as bruxas começaram a guinchar como falcões, alçando voo de pronto, e o pálido rosto que tanto o observara contorceu-se em um espasmo de dor. O homem dirigiu-se a um pequeno bosque e assobiou. Um ginete com arreios de prata veio correndo encontrá-lo. Ao aprumar-se na sela virou-se, olhando com tristeza para o Jovem Pescador.

A Jovem Bruxa de cabelos vermelhos também tentou alçar voo, mas o Jovem Pescador pegou-a pelos pulsos com força.

– Solta-me – gritou – e me deixa ir, pois nomeaste o que não pode ser nomeado, e fizeste o sinal que não pode ser visto.

– Não – ele retrucou –, não te deixarei ir enquanto não me contares o segredo.

– Que segredo? – protestou a Jovem Bruxa, lutando com ele como uma gata selvagem, enquanto mordia os lábios espumantes.

– Tu sabes – respondeu.

Os olhos verde-relva da feiticeira foram ofuscados pelas lágrimas. Dirigindo-se ao Jovem Pescador, suplicou:

– Pede-me qualquer coisa, menos isso.

Ele riu, apertando-a com mais força ainda.

Quando ela entendeu que não conseguiria dele se soltar, disse em tom suave:

– Certamente sou tão bela quanto a filha do mar, tão delicada quanto as habitantes das águas azuis – colocou o rosto bem próximo ao dele, continuando a cortejá-lo servilmente.

Mas ele a empurrou para trás com vigoroso impulso. Franzindo o cenho, disse:

– Se não cumprires a promessa que me fizeste, eu te assassino sob a alegação de falsa bruxa.

Ela acinzentou, tal qual os brotos da árvore de Judas e, muito embora tremesse de medo, retorquiu com orgulho:

– Que assim seja – praguejou. – Trata-se da tua alma e não da minha. Faze como te aprouver.

Prontamente tirou da cintura uma pequena faca, cujo punho era de pele de víbora verde, ofertando-a a ele.

– Qual a finalidade disso? – perguntou, surpreso.

Ela permaneceu em silêncio por alguns instantes; seu rosto tornara-se horripilante. Após alguns instantes, jogou o cabelo para trás, deixando a testa à vista, sorriu misteriosamente e disse:

– Aquilo que os homens chamam de sombra de seus corpos não é a sombra de seus corpos, mas o corpo da alma. Põe-te de pé à beira do mar, de costas para a lua, e corta ao redor de teus pés tua sombra, que nada mais é que o corpo de tua alma. Roga, então, que tua alma te deixe, e ela o fará.

O Jovem Pescador tremeu.

– Isso é verdade? – disse em voz baixa.

– É verdade. Gostaria de jamais tê-lo contado – exclamou, abraçando em prantos os pés do Jovem Pescador.

Ele se desvencilhou dela com rapidez, abandonando-a na relva viçosa, e dirigiu-se à beira da montanha e, colocando a faca no cinto, começou a descer a encosta.

Sua Alma, que ainda estava com ele, invocou-o dizendo:

– Ai! Vivi contigo todo esse tempo, fui tua serva. Não determina que eu te abandone agora. Que mal te fiz?

O Jovem Pescador riu.

– Não me fizeste nenhum mal, porém de ti não necessito – respondeu. – O mundo é vasto, há também o Céu e o Inferno e aquela embaçada e crepuscular morada entre eles. Vai para onde desejares, mas não me perturbes mais, pois meu amor me chama.

Mais uma vez, sua Alma suplicou-lhe com tristeza que não a mandasse embora; ele, contudo, não lhe deu atenção, e pulava de pedra em pedra com destreza de cabra selvagem. Logo chegou ao pé da montanha e pôde tocar a areia amarela da praia.

Membros bronzeados, bem torneados, tal qual estátua grega, postou-se à praia, na areia, de costas para a lua; das espumas do mar surgiam braços brancos a chamá-lo com gestos, das ondas erguiam-se formas sombrias e irregulares a prestar-lhe homenagens. Diante dele estava a sua sombra, o corpo de sua Alma, e atrás, suspensa no céu, a lua, e o ar trazia em si a cor do mel.

Sua Alma lhe disse:

– Se em verdade desejas te livrar de mim, não me mandes embora sem um coração. O mundo é cruel, dá-me teu coração para que o leve comigo.

O Jovem Pescador moveu a cabeça sorrindo.

– Como poderia amar aquela por quem tenho afeição, caso te dê meu coração? – replicou.

– Não, não, sê misericordioso – disse a Alma, – dá-me teu coração, o mundo é cruel, tenho medo.

– Meu coração é de minha amada – respondeu –; portanto, não tardes mais, vai-te.

– Não poderei eu amar também? – perguntou a Alma.

– Vai-te, não preciso de ti – gritou o Jovem Pescador e, tomando a pequena faca com o punho de pele de víbora verde, cortou a sombra ao redor dos pés; a Alma ergueu-se, deteu-se diante dele olhando-o impassível: era a sua própria imagem e semelhança.

Recuou assombrado, colocando a faca novamente no cinto, e um sentimento de terror dele apoderou-se.

– Vai-te – murmurou – e permite-me não mais te ver.

– Não, não, devemos nos encontrar – replicou a Alma, com voz baixa, semelhante ao som de uma flauta, e lábios que quase não se moviam ao falar.

– Como nos encontraremos? – retorquiu o Jovem Pescador. – Não haverás de querer seguir-me às profundezas do mar?

– Uma vez por ano virei a este local e te chamarei – explicou a Alma. – Podes de mim necessitar.

– Para que precisaria de ti? – revidou o Jovem Pescador. – Mas, age como quiseres – disse, mergulhando no mar. Os Tritões entoaram as cornetas, a Pequena Sereia veio ao seu encontro e, colocando os braços ao redor de seu pescoço, beijou-lhe a boca.

A Alma ficou na praia solitária observando-os. Quando todos haviam mergulhado no mar, restando apenas o silêncio, dirigiu-se aos charcos, soluçando de dor.

Após um ano, a Alma voltou à praia para chamar o Jovem Pescador. Ele emergiu das profundezas do mar, dizendo:

– Por que me chamas?

A Alma respondeu:

– Chega mais perto, para que possa falar contigo, pois conheci maravilhas.

Diante disso, ele se aproximou e agachou-se na beira da praia, apoiando a cabeça numa das mãos.

A Alma relatou:

– Quando te deixei, segui para o Oriente, em viagem. É do Oriente a origem da sabedoria. Viajei por seis dias e, na manhã do sétimo dia, cheguei a uma colina no país dos Tártaros. Sentei sob a sombra de uma tamareira para me proteger do sol; a terra, sequíssima, queimada pelo calor. O povo se movimentava agitado pelas planícies tal qual moscas ao redor de um prato de cobre polido. Ao meio-dia, uma nuvem vermelha se levantou da terra, mais ao longe. Ao vê-la, os Tártaros prepararam suas flechas, montaram nos seus pequeninos cavalos galopando para encontrá-la. As mulheres correram para as carretas gritando, escondendo-se atrás das cortinas cerradas.

"Ao pôr do sol os Tártaros retornaram; cinco, porém, haviam ficado para trás. Dentre os que regressaram, os feridos não eram poucos. Atrelaram os cavalos às carretas, apressando-se a partir. Três chacais saíram de uma caverna perscrutando-os. Sentiram o cheiro do ar e depressa trotearam em direção oposta à dos Tártaros.

"Quando a lua surgiu, vi uma fogueira num acampamento na campina, fui até lá. Um grupo de mercadores estava sentado em tapetes ao redor do fogo. Os camelos, amarrados atrás deles; os negros – seus servos – armavam as tendas de couro escuro na areia e erguiam também um muro alto com espinhentos galhos de pereiras.

"Ao aproximar-me, o chefe dos mercadores levantou-se e, desembainhando a espada, inquiriu-me:

"– Que fazes aqui?

"Respondi que em minha terra natal eu era um Príncipe e que escapara dos Tártaros, cujo intento era o de fazer-me escravo. O chefe sorriu, mostrando-me as cinco cabeças enfiadas em longas varas de bambu. Então, perguntou-me quem era o profeta de Deus. Maomé, respondi.

"Ao escutar o nome do falso profeta, curvou-se, me pegou pela mão e me fez sentar ao seu lado. Um negro me trouxe leite de égua numa gamela de madeira e um pedaço de carneiro assado.

"Quando o sol nasceu, iniciamos nossa jornada. Eu montava um camelo de crina castanha ao lado do chefe, e um batedor ia à nossa frente empunhando uma lança. Os guerreiros marchavam nas fileiras laterais, as mulas seguiam atrás com as mercadorias. Havia quarenta camelos na caravana e cerca de oitenta mulas.

"Fomos do país dos Tártaros ao daqueles que amaldiçoam a Lua. Vimos os Grifos guardando seu ouro sob as rochas brancas, os Dragões escamosos dormindo nas cavernas. Ao passarmos pelas montanhas, prendemos a respiração para que a neve não caísse sobre nós, e todos colocaram véus de gaze sobre os olhos. Quando nos vales, os Pigmeus atiraram flechas contra nós, escondidos nos olhos das árvores; à noite, escutamos os selvagens com seus tambores. Ao chegarmos à Torre dos Macacos, ofertamos frutas a eles: não nos fizeram nenhum mal. Ao alcançarmos a Torre das Serpentes, demos a elas leite morno em tigelas de metal; deixaram-nos passar. Por três vezes em nossa jornada chegamos às margens do Oxo. Fizemos a travessia em balsas de madeira improvisadas, que na parte inferior tinham grandes bexigas de ar. Os hipopótamos enfureceram-se, tentaram nos matar. Os camelos, ao vê-los, se assustaram.

"Os reis de todas as cidades nos faziam pagar estada, mas não permitiam nossa entrada: os portais permaneciam cerrados para nós. Contudo, alcançavam-nos, por cima das muralhas, pão, bolinhos de milho assados em mel e tortas de finas farinhas com recheio de tâmaras. Em troca, dávamos-lhes cento e sessenta e cinco contas de âmbar por cada cem cestas de mantimentos. Quando os habitantes das aldeias nos viam chegar, envenenavam os poços, fugindo para as montanhas.

"Guerreamos com os Magadenses, que nascem velhos, tornam-se mais jovens com o passar dos anos, vindo a morrer quando crianças; adentramos a Lactínia, cujos habitantes, os Lactros, clamam ser filhos dos tigres, pintando assim o corpo de amarelo e preto; com eles também guerreamos; da mesma forma agimos com os Aurantes, cujos mortos são enterrados nas copas das árvores, vivendo eles em cavernas escuras, temendo que o Sol, seu Deus, venha a assassiná-los; entramos em combate também com os Krimiannos, adoradores de um crocodilo: ofertam a ele brincos de cristal verde, alimentam-no com manteiga e aves frescas; guerreamos ainda com os homens de rosto de cão, os Agazombanos; também com os Sibanos, que têm pés de cavalos, e são mais velozes, contudo, que os próprios animais.

"Um terço de nosso grupo pereceu em batalha, outro terço morreu de fome. Os restantes se viraram contra mim dizendo ter lhes trazido má sorte. Tomei uma víbora venenosa escondida numa pedra, deixando-a picar-me. Quando viram que nada a mim ocorria, estremeceram de medo.

"Chegamos à cidade de Illel após quatro meses de viagem; à meia-noite atingimos o pequeno arvoredo situado fora das muralhas. A lua estava em escorpião, o ar, opressivo. Romãs maduras colhemos das árvores, deleitamo-nos com seu doce suco. Estiramos nossos tapetes; dormindo, esperamos pela manhã.

"Ao amanhecer, levantamos e batemos no portão da cidade. Era todo trabalhado em bronze vermelho, entalhado com dragões marítimos ou alados. Os guardas olharam-nos das guaritas, perguntando o que negociávamos. O intérprete da caravana respondeu que vínhamos de uma ilha da Síria com um grande lote de mercadorias. Tomaram alguns reféns, dizendo-nos que os portões seriam abertos ao meio-dia, ordenando-nos que aguardássemos até então.

"Ao meio-dia foram abertos os portões; ao entrarmos, o povo saiu de casa formando uma multidão a nos observar, aos brados; com uma concha, um arauto percorreu a cidade. Instalamo-nos no mercado, os negros desamarraram os fardos de tecidos adornados, abriram os entalhados baús de plátano. Ao cabo dessa tarefa, os mercadores, por sua vez, iniciaram a exposição de mercadorias exóticas: tecidos encerados do Egito, outros pintados da Etiópia, esponjas púrpuras do Tiro, azulados tapetes do Sião, taças de algido âmbar, delicados vasos de cristal e extravagantes vasilhas de argila cozida. No topo duma casa, um bando de mulheres nos olhavam com atenção. Uma delas usava uma máscara de couro dourado.

"No primeiro dia vieram os sacerdotes a comerciar conosco, no segundo, os nobres e, no terceiro, vieram os artesãos e os escravos. Esse é, lá, o costume para com todos os mercadores na cidade.

"Ficamos em Illel por uma lua; quando começou a minguante, cansado, vaguei pelas ruas da cidade e cheguei ao jardim do deus. Sacerdotes de túnicas amarelas movimentavam-se em silêncio por entre verdes árvores. O piso era de mármore negro, sobre ele o templo de um rosa avermelhado onde habitava o deus. As portas laqueadas, touros e pavões de ouro polido nelas entalhados. O teto inclinado era de porcelana verde-mar, as abas ornamentadas com pequenos sinos.

Quando pombas brancas sobrevoavam o templo, tocavam-nos com as asas, fazendo-os soar.

"Em frente ao templo havia um lago de águas cristalinas revestido de ônix. Deitei-me ali, meus pálidos dedos acariciando as folhagens. Um dos sacerdotes veio até onde eu estava, permaneceu estanque às minhas costas. Calçava sandálias, uma delas de macia pele de serpente, a outra de plumagens de pássaros. Uma mitra de feltro negro ornada de meias-luas prateadas cobria-lhe a cabeça. Na túnica, sete pássaros bordados havia, e seus encacheados cabelos eram pintados de um branco azulado em tons metálicos.

"Após alguns instantes, me dirigiu a palavra perguntando-me o que me trazia ali. Disse-lhe que gostaria de conhecer o deus.

"– O deus está caçando – respondeu, seus pequenos olhos oblíquos olhando-me com estranheza.

"– Dizei-me em qual floresta; caçarei com ele – respondi.

"Alisando as suaves franjas de sua túnica com longas e pontiagudas unhas, replicou:

"– O deus está dormindo.

"– Dizei-me em qual aposento e velarei por ele – respondi.

"– O deus está numa festa – reclamou o sacerdote.

"– Se o vinho for doce, beberei com ele; caso seja seco, com ele também beberei – foi a minha resposta.

"O sacerdote inclinou a cabeça assombrado, pegou-me pela mão, levantando-me, e conduziu-me ao templo.

"Na primeira sala vi um ídolo sentado em um trono de jaspe circundado de grandes pérolas orientais. Era entalhado em ébano, tinha a estatura de um homem. Na testa, um rubi; um espesso óleo pingava dos cabelos por sobre as coxas. Os pés, avermelhados pelo sangue de um cabrito sacrificado havia pouco; no quadril, um cinto de cobre enfeitado com sete tachas de pedras preciosas.

"Perguntei ao sacerdote:

"– Esse é o deus?

"Ele me respondeu:

" – Esse é o deus.

"– Mostrai-me o deus – gritei – ou vos matarei aqui mesmo. – E toquei uma de suas mãos e ela paralisou-se.

"O sacerdote implorou-me, dizendo:

"– Meu senhor, curai vosso servo e vos mostrarei o deus.

"Atendi-lhe, assoprando a mão doente; recuperou-se de pronto; estremecendo, conduziu-me à segunda sala. Vi um ídolo de pé sobre uma lótus de jade suspensa por gigantescas esmeraldas. Era entalhado em marfim, em estatura duas vezes maior que a de um homem comum e tinha na testa uma pedra dourada, e o tórax coberto de mirra e canela. Numa das mãos trazia um cetro de jade curvo, na outra, uma bola de cristal; calçava botas de latão e no taurino pescoço trazia um colar de gesso.

"Perguntei ao sacerdote:

"– Esse é o deus?

"Ele me respondeu:

"– Esse é o deus.

"– Mostrai-me o deus – gritei – ou vos matarei aqui mesmo. – E toquei seus olhos e eles fizeram-se cegos.

"O sacerdote implorou-me, dizendo:

"– Meu senhor, curai vosso servo e vos mostrarei o deus.

"Atendi-lhe, assoprando sobre os seus olhos; a visão a eles retornou de imediato; mais uma vez estremecendo, conduziu-me à terceira sala. Para minha surpresa, lá não havia ídolo ou imagem alguma, apenas um espelho redondo de metal, acomodado sobre um altar de pedra.

"– Onde está o deus? – questionei o sacerdote. E ele me respondeu:

"– Não há deus, apenas este espelho que vês, o Espelho da Sabedoria. Reflete tudo o que há no céu e na terra; não reflete, porém, o rosto do homem que nele se mirar. Há muitos outros espelhos, mas são espelhos de Opinião. Aqueles que possuem este espelho aqui tudo conhecem, nada lhes pode ser escondido. Aqueles que não o possuem não são sábios, não têm Sabedoria. Mirei-me no espelho, e era exatamente como o sacerdote relatara.

"Sabedor disso, fiz algo estranho: escondi num vale, a apenas um dia de viagem daqui, o Espelho da Sabedoria. Permite tornar-me parte de ti novamente e ser tua serva, serás o mais sábio de todos os homens, a Sabedoria será tua. Deixa que eu adentre o teu corpo; ninguém será mais sábio do que tu."

O Jovem Pescador riu.

– Melhor o Amor que a Sabedoria – exclamou. – A Pequena Sereia me ama.

– Não, não. Não há nada melhor do que a Sabedoria – contestou a Alma.

– O Amor é melhor – replicou o Jovem Pescador, jogando-se às profundezas do mar. A Alma, chorando, encaminhou-se aos charcos.

Após dois anos, a Alma voltou à praia para chamar o Jovem Pescador. Ele emergiu das profundezas do mar, dizendo:

– Por que me chamas?

A Alma respondeu:

– Chega mais perto, para que possamos conversar, pois conheci maravilhas.

Diante disso, ele se aproximou e acomodou-se na beira da praia, apoiando a cabeça numa das mãos.

A Alma relatou:

"Quando te deixei, rumei ao Sul e viajei. É do Sul que vem tudo o que é precioso. Por seis dias trilhei as estradas cobertas de pó vermelho que levam à cidade de Ashter. É por elas que costumeiramente percorrem os peregrinos. Na manhã do sétimo dia, quando abri os olhos, surpreendi-me com a vista da cidade aos meus pés, num vale.

"Há nove portões de entrada na cidade, na frente de cada um deles há um cavalo de bronze que relincha quando os beduínos descem das montanhas. As muralhas são revestidas de cobre, as guaritas da muralha são cobertas de latão. Em cada uma das guaritas, todas em forma de torre, há um arqueiro. Quando do nascer do sol, fazem soar um gongo com o arco; ao pôr do sol, entoam uma corneta de chifre.

"Ao tentar entrar, os guardas me detiveram, perguntando quem eu era. Respondi ser um religioso muçulmano a caminho de Meca, onde havia um verde véu com o Alcorão nele bordado pelas mãos dos anjos em letras de prata. Atemorizaram-se e me deixaram entrar.

"A cidade é um grandioso bazar. Devias ter ido comigo. Nas ruas estreitas, festivas lanternas de papel agitam-se como se grandes borboletas fossem. Quando o vento sopra, os telhados como bolhas coloridas se movimentam. Diante das barracas, os mercadores sentam-se em tapetes de seda. As barbas negras e cerradas, turbantes cobertos de lantejoulas douradas; longas enfiadas de âmbar e entalhados caroços de pêssego movimentam-se nos dedos frios. Alguns vendem gálgano, nardo, raros perfumes das ilhas do mar Índico, espesso óleo de rosas vermelhas, mirra e delicadas flores de cravo. Quando alguém lhes dirige a palavra, lançam pedacinhos de incenso num braseiro, perfumando docemente o ar. Vi um sírio segurar uma viga tão fina quanto uma varinha de condão. Fios de fumaça cinzenta dela se desprendiam, exalando o primaveril aroma de amêndoas rosa. Outros vendem braceletes de prata incrustados com pedras de turquesa azuis-cremosas, tornozeleiras de latão com pequenas franjas peroladas, garras de tigre em ouro, garras daquele gato dourado, o leopardo, também em ouro, brincos de esmeraldas perfuradas e anéis apenas cobertos de jade. Pode-se ouvir os sons dos violões das casas de chá enquanto os fumantes de ópio, com suas pálidas faces sorridentes, observam os transeuntes.

"Na verdade, devias ter ido comigo. Os vendedores de vinho abrem caminho por entre a multidão a cotoveladas, portando nos ombros grandes peles negras. A maioria deles vende o vinho de Schiraz, doce como mel. Servem-no em pequenos copos de metal, espargindo-os com pétalas de rosa. No mercado ficam os vendedores de frutas, de todos os tipos de frutas: figos maduros com polpa esmagada, melões amarelo-topázio perfumados como o almíscar, cidras cristalizadas, jambos, cachos de uvas brancas, laranjas perfeitamente arredondadas de um vermelho dourado e limões ovalados em um tom de verde dourado. Certa vez vi um elefante passar por ali. A tromba estava pintada de escarlate e açafrão, e nas orelhas trazia uma rede de cordões de seda carmesim. Parou do lado oposto às barracas e pôs-se a comer laranjas; os homens apenas riram. Não podes imaginar que povo estranho eles são! Quando estão felizes compram pássaros engaiolados e os libertam para desfrutarem ainda mais da alegria. Quando tristes, flagelam-se com espinhos para que suas dores não diminuam.

"Uma tarde encontrei uns negros carregando uma pesada liteira no bazar. Era de bambu dourado, os varais laqueados de vermelho e adornados com pavões de cobre. Nas janelas havia finos acortinados de musselina, bordados com asas de besouros e pequeníssimos bulbos de pérola. Ao passar, um pálido rosto circassiano voltou o olhar para fora da liteira e para mim sorriu. Segui-os, mas os negros apressaram o passo, tornaram-se carrancudos. Não me importei. Senti apossar-se de mim uma grande curiosidade.

"Por fim, chegaram numa casa branca e quadrada. Não havia janelas, apenas uma porta diminuta, como as que dão entrada às tumbas. Assentaram a liteira, batendo com um martelo de cobre três vezes. Um armeniano usando um caftã de couro verde espiou pela portinha; ao vê-los abriu-a, desdobrou um tapete ao solo, e a mulher desceu da liteira. Ao entrar na casa, tornou a me olhar, sorrindo. Jamais eu havia visto pessoa tão pálida.

"Quando a lua surgiu, ao mesmo local retornei, procurando pela casa. Mas lá nada havia. Percebi, então, quem era a mulher e por que para mim sorrira.

"Mais do que nunca devias ter ido comigo. Quando da festa da Lua Nova, o jovem Imperador deixou o palácio e dirigiu-se à mesquita para orar. A barba e os cabelos pintados por pétalas de rosas, o rosto empoado com fino pó dourado. As palmas das mãos e os pés, amarelados com açafrão.

"Ao amanhecer, saiu do palácio vestindo um manto de prata, ao anoitecer retornou com um dourado. O povo lançava-se ao chão escondendo os rostos, eu, porém, não. Fiquei numa barraca de um vendedor de tâmaras e aguardei. Quando o Imperador me viu, franziu as sobrancelhas pintadas e parou. Permaneci imóvel, sem fazer nenhuma reverência. O povo se espantou com meu ato despudorado: aconselharam-me a fugir da cidade. Não lhes dei atenção e, contrariando seus conselhos, fui ter com os mercadores de deuses estranhos e exóticos, os quais, devido à profissão, são abominados. Ao lhes contar o que fizera, todos me deram um deus, implorando-me deixar-lhes.

"Naquela noite, enquanto eu repousava em uma almofada na casa de chá situada na rua das Romãs, a guarda do Imperador veio para me conduzir ao palácio. Na medida em que o adentrava, as portas iam se fechando com correntes. No interior havia um grande pátio contornado por uma arcada em toda a sua extensão. As paredes eram de calcita branca, decoradas, aqui e ali, com tijolos azuis ou verdes. Os pilares, de mármore verde; o piso, de um tipo de mármore cor de flor de pessegueiro. Jamais eu havia visto coisa igual.

"Ao passar pelo pátio, duas mulheres cobertas por véus olharam-me de uma sacada, amaldiçoando-me. Os guardas apressaram-se, as pontas das lanças batendo no assoalho polido. Abriram um portão de marfim lavrado, e eu me vi num jardim de águas com sete terraços. Havia ali tulipas, girassóis e adornados aloés de prata. Como uma pequena corda de cristal, pendia uma fonte em meio ao ar úmido. Os ciprestes pareciam toras queimadas. Num deles, um rouxinal cantava.

"No final do jardim havia um pequeno pavilhão. Ao nos aproximarmos, dois eunucos vieram ao nosso encontro. A gordura balançando ao caminharem, olharam curiosamente para mim com olhos de pálpebras amarelas. Um deles afastou-se com o capitão da guarda; em voz baixa a ele algo segredou. O outro ficou mascando perfumadas pastilhas, as quais retirava com afetado trejeito de uma caixa esmaltada de lilás.

"Logo após, o capitão da guarda liberou os soldados. Dirigiram-se para o palácio, os eunucos seguiam-nos vagarosamente, arrancando doces amoras das árvores ao passar. O mais velho deles virou-se para trás, lançando-me malévolo sorriso.

"Então o capitão da guarda me levou à entrada do pavilhão. Caminhei sem tremor, abri a pesada cortina e entrei.

"O jovem Imperador encontrava-se recostado numa *recamière* de peles de leões pintadas, e exibia um falcão pousado em seu punho. Bem atrás dele postava-se um núbio com um turbante de bronze, pesados brincos pendendo-lhe das orelhas furadas. Tinha o dorso nu. Numa mesa junto à *recamière*, uma enorme cimitarra de aço descansava.

"Quando o Imperador me viu, franziu o cenho e disse:

"– Como te chamas? Não sabes que sou o Imperador dessa cidade? – mas não respondi.

"Apontou para a cimitarra, o núbio ergueu-a e, arremessando-se contra mim, atingiu-me com violento golpe. A lâmina me atravessou zunindo, porém mal algum me causou. O homem caiu estatelado e, ao levantar, correu a esconder-se atrás da *recamière*, rangendo os dentes de pavor e medo.

"O Imperador pôs-se de pé tomando uma lança do escudo de armas que ornava uma das paredes e atirou-a contra mim. Peguei-a no ar e parti a lança em duas. Ele despediu uma flecha em minha direção, mas levantei as mãos e fiz com que parasse em meio à trajetória. Então, desembainhou ele do branco cinto de couro uma adaga, degolando o núbio para que o escravo não viesse a relatar tamanha desonra. O homem se retorceu como cobra cruelmente flagelada, e de seus lábios borbulhou vermelha espuma.

"Mal havia o escravo perecido, virou-se o Imperador para mim, mas foi somente após limpar o brilhante suor da fronte com um pequeno lenço debruado de seda púrpura que ele disse:

"– És algum profeta a quem não se pode machucar, ou o filho de algum profeta, já que não consigo ferir-te? Rogo-te deixar minha cidade ainda esta noite, pois, enquanto nela estiveres, dela não serei Senhor.

"E a ele respondi:

"– Irei pela metade do teu tesouro. Dá-me metade de teu tesouro e partirei.

"Pegou-me pela mão, me guiando para o jardim. Quando o capitão da guarda me viu, ficou estupefato. Quando os eunucos me viram, estremeceram as pernas de medo, vindo a tombar ao solo.

"Havia no palácio uma sala com oito paredes de vermelho pórfiro, a cobertura era de bronze laminado, e dela pendiam lâmpadas. O Imperador tocou uma das paredes: abriu-se; passamos por um corredor iluminado por incontáveis tochas. Em cada lado, nichos com grandes jarras de vinho cheias de moedas de prata até a borda. Ao chegarmos na parte central do corredor, o Imperador disse a palavra que não pode ser dita; uma porta de granito escorregou para trás num molejo secreto, e ele então colocou as mãos no rosto para não ter os olhos ofuscados.

"Não acreditarias na beleza desse local. Havia ali enormes carapaças de tartarugas servindo de leito apertado às tantas pérolas; selenitas escavadas de avantajado tamanho aninhavam enorme quantidade de vermelhíssimos rubis. O ouro, armazenado em arcas de pele de elefante; o ouro em pó, em garrafas de couro. Havia opalas e safiras: as opalas em taças de cristal, as safiras em taças de jade. Verdes esmeraldas arredondadas, ordenadamente alinhadas em finos pratos de marfim; num canto havia sacos feitos de seda; alguns continham turquesas; outros, berilos. Trompas e chifres de marfim transbordavam de púrpuras ametistas; os chifres de bronze, de calcedônias e sárdios; dos pilares em cedro pendiam colares de amarelos lincúrios. Os escudos ovais e achatados abrigavam carbúnculos: alguns tinham a cor do vinho; outros, da relva verdejante. Mas te contei apenas um décimo do que lá havia.

"Quando o Imperador, por fim, tirou as mãos do rosto, disse-me:

"– Esta é a morada do meu tesouro; metade do que aqui está é teu, como prometi. Dar-te-ei três camelos com condutores que obedecerão a tuas ordens. Leva tua partilha a qualquer lugar do mundo onde desejes ir. Mas tudo deve ser feito esta noite, de forma que o Sol, meu pai, não testemunhe em minha cidade a presença de um homem a quem não posso matar.

"Respondi:

"– O ouro que aqui está é teu. A prata, as gemas preciosas, assim como todas as demais riquezas também tuas são. Quanto a mim, delas não necessito. Não aceitarei outra coisa tua senão esse pequeno anel que usas em tua mão.

"O Imperador fechou a fisionomia, tornando-se ainda mais sério:

"– Mas trata-se apenas de um anel de chumbo – bradou –, não tem valor nenhum.

"– Sim – respondi –, porém nada levarei senão esse anel de chumbo, pois sei o que nele está escrito e com que propósito.

"O Imperador tremeu e em tom suplicante disse:

"– Toma todo o tesouro, mas vai-te de minha cidade. Minha parte da partilha passa a ser tua também.

"Assim, fiz algo estranho: escondi em uma caverna situada a apenas um dia de viagem daqui o Anel das Riquezas. É tão somente um dia de viagem daqui, e lá está ele e espera por ti. Aquele que possuir o anel será o mais rico dos reis. Portanto, vem comigo, toma-o e todas as riquezas do mundo serão tuas."

Mas o Jovem Pescador riu:

– O amor é melhor que as riquezas – disse em voz alta –, e a Pequena Sereia me ama.

– Não, não há nada melhor que a riqueza – disse a Alma.

– O amor é melhor – replicou o Jovem Pescador, jogando-se às profundezas do mar. A Alma, chorando, encaminhou-se aos charcos.

Após três anos, a Alma voltou à praia para chamar o Jovem Pescador. Ele emergiu das profundezas do mar, dizendo:

– Por que me chamas?

A Alma respondeu:

– Chega mais perto, para podermos conversar, pois conheci maravilhas.

Desse modo, ele se aproximou e recostou-se na beira da praia, apoiando a cabeça numa das mãos, e dispôs-se a escutar.

A Alma relatou:

"Conheci uma cidade onde há uma taberna na beira de um rio. Lá me sentei com marinheiros que bebiam vinho de duas diferentes cores, comiam pão de cevada com pequenos peixes salgados temperados com vinagre servidos em folhas de louro. Enquanto nos divertíamos, chegou um velho carregando um tapete de couro e um alaúde com duas cornetas de âmbar. Após estender o tapete no chão, tocou as cordas do alaúde com uma pena de ave; logo surgiu correndo uma moça com o rosto coberto; sobre o couro estendido, começou a dançar para nós. O rosto estava coberto com um véu de gaze; os pés, contudo, apareciam nus. Nus estavam os pés a movimentarem-se sobre o tapete de couro qual pequenas pombas brancas. Jamais vi algo tão lindo; a cidade onde ela dança fica a apenas um dia de viagem daqui."

Ao ouvir tais palavras de sua Alma, o Jovem Pescador lembrou-se que a Pequena Sereia não tinha pés. Jamais poderia, portanto, dançar. Um grande desejo apossou-se dele, que disse a si mesmo:

– É apenas um dia de viagem, em breve junto ao meu amor estarei – e riu, e levantou-se na água rasa e pôs-se a caminhar a passos largos em direção à praia.

Ao atingir a areia seca, riu novamente, abrindo os braços à Alma. A Alma soltou um grito de alegria enquanto corria para encontrá-lo e, quando tal se deu, entrou no corpo do Jovem Pescador. Ele então percebeu diante de si, alongada na areia da praia, aquela sombra do corpo que é o corpo da Alma.

A Alma logo disse:

– Devemos nos apressar, pois os Deuses do Mar são ciumentíssimos, possuem monstros que obedecem a suas ordens.

Então eles se apressaram, e viajaram a noite toda sob o clarão da lua e todo o dia seguinte sob a luz do sol e ao final da tarde chegaram a uma cidade.

O Jovem Pescador perguntou à Alma:

– É nesta cidade que dança aquela de quem me falaste?

A Alma respondeu:

– Não, não é nesta cidade, é em outra. Mas, mesmo assim, vamos entrar.

Entraram, vagaram pelas ruas, chegando, ao acaso, à rua dos Joalheiros, onde o Jovem Pescador viu uma bela taça de prata exposta numa pequena loja. A Alma, de pronto, lhe disse:

– Pega aquela taça de prata e esconde-a.

O Jovem Pescador pegou-a, escondeu-a entre as dobras da túnica e saiu às pressas da cidade.

Quando estavam a cerca de uma légua da cidade, o Jovem Pescador fechou a cara, atirando a taça ao longe, e perguntou à Alma:

– Por que me disseste para pegar aquela taça e escondê-la? Foi um feito maldoso.

A Alma respondeu:

– Fica tranquilo, fica tranquilo.

Ao final da tarde do segundo dia chegaram a uma cidade, e o Jovem Pescador perguntou à Alma:

– É esta a cidade na qual dança aquela de quem me falaste?

A Alma respondeu:

– Não, não é nesta cidade, é em outra. Mas, mesmo assim, vamos entrar.

Entraram, vagaram pelas ruas, chegando, ao acaso, à rua dos Vendedores de Sandálias, onde o Jovem Pescador viu uma criança junto a um pote de água. A Alma, de pronto, disse:

– Bate naquela criança.

Ele, então, bateu na criança até fazê-la chorar. Isso feito, saiu às pressas da cidade.

Quando estavam a cerca de uma légua da cidade, o Jovem Pescador, encolerizado, perguntou à Alma:

– Por que me disseste para bater naquela criança? Foi um feito maldoso.

A Alma respondeu:

– Fica tranquilo, fica tranquilo.

Ao final da tarde do terceiro dia chegaram a uma cidade, e o Jovem Pescador perguntou à Alma:

– É esta a cidade na qual dança aquela de quem me falaste?

A Alma respondeu:

– Pode ser esta cidade; portanto, vamos entrar.

Entraram, vagaram pelas ruas, mas em lugar algum o Jovem Pescador conseguia achar o rio, tampouco a taberna que o margeava. Ademais, o povo da cidade observava-o de modo estranho. Sentiu medo e à Alma disse:

– Vamos embora de vez, que a dançarina de alvos pés aqui não se encontra.

A Alma respondeu:

– Não, vamos aguardar por aqui mesmo. É noite por demais escura esta, e haverá ladrões no caminho.

Desse modo, o Jovem Pescador sentou-se no mercado para descansar. Após um certo tempo, por ali passou um mercador, portando um capuz e um manto de tecido da Tartária; carregava ele, na ponta de nodosa bengala, uma lanterna de chifre perfurado. O mercador disse ao Jovem Pescador:

– Por que te sentas no mercado se fechadas estão as tendas e amarrados os fardos?

O Jovem Pescador respondeu:

– Não me foi possível encontrar pousada nesta cidade; também não possuo aqui parente algum que me possa abrigar.

– Não somos todos nós parentes? – disse o mercador. – Não somos todos filhos de um mesmo Deus? Pois então: vem comigo, tenho um quarto de hóspedes.

O Jovem Pescador, portanto, levantou-se, seguindo o mercador até sua casa. Ao passar pelo jardim de romãs, o mercador a ele trouxe água de rosas num prato de cobre para que as mãos lavasse, melões maduros para a sede saciar e, a termo, serviu-lhe uma tigela dc arroz juntamente com um pedaço de cabrito assado.

Terminada a refeição, o mercador levou-o ao quarto de hóspedes, desejando-lhe uma boa noite de descanso. O Jovem Pescador agradeceu, beijou o anel que o homem portava em um dos dedos e estendeu-se sobre pintados tapetes de pele de cabra. Dormiu tão logo cobriu-se com uma negra pele de carneiro.

Três horas antes do amanhecer, noite ainda escura, a Alma o acordou, dizendo:

– Levanta, vai até o quarto do mercador, ao quarto onde ele dorme, e mata-o para tomar-lhe o ouro, pois dele precisamos.

O Jovem Pescador levantou-se, dirigindo-se sorrateiramente ao quarto do mercador. Aos pés da cama, um sabre curvo; ao lado, uma bandeja com nove bolsas de ouro. Ao entrar, o Jovem Pescador tentou tomar o sabre; o mercador, porém, acordou-se assustado e de um salto tomou ele mesmo o sabre, clamando:

– Queres pagar o bem com o mal? Queres derramar meu sangue sobre a caridade que te fiz?

A Alma, então, disse ao Jovem Pescador:

– Ataca-o!

O Jovem Pescador bateu no mercador até fazê-lo perder os sentidos, apoderando-se das nove bolsas de ouro. Fugiu às pressas pelo jardim de romãs; ao voltar o rosto para o céu, viu uma estrela, a estrela matutina.

Quando estavam a cerca de uma légua da cidade, o Jovem Pescador bateu no peito, dizendo à Alma:

– Por que me ordenaste matar o mercador e roubar-lhe o ouro? És, na verdade, má.

A Alma respondeu:

– Fica tranquilo, fica tranquilo.

– Não – respondeu o Jovem Pescador. – Não posso tranquilizar-me, já que detesto tudo quanto me ordenaste fazer. Detesto a ti também. Imploro-te dizer-me a razão pela qual me impeliste a assim agir.

A Alma respondeu:

– Quando me abandonaste, jogando-me mundo afora, não me deste um coração, de modo que aprendi a fazer todas essas coisas e a amá-las.

– Que dizes? – murmurou o Jovem Pescador.

– Tu sabes – respondeu a Alma –, sabes muitíssimo bem. Esqueceste que não me deste um coração? Não acredito. Assim, não te atormentes, e tampouco atormentes a mim, pois não há dor que não possas deixar, nem prazer que não possas receber.

Ao ouvir essas palavras, o Jovem Pescador, trêmulo, disse à Alma:

– Não, tu és má, fizeste-me esquecer meu amor, atraíste-me com tentações, colocaste meus pés nas estradas do pecado.

A Alma respondeu:

– Não esqueças que quando me abandonaste no mundo não me deste um coração. Vem, vamos para outra cidade nos divertir. Temos nove bolsas de ouro.

O Jovem Pescador, porém, tomou as bolsas de ouro e jogou-as ao chão, pisoteando-as.

– Não – bradou –, nada mais contigo quero fazer, tampouco prosseguir viagem. Da mesma forma que te deixei antes, agora te deixarei, pois não me fizeste bem nenhum.

Voltando as costas para a lua, com a pequena faca de punho de pele de víbora verde nas mãos, tentou cortar ao redor dos pés aquela sombra do corpo que é o corpo da Alma.

A Alma, a despeito disso, dele não se separou, e também não obedeceu-lhe a ordem, apenas disse:

– O feitiço prescrito pela Bruxa não tem mais valia, não podes mais me deixar, nem de mim te separar. Apenas uma vez na vida pode um homem libertar-se de sua Alma, e àquele que a recebe de volta é imposta a obrigação de com ela para sempre conviver; é esse o seu castigo e recompensa.

O Jovem Pescador empalideceu, cerrou os punhos, bradou:

– Bruxa falsa! Isso ela não me contou.

– Não – disse a Alma –, pois foi fiel Àquele por ela idolatrado, a quem para todo o sempre servirá.

Quando o Jovem Pescador tornou-se conhecedor da impossibilidade de libertar-se de sua Alma, uma perversa destinada a com ele estar eternamente, caiu ele por terra, derramando amargas lágrimas.

Quando se fez dia, o Jovem Pescador levantou-se, dizendo à Alma:

– Amarro minhas mãos para não obedecer-te, cerro meus lábios para tuas palavras não dizer, retorno para onde vive aquela a quem amo. Até mesmo ao mar eu retorno, também para a pequena baía onde ela cantava eu regresso, chamo por ela, conto o mal que fiz e falo do mal a mim por ti impingido.

A Alma tentou seduzi-lo dizendo:

– Quem é o amor para o qual deves retornar? Há, no mundo, muitas, e bem mais belas. Há as bailarinas de Samaris, capazes de dançar como qualquer ave ou animal. Têm henna nos cabelos e, nas mãos, pequenos sinos de cobre. Riem ao dançar, um cristalino riso, como o riso das águas. Vem comigo; a ti eu as mostrarei. Por que te atormentas com aquilo que julgas ser pecado? O que é doce ao sabor não é para ser saboreado? Será que há veneno na boa bebida? Tranquiliza-te, vem comigo para outra cidade. Há uma pequena cidade aqui ao lado onde encontra-se um jardim com árvores de tulipas. Nesse magnífico jardim vivem brancos pavões e também pavões de peito azulado cujas plumagens posteriores, quando ao sol se abrem, parecem discos de marfim ou discos de ouro. Aquela que os alimenta dança por prazer: às vezes dança com as mãos, e outras, com os pés. Traz os olhos pintados com antimônio, o nariz tem o perfil das asas das andorinhas. Uma flor em pérola entalhada pende de uma das narinas. Ri enquanto dança, as prateadas pulseiras adornando os tornozelos soam qual sinos de prata. Sendo assim, não te atormenta mais, tranquiliza-te, vem comigo para essa cidade.

Mas o Jovem Pescador não respondeu à Alma, cerrou os lábios com o selo do silêncio, com grossa corda amarrou as mãos, iniciando viagem de volta para o lugar de onde viera, para a pequena baía na qual seu amor cantava. Durante a viagem, a Alma tentou-o muitíssimas vezes; ele não respondeu, e tampouco fez qualquer maldade por ela proposta, tamanho era o poder do seu amor.

Ao chegar à beira da praia, soltou as amarras das mãos e livrou os lábios do selo do silêncio, pondo-se a chamar pela Pequena Sereia. Ela, contudo, não respondeu ao seu chamado, muito embora ele a tenha chamado o dia todo em tom suplicante.

A Alma dele caçoou, dizendo:

– Por certo de pouca alegria se nutre teu amor. És como aqueles que durante a estiagem carregam água em vasilhas furadas. Dás o que de melhor tens e nada recebes em troca. Melhor seria vires comigo: conheço o Vale dos Prazeres, sei como lá se pode da vida desfrutar.

O Jovem Pescador não deu ouvidos à Alma; em vez disso, construiu numa fenda de rochedo uma casa de juncos, vindo a ali morar pelo período de um ano. Todas as manhãs chamava pela Sereia, à tarde tornava a chamá-la, à noite dizia o nome da amada. Apesar disso, jamais saiu ela do mar para encontrá-lo, nem ele conseguia em lugar algum achá-la, embora tenha por ela buscado nas grutas, nas verdes águas, nas piscinas das marés e nos poços do fundo do mar.

A Alma continuava tentando seduzi-lo para o mal; sussurrava-lhe fatos horrendos. Mas nada o atingia, tamanho era o poder do seu amor.

Após um ano a Alma pensou consigo mesma: "Tentei meu Senhor com o mal, mas o amor é mais forte que eu. Agora, vou tentá-lo com o bem, talvez venha comigo".

Dirigiu-se então ao Jovem Pescador, dizendo:

– Contei-te dos prazeres do mundo, fizeste ouvidos de mercador. Permite-me agora contar dos sofrimentos do mundo, e talvez queiras me escutar. Pois a verdadeira Senhora deste mundo é a dor, ninguém por aqui passa ileso, ninguém deixa de se entrelaçar por entre as malhas da rede dessa Senhora. Alguns carecem de roupa, outros de pão. Há viúvas ricamente vestidas, outras em andrajos. Vagam nos pântanos os leprosos, cruéis até mesmo entre eles. Daqui para ali andam nas estradas os mendigos com as carteiras vazias. Nas ruas das cidades caminha a Fome enquanto a Praga aguarda nos portões. Vem, vamos, essas coisas precisam ser corrigidas, façamos com que deixem de existir. Por que deves esperar aqui, chamando teu amor, escutando apenas o silêncio em resposta a teu chamado? Que é o amor se não consegues ter ponto de vista mais elevado sobre ele?

Mas o Jovem Pescador não respondeu, tamanho era o poder do seu amor. Todas as manhãs chamava pela Sereia, à tarde tornava a chamá-la, à noite dizia o nome da amada. Apesar disso, jamais saiu ela do mar para encontrá-lo, nem ele conseguia em lugar algum achá-la, embora tenha por ela buscado nos rios do mar, nos vales sob as ondas, no mar avermelhado pela noite, no mar acinzentado pelo amanhecer.

Após o segundo ano, a Alma disse ao Jovem Pescador, à noite, quando estava só na casa de juncos:

– Ai, que já tentei-te com o mal, já tentei-te com o bem, mas teu amor é mais forte que eu. Assim, não te tentarei mais; contudo, te rogo permissão para entrar em teu coração, para sermos um só, como antes.

– Claro! Podes entrar – disse o Jovem Pescador –, pois quando vagaste pelo mundo sem coração deves ter sofrido muito.

– Ai de mim! – disse a Alma. – Não consigo encontrar lugar para entrar, tão pleno de amor está esse teu coração.

– Contudo, gostaria de poder ajudar-te – disse o Jovem Pescador.

Enquanto falava ouviu-se um grito de dor vindo do mar, um grito parecido ao escutado pelos homens quando uma Criatura do Mar morre. O Jovem Pescador pulou, deixou a casa de juncos, correu em direção à praia. Negras ondas se jogavam contra a orla, trazendo com elas uma carga mais branca que a prata. Branca como a espuma, uma flor flutuando sobre as ondas. Das ondas, a espuma tomou-a, e da espuma a areia da praia recebeu-a, aos seus pés, o Jovem Pescador viu o corpo da Pequena Sereia. Morta aos seus pés estava.

Soluçando, profundamente tocado pela dor, precipitou-se a ela, beijou a fria boca vermelha, acariciou os úmidos cabelos âmbar. Deitou-se ao lado do corpo na areia da praia, soluçando como se de alegria tremesse, os bronzeados braços apertaram-na contra o peito forte. Frios estavam os lábios; beijou-os. Salgados estavam os cabelos de mel; saboreou-os com amarga alegria. Beijou as pálpebras fechadas, e o conteúdo dos ramalhetes selvagens ainda em cálices era menor que as lágrimas por ele derramadas.

Então, à morta confessou-se. Nas conchas dos ouvidos, outrora de madrepérola, derramou o vinho azedo de sua história. Colocou as pequenas mãos da amada ao redor de seu pescoço, com os dedos acariciou aquela delicada haste, o pescoço da Pequena Sereia. Amarga, amarguíssima era a alegria do Jovem Pescador. Plena de estranha satisfação era a sofrida dor.

O mar negro se aproximava cada vez mais, a espuma branca gemia como um leproso. As brancas garras da espuma faziam o mar apoderar-se da areia da praia. Do Palácio do Rei veio outro grito de dor, grito de luto. Ao longe, ouvia-se o austero som das trompas dos Tritões.

– Foge – disse a Alma –, o mar continua subindo. Caso te demores, morrerás. Foge, tenho medo, pois teu coração está para mim fechado devido à grandeza do teu amor. Foge para um local seguro. Por certo não desejas minha partida sem coração para um outro mundo!

Mas o Jovem Pescador não deu ouvidos à Alma. Dirigindo-se à Pequena Sereia, disse:

– O Amor é melhor que a sabedoria, mais precioso que riquezas, mais belo que os pés das filhas dos homens. O fogo não pode destruí-lo, a água não pode extingui-lo. Chamei-te ao amanhecer, não respondeste ao meu chamado. A lua teu nome escutou; tu, porém, não me atendeste. Malevolamente havia eu te abandonado. Para minha própria desgraça encaminhei-me, vagando, sem saber ao certo onde chegaria. Contudo, teu amor sempre comigo esteve, sempre forte, nada jamais a ele se sobrepôs, apesar de ter conhecido tanto o mal quanto o bem. Agora que morta estás, em verdade, desejo contigo também morrer.

A Alma suplicava que se afastasse; não o fez, tamanha a grandeza de seu amor. O mar se aproximava, e altas ondas tentavam cobri-lo. Ao perceber a proximidade do fim, beijou com loucura os frios lábios da Pequena Sereia. Devido à plenitude de seu amor, partiu-se-lhe o coração, e a Alma encontrou, assim, forma de nele adentrar; tornaram-se um só, como antes. As ondas do mar, então, levaram o Jovem Pescador.

Na manhã seguinte, o Padre foi abençoar o mar, que estivera agitado. Acompanhavam-no os monges, os músicos, os portadores de velas, os incensários e grande número de pessoas do povo.

Ao chegar à praia, o Padre viu o corpo do Jovem Pescador, afogado pelo mar bravo, nos braços cingindo o corpo da Pequena Sereia. O Padre deu uns passos para trás, franzindo o cenho, e fez o sinal da cruz e exclamou:

– O mar não abençoarei, nem nada que nele há. Malditas sejam as Criaturas do Mar, malditos sejam aqueles que com elas convivem. Quanto àquele que por secular amor o amor de Deus esqueceu, aqui estendido junto à amante, morto pelo julgamento de Deus, juntem-lhe o corpo de uma vez com o dela. Enterrem-nos no Campo dos Pisoadores, mas não coloquem nada sobre eles. Nenhum sinal há de marcar o local, para ninguém jamais saber onde descansam. Amaldiçoados foram em vida, amaldiçoados na morte também serão.

E o povo fez como o Padre mandou: em um canto do Campo dos Pisoadores, onde doces ervas não vingam, cavaram profunda sepultura, lá depositando as coisas mortas.

Passados três anos, em um dia santo, o padre foi até a capela para mostrar ao povo as feridas do Senhor e falar da cólera de Deus.

Após paramentar-se, entrou, curvando-se perante o altar, e percebeu que estava coberto por estranhas flores, jamais vistas. Estranhas eram elas ao olhar, porém de curiosa beleza. O Padre ficou perturbado; o perfume que delas emanava era doce ao olfato; sentiu-se o Padre muitíssimo bem, embora não entendesse o porquê.

Após abrir o tabernáculo, queimou incenso no sagrado cálice ali albergado e a Imaculada hóstia ao povo mostrou, voltando a escondê-la atrás do véu dos véus. O Padre começou a pregar ao povo, desejoso de lhes falar sobre a ira de Deus. Mas a branca beleza das flores agitou-o, o perfume doce ao olfato ele ainda sentia e lhe saíram, assim, dos lábios, outras palavras; não falou da cólera nem da ira de Deus, mas de um Deus cujo nome é Amor. Por que falou dessa forma não saberia explicar.

Ao terminar a pregação, o povo chorou; o Padre retornou à sacristia em lágrimas. Os diáconos vieram despi-lo dos paramentos, tiraram a tala de linho branco, a cinta, o manípulo e a estola. Como se em um sonho, ele ali ficou.

Depois de o terem despido, o Padre olhou para eles perguntando:

– Que flores são aquelas no altar, e de onde vêm?

Responderam:

– Que flores são não sabemos, mas vêm do canto do Campo dos Pisoadores.

O Padre estremeceu, voltou para casa e rezou.

Pela manhã, de madrugada ainda, saiu à procura dos monges, dos músicos, dos portadores de velas, dos incensários e de um grande número de pessoas do povo. Dirigiram-se à praia, e o Padre benzeu o mar e todas as criaturas que lá habitam. Os Faunos também benzeu, assim como todas as criaturinhas que nas florestas dançam, benzeu também os seres de olhos brilhantes que espiam através das folhas. Todas as coisas desse mundo de Deus ele abençoou. O povo, pleno de alegria, ficou maravilhado. Mas, mesmo assim, jamais brotaram flores no canto do Campo dos Pisoadores novamente, a terra continuou estéril como antes. As Criaturas do Mar tampouco voltaram a aparecer na baía como de costume; migraram para outra parte do mar.

O RETRATO DO SR. W. H.

1

Tinha acabado de jantar com Erskine em sua pequena e bonita casa em Birdcage Walk, e estávamos sentados na biblioteca saboreando nosso café e cigarros, quando a questão das falsificações literárias apareceu na conversa. Já não consigo lembrar como foi que calhamos de achar esse tópico bastante curioso, como foi o caso naquela época, mas sei que tivemos uma longa discussão sobre Macpherson, Ireland e Chatterton, e que, a respeito deste último, insisti que suas assim chamadas fraudes eram apenas o resultado de um desejo artístico de uma representação perfeita; que não tínhamos nenhum direito de implicar com um artista por causa das condições sob as quais este decide apresentar seu trabalho; e que, sendo toda a Arte, até certo ponto, uma forma de representação, uma tentativa de dar forma à própria personalidade em algum plano criativo, fora dos inibidores acidentes e limitações da vida real, censurar um artista por uma falsificação seria dar um tratamento de problema ético a um problema estético.

Erskine, que era bem mais velho do que eu, e que tinha ouvido meu discurso com a divertida deferência de um homem de quarenta anos, repentinamente colocou a mão sobre meu ombro e perguntou:

– O que você diria a respeito de um jovem que tivesse uma estranha teoria acerca de um certo trabalho artístico, que nela acreditasse, e que tivesse cometido uma fraude para prová-la?

– Ah! Isso é completamente diferente – respondi.

Erskine permaneceu em silêncio por alguns momentos, contemplando os finos fios de fumaça que se erguiam de seu cigarro.

– Sim – disse ele, após uma pausa. – Bem diferente.

Houve qualquer coisa no tom de sua voz, talvez um leve toque de amargura, que excitou minha curiosidade.

– Você conheceu alguém que tenha feito isto? – perguntei.

– Sim – respondeu ele, atirando o cigarro ao fogo –, um grande amigo meu, Cyril Graham. Ele era muito fascinante, e muito tolo, e muito sem coração. No entanto, deixou-me a única herança que recebi na minha vida.

– E o que era? – perguntei.

Erskine levantou-se e, dirigindo-se a um armário em mosaico que ficava entre as duas janelas, destrancou-o e voltou para onde eu estava sentado, trazendo nas mãos um pequeno painel de pintura, montado num porta-retratos elisabetano velho e um tanto sem brilho.

Era um retrato de corpo todo, de um jovem em indumentária do final do século XVI, com sua mão direita descansando sobre um livro aberto. Parecia ter cerca de dezessete anos, e era de uma beleza extraordinária, embora evidentemente um tanto afeminado. Na verdade, não fosse pela indumentária e pelos cabelos cortados bem curtos, alguém poderia dizer que aquele rosto, com seus olhos sonhadores e melancólicos, e delicados lábios escarlates, era o rosto de uma menina. Pelo estilo, mas acima de tudo pelo tratamento dado às mãos, o retrato lembrou-me um trabalho do período mais recente de François Clouet. O colete de veludo negro, com suas pontas de um dourado fantástico, e o fundo azul-pavão sobre o qual se mostrava de forma tão agradável, e de onde a cor retirava tanta luminosidade, eram bem do estilo de Clouet; e as duas máscaras da Tragédia e da Comédia que pendiam, de maneira um tanto formal, de um pedestal de mármore, tinham aquela dura severidade no traço – tão diferente da graça fácil dos italianos – que o grande mestre flamengo nunca perdeu de todo, mesmo na Corte da França, e que por si só sempre foi uma característica do temperamento nórdico.

– É uma coisa encantadora – disse eu. – Mas quem é esse jovem maravilhoso, cuja beleza a Arte felizmente preservou para nós?

– Este é o retrato do Sr. W. H. – disse Erskine, com um sorriso triste. Talvez tenha sido uma mudança casual na luz, mas pareceu-me que seus olhos brilhavam com lágrimas.

– Sr. W. H. – falei. – Mas quem foi o Sr. W. H.?

– Não se recorda? – respondeu-me. – Dê uma olhada no livro sobre o qual ele descansa a mão.

– Vejo que há alguma coisa escrita ali, mas não consigo decifrar – respondi.

– Tente com esta lupa – disse Erskine, ainda com o mesmo sorriso triste esboçando-se em sua boca.

Tomei da lupa e, movendo a luz um pouco mais perto, comecei a decifrar a obscura caligrafia do século XVI: "Ao único motivador dos sonetos a seguir..."

– Meu Deus! – disse eu. – Este é o Sr. W. H. de Shakespeare?

– É o que dizia Cyril Graham – resmungou Erskine.

– Mas não se parece nem um pouco com Lorde Pembroke – respondi. – Conheço muito bem os retratos de Penhurst. Hospedei-me lá perto há algumas semanas.

– Você realmente crê que os sonetos foram dirigidos ao Lorde Pembroke? – perguntou-me.

– Tenho certeza disso – respondi. – Pembroke, Shakespeare e a Sra. Mary Fitton são os personagens dos sonetos; não há qualquer dúvida quanto a isso.

– Bem, eu concordo com você – disse Erskine –, mas não pensei sempre dessa forma. Costumava acreditar... bem, suponho que costumava acreditar em Cyril Graham e em sua teoria.

– E em que ela consistia? – perguntei, fitando o maravilhoso retrato, que já tinha começado a exercer uma estranha fascinação sobre mim.

– É uma longa história – disse Erskine, tomando de mim a figura, de forma bastante brusca, pensei na ocasião

–, uma história muito longa; mas se você se interessar em ouvi-la, posso contá-la.

– Gosto muito de teorias a respeito dos sonetos – falei –, mas não acredito que venha a me converter a alguma ideia nova. Ninguém mais considera esse caso um mistério. Na verdade, pergunto-me como chegou a ser considerado um mistério.

– Como não acredito na teoria, não me parece possível que venha a convertê-lo – disse Erskine, rindo –, mas ela pode interessar-lhe.

– Conte-me, é claro – respondi. – Se tiver metade do encanto do retrato, já me considerarei mais que satisfeito.

– Bem – disse Erskine, acendendo um cigarro –, devo começar por contar-lhe a respeito do próprio Cyril Graham. Ele e eu estivemos na mesma casa em Eaton. Eu era um ou dois anos mais velho que ele, mas éramos grandes amigos, e trabalhávamos e nos divertíamos juntos. Havia, é claro, um bocado mais de divertimento do que de trabalho, mas não posso dizer que me arrependo disso. É sempre uma vantagem não ter tido uma forte educação comercial, e o que aprendi nos campos de jogo de Eaton tem sido para mim tão útil quanto o que quer que tenham me ensinado em Cambridge. Devo dizer-lhe que tanto o pai como a mãe de Cyril eram falecidos. Afogaram-se num horrível acidente de iate nas proximidades da Ilha de Wight. Seu pai tinha sido do serviço diplomático e casara com uma filha, filha única na verdade, do velho Lorde Crediton, que se tornou o guardião de Cyril após a morte de seus pais. Não acredito que Lorde Crediton se importasse muito com Cyril. Ele nunca chegou a perdoar verdadeiramente sua filha por ter se casado com um homem sem título. Era um velho aristocrata extraordinário, que praguejava como um marreteiro, e tinha os modos de um fazendeiro. Lembro de tê-lo visto uma vez na formatura. Ele resmungou comigo, deu-me um soberano, e disse-me para não me tornar um "maldito radical" como meu pai. Cyril não tinha muita afeição por ele, e ficava bem feliz em passar a maior parte de suas férias conosco na Escócia. Na verdade, eles praticamente nunca se encontravam. Na opinião de Cyril, ele era um urso e, na opinião dele, Cyril era um afeminado. Suponho que era afeminado em certas coisas, embora fosse um grande cavaleiro e um esgrimista letal. De fato, ele recebeu seu florete antes de sair de Eaton. Mas era muito lânguido em suas maneiras, e não pouco vaidoso de sua boa aparência, tendo uma forte objeção ao futebol. As duas coisas que de fato lhe causavam prazer eram a poesia e o teatro. Em Eaton, ele estava sempre se fantasiando e recitando Shakespeare e, quando fomos para Trinity, ele se tornou um membro do Círculo de Atores logo no primeiro semestre. Sempre fui muito invejoso do fato de ele ser ator. Eu era absurdamente devotado a ele; suponho que por sermos tão diferentes em certas coisas. Eu era um sujeito desajeitado, fraco, com pés enormes e muito sardento. Sardas existem nas famílias escocesas assim como a gota nas famílias inglesas. Cyril costumava dizer que, das duas, preferiria a gota, mas ele sempre colocou um valor alto demais na aparência pessoal e, certa vez, em nossa sociedade de debates, leu um ensaio tentando provar que é melhor ser bonito do que ser bom. Sem dúvida, ele era muito bem apessoado. Pessoas que não gostavam dele, fariseus e tutores das faculdades, e jovens se preparando para a igreja, costumavam dizer que ele era apenas bonito; mas havia em seu rosto muito mais do que mera beleza. Acredito que ele foi a mais esplêndida criatura que já vi, e nada poderia exceder a graça de seus movimentos, o charme de suas maneiras. Ele fascinava a todos que fossem merecedores de fascinação, e este não era o caso de um grande número de pessoas. Era comum que ele fosse voluntarioso e petulante, e eu costumava pensar que ele era terrivelmente insincero. Isto se devia principalmente, acredito, a um excessivo desejo de agradar. Pobre Cyril! Uma vez lhe disse que ele se contentava com triunfos muito pequenos, mas ele apenas riu. Era muito mimado. Todas as pessoas charmosas são, acredito, mimadas. É o segredo de sua atração.

– Mas, preciso contar-lhe a respeito da capacidade de representação de Cyril. Você sabe que não se permite que atrizes representem no Círculo de Atores, pelo menos era assim no meu tempo. Bem, é claro que Cyril era sempre indicado para fazer os papéis femininos, e, quando da produção de *As You Like It* ("Como gostais"), ele fez o papel de Rosalind. Foi uma performance maravilhosa. Na verdade, Cyril foi a única Rosalind perfeita que já vi. Seria impossível descrever-lhe a beleza, a delicadeza, o refinamento em tudo. Foi uma tremenda sensação, e aquele pequeno teatro repugnante, como era naquele tempo, ficava lotado todas as noites. Hoje, basta-me apenas ler a peça, e não há como não lembrar de Cyril. É como se tivesse sido escrita para ele. No semestre seguinte, ele se formou e veio a Londres estudar para o Serviço Diplomático. Mas nunca produziu nenhum trabalho. Passava os dias lendo os Sonetos de Shakespeare, e as noites no teatro. Estava, é claro, doido para subir ao palco. Lorde Crediton e eu fizemos o possível para evitar que isso acontecesse. Talvez estivesse vivo ainda hoje, se tivesse se tornado um ator. Dar conselhos é sempre uma coisa tola, mas dar bons conselhos é absolutamente fatal. Espero que você nunca cometa esse erro. Se o fizer, vai se arrepender.

"Bem, para chegar ao âmago da história, certo dia recebi uma carta de Cyril, pedindo-me que fosse ao seu apartamento naquela noite. Ele tinha aposentos encantadores em Piccadilly, com vista para o Green Park e, como costumava vê-lo todos os dias, fiquei bastante surpreso com o fato de ele se dar ao trabalho de mandar-me uma carta. É claro que fui, e ao chegar encontrei-o num estado de grande excitação. Disse-me que finalmente havia encontrado o verdadeiro segredo dos Sonetos de Shakespeare; que todos os estudiosos e críticos tinham estado no caminho errado, e ele era o primeiro que, trabalhando exclusivamente com evidências internas, descobrira a real identidade do Sr. W. H. Sua alegria era tanta que estava descontrolado e, por um longo período, negou-se a contar-me sua teoria. Finalmente, apresentou-me um maço de anotações, apanhou sua cópia dos Sonetos do aparador da lareira, sentou-se e deu-me uma longa preleção sobre todo o assunto.

"Começou por observar que o jovem a quem Shakespeare dedicava aqueles poemas estranhamente apaixonados deveria ser alguém que fosse um fator de vital importância no desenvolvimento de sua arte dramática, e que isso não podia ser afirmado quanto a Lorde Pembroke ou Lorde Southampton. Na verdade, quem quer que fosse, não poderia ser ninguém bem nascido, como é mostrado muito claramente no Soneto XXV, em que Shakespeare se contrasta com os que são os "favoritos dos grandes príncipes", dizendo muito claramente

> Que aqueles que por suas estrelas são favorecidos
> Ostentem honrarias públicas e orgulhosos títulos,
> Enquanto eu, a quem a fortuna tais triunfos impede,
> Despercebido, que em prestar homenagens eu me alegre.

e termina o soneto congratulando-se por seu estado de pobreza, que ele tanto adorava:

> Então, feliz sou eu, que amo e sou amado,
> Sem poder daqui sair, nem daqui ser retirado.

"Cyril declarou que esse soneto seria ininteligível se imaginássemos que tivesse sido endereçado quer ao Conde de Pembroke, quer ao Conde de Southampton, uma vez que ambos eram homens de alta posição na Inglaterra e perfeitamente merecedores de serem intitulados "grandes príncipes" e, para corroborar sua opinião, leu-me os Sonetos CXXIV e CXXV, nos quais Shakespeare nos diz que seu amor não é "um filho da riqueza", que "não se corrompe em alegre pompa", e "está longe de ter sido criado por acidente". Ouvi com um alto grau de interesse, pois não creio que esse argumento tivesse aparecido antes; mas o que se seguiu foi ainda mais curioso, e na ocasião pareceu-me liquidar as pretensões de Lorde Pembroke. Sabemos, por Meres, que os Sonetos foram escritos antes de 1598 e, pelo Soneto CIV, somos informados por Shakespeare que sua amizade com o Sr. W. H. já existia há três anos. Porém Lorde Pembroke, nascido em 1580, não veio a Londres até a idade de dezoito anos, ou seja, até 1598, e o relacionamento de Shakespeare com o Sr. W. H. deve ter se iniciado em 1594 ou, no mais tardar, em 1595. Assim, Shakespeare só poderia ter conhecido Lorde Pembroke após os Sonetos terem sido escritos.

"Cyril mencionou também que o pai de Pembroke não morreu antes de 1601; enquanto fica evidente pelo seguinte verso,

> Você teve um pai, deixe que seu filho o diga,

que o pai do Sr. W. H. estava morto em 1598. Além disso, seria absurdo imaginar que qualquer editor daquela época, e o prefácio foi escrito pelo editor, ousasse referir-se a William Herbert, Conde de Pembroke, como Sr. W. H. Já o caso de Lorde Buckhurst ter sido mencionado como Sr. Sackville não pode ser considerado um exemplo análogo, uma vez que Lorde Buckhurst não era um nobre, mas apenas o filho mais novo de um nobre, com a graça de um título, e a passagem em *Parnaso da Inglaterra*, onde tanto se fala dele, não é uma dedicatória formal e imponente, mas apenas uma alusão casual. Assim, Cyril demoliu facilmente as supostas pretensões de Lorde Pembroke, enquanto eu assistia maravilhado. Com Lorde Southampton, Cyril teve ainda menos dificuldade. Southampton tornou-se, ainda muito jovem, o amante de Elizabeth Vernon; portanto, não precisava de encorajamento para casar-se; não era bonito; não se parecia com sua mãe, como era o caso do Sr. W. H.:

> És o espelho de tua mãe, e ela revive em ti
> Toda a sua plenitude, graciosa e primaveril;

e, acima de tudo, seu primeiro nome era Henry, enquanto que os jogos de palavras nos sonetos (CXXXV e CXLIII) mostram que o primeiro nome do amigo de Shakespeare era o mesmo seu – *Will.*

"Quanto às demais sugestões de comentaristas infelizes, de que a grafia Sr. W. H. seria um erro cometido ao escrever Sr. W. S., com o significado de William Shakespeare; que "Sr. W. H. all" deveria ser lido como "Sr. W. Hall"; que Sr. W. H. seria o Sr. William Hathaway; que um ponto final deveria ser colocado após "deseja", tornando o Sr. W. H. o escritor e não o objeto da dedicatória – Cyril livrou-se delas em pouco tempo; e não vale a pena mencionar suas razões, embora eu lembre que ele me causou um ataque de riso quando leu para mim, felizmente não no original, alguns extratos de um comentarista alemão chamado Barnstorff, que insistia que o Sr. W. H. não era ninguém senão o "Próprio Sr. William"[11]. Nem por um momento considerou os sonetos como meras sátiras ao trabalho de Drayton e John Davies de Hereford. Para ele, assim como para mim, eram poemas de séria e trágica importância, à força arrancados do coração de Shakespeare e adoçados pelo mel de seus lábios. Ele estava ainda menos preparado para admitir que fossem apenas uma alegoria filosófica, e que neles Shakespeare se referisse a seu Eu Ideal, ou ao Ideal Masculino, ou ao Espírito da Beleza, ou à Razão, ou à Palavra Divina, ou à Igreja Católica. Ele sentia, assim como creio que devemos sentir todos, que os Sonetos foram dirigidos a um indivíduo, a um jovem especial cuja personalidade, por alguma razão, parece ter preenchido a alma de Shakespeare com uma terrível alegria e não menos terrível desespero.

"Tendo desta maneira limpado o caminho, como o fez, Cyril pediu-me para retirar de minha mente quaisquer ideias preconcebidas que pudesse ter acerca do assunto, e dar uma atenção honesta e sem outras influências a sua teoria. O problema apontado por ele foi o seguinte: Quem foi esse jovem dos tempos de Shakespeare que, sem ter nascido nobre ou ser de nobre natureza, tivesse dele recebido um discurso

11. Em inglês, "Mr. William Himself", abreviando-se como "Mr. W. H." (N.T.)

carregado de uma tão ardente adoração que só nos resta maravilhar-nos ante tal veneração, e nos faz quase temer girar a chave que abre o coração do poeta? Quem era aquele cuja beleza física era tal que o fez tornar-se o fundamento da arte de Shakespeare; a própria fonte da inspiração de Shakespeare; a própria encarnação dos sonhos de Shakespeare? Vê-lo apenas como o objeto de alguns poemas de amor é perder totalmente o sentido dos poemas, porque a arte de que Shakespeare fala nos Sonetos não é a arte dos Sonetos em si, que para ele não eram mais que coisas menores e secretas, é a arte do dramaturgo a que sempre se alude; e aquele a quem Shakespeare disse:

> És toda a minha arte e, tanto quanto a ciência,
> De minha rude ignorância tu me elevas.

> E aquele a quem Shakespeare prometeu imortalidade:

> Onde a vida mais respira: na própria boca dos homens.

seguramente não poderia ser outro senão o menino-ator para quem criou Viola e Imogen, Julieta e Rosalind, Pórtia e Desdêmona, e a própria Cleópatra. Essa era a teoria de Cyril Graham, como você pode ver inteiramente emanada dos poemas, e que, para ser aceita, dependia não tanto de prova demonstrável ou evidência formal, mas de uma espécie de senso espiritual e artístico, que ele declarava ser a única maneira pela qual o verdadeiro significado dos poemas poderia ser discernido. Lembro-me de que leu para mim aquele belo soneto:

> Por que inventaria minha Musa um motivo
> Se tu vives, e em meus versos vem derramar
> Teu doce argumento, demasiado excelente
> Para ser repetido em algum papel vulgar?
> Dá graças a ti, se algo vês em mim
> Que consideras digno de atenção;

Seria tolo não escrever para ti
Quando tu dás luz à própria criação!
Sê a décima Musa, dez vezes mais valiosa
Que as outras nove pelos poetas invocadas;
Faz com que produza, aquele que te invoca,
Poesia eterna, por muito tempo lembrada.

e apontou como isso corroborava totalmente sua teoria. Passou cuidadosamente por todos os Sonetos, e demonstrou, ou imaginou ter demonstrado que, de acordo com sua nova explicação de seu significado, coisas que até então pareciam obscuras, ou más, ou exageradas, tornavam-se claras e racionais, e de grande importância artística, ilustrando a concepção de Shakespeare sobre as verdadeiras relações entre a arte do ator e a arte do dramaturgo.

"É evidente que deve ter existido na companhia de Shakespeare um maravilhoso menino-ator de grande beleza física, a quem ele incumbia da representação de suas nobres heroínas; pois Shakespeare era um diretor de teatro experiente, além de um poeta imaginativo, e Cyril Graham tinha na verdade descoberto o nome do menino-ator. Era Will ou, como preferia referir-se a ele, Willie Hughes. O primeiro nome foi descoberto, é claro, nos sonetos dos trocadilhos, CXXXV e CXLIII; o sobrenome estava, de acordo com ele, escondido na oitava linha do vigésimo Soneto, onde o Sr. W. H. é descrito como

A man in hew, all *Hews* in his controwling[12]

"Na versão original dos Sonetos, a palavra "*Hews*" foi impressa em maiúsculo e em itálico, e isso, afirmava, mostrava claramente que se desejava indicar um jogo de palavras, sendo que seu ponto de vista recebia grande corroboração daqueles sonetos em que curiosos trocadilhos são feitos com

12. "Um homem de um matiz, que pode todos os matizes controlar." Não traduzido no texto pela importância da palavra "Hews" para o entendimento do trocadilho no texto subsequente. (N.T.)

as palavras "uso" e " usura". É claro que me converti imediatamente, e Willie Hughes tornou-se para mim uma pessoa tão real quanto Shakespeare. A única objeção que apresentei à teoria foi o fato de que o nome de Willie Hughes não aparecia listado como ator no primeiro folheto da companhia de Shakespeare. Cyril, no entanto, mostrou-me que a ausência do nome de Willie Hughes dessa lista na verdade corrobora a teoria, uma vez que fica evidenciado no Soneto LXXXVI, que Willie Hughes tinha abandonado a companhia de Shakespeare para representar num teatro rival, provavelmente em algumas peças de Chapman. É a isso que Shakespeare se refere quando, no grande soneto sobre Chapman, disse a Willie Hughes

> Quando dos traços de seu rosto os versos dele se encheram,
> Perdi a inspiração, e assim os versos meus se enfraqueceram...

"A expressão 'Quando dos traços de seu rosto os versos dele se encheram' refere-se, obviamente, ao fato de que a beleza do ator dava vida, realidade e somava encantos aos versos de Chapman. A mesma ideia foi apresentada no Soneto LXXIX:

> Enquanto só eu pedia a tua ajuda,
> Só meu verso tinha a gentil graça tua;
> Agora, porém, deteriorou a minha métrica;
> E outra musa substitui minha Musa enferma;

"E, no soneto imediatamente precedente, Shakespeare diz:

> Muitos escritos de estranhos têm o que é do meu *uso*
> E disseminam sua poesia, pois tu os tem sob teu jugo.

"O jogo sonoro formado com as palavras 'uso' e 'Hughes' é óbvio[13], e o verso 'e disseminam sua poesia, pois tu os tem sob teu jugo', significa 'eles montam suas peças para

13. Em inglês: "use", fazendo trocadilho com o nome "Hughes". (N.T.)

o público, pois seus escritos contam com tua assistência como ator'.

"Foi uma noite maravilhosa, e ficamos acordados quase até a alvorada, lendo e relendo os Sonetos. Depois de algum tempo, no entanto, comecei a ver que antes que a teoria pudesse ser mostrada ao mundo numa forma perfeita, seria necessário obter alguma evidência independente da existência desse jovem ator, Willie Hughes. Se ela pudesse ser comprovada, seria impossível permanecer alguma dúvida quanto à identidade do Sr. W. H.; de outra forma, a teoria cairia por terra. Coloquei esta opinião com muito vigor para Cyril, que ficou bastante irritado com o que ele chamou de pensamento fariseu, e na verdade ele demonstrou grande amargor sobre o assunto. De qualquer forma, consegui fazê-lo prometer que, em seu próprio interesse, não publicaria sua descoberta até que tivesse colocado todo o raciocínio fora do alcance de qualquer dúvida; e por semanas e semanas pesquisamos os registros das igrejas da cidade, os Manuscritos de Alleyn em Dulwich, o Serviço de Registros, os papéis de Lorde Chamberlain – tudo, de fato, onde imaginamos que fosse possível encontrar alguma alusão a Willie Hughes. É claro que não descobrimos nada, e a cada dia me parecia que a existência de Willie Hughes tornava-se mais problemática. Cyril estava em péssimo estado, e costumava repetir o assunto dia após dia, tentando fazer-me acreditar; mas eu tinha visto a grande falha em sua teoria, e me recusava a ser convencido, até que a real existência de Willie Hughes, o menino-ator dos tempos elisabetanos, estivesse acima de dúvida ou objeção.

"Um dia Cyril saiu da cidade. Pensei que tivesse ido hospedar-se com seu avô, porém mais tarde fui informado por Lorde Crediton de que tal não era o caso; e, depois de cerca de duas semanas, recebi um telegrama de Cyril, postado em Warwick, pedindo-me para jantar com ele naquela noite, às oito horas, sem falta. Quando cheguei, disse-me: 'O único apóstolo que não merecia uma prova era São Tomé, e São Tomé foi o único apóstolo a recebê-la'. Perguntei-lhe o que queria dizer. Respondeu-me que não apenas tinha conseguido estabelecer a existência, no século XVI, de um menino-ator com o nome de Willie Hughes, como também provar pela mais conclusiva evidência que ele era o Sr. W. H. dos Sonetos. Não quis adiantar-me mais nada; porém, após o jantar, apanhou solenemente o retrato que mostrei a você e disse-me que fora por mero golpe de sorte que o tinha encontrado, pregado na lateral de uma velha arca que tinha comprado numa fazenda em Warwickshire. A própria arca, que era um belo exemplo de trabalho elisabetano, ele havia trazido consigo, e no centro do painel frontal as iniciais W. H. estavam gravadas, sem sombra de dúvida. Esse monograma chamara sua atenção, e disse que só depois de ter a arca em sua posse por vários dias é que pensou em fazer um exame interno mais cuidadoso. Certa manhã, percebeu que uma das laterais da arca era bem mais grossa que a outra e, observando melhor, descobriu que uma tela emoldurada estava pregada a ela. Ao soltá-la, encontrou a pintura que está agora sobre o sofá. Estava muito suja e coberta de mofo, mas deu um jeito de limpá-la e, para sua grande alegria, viu que por puro acaso tinha encontrado o que estivera procurando. Era um retrato autêntico do Sr. W. H., a mão descansando na página da dedicatória dos Sonetos, e na própria moldura podia ser visto o nome do jovem escrito em negros caracteres unciais, sobre um dourado desbotado: 'Mestre Will. Hews'.

"Bem, o que eu poderia dizer? Nem por um momento cheguei a pensar que estava sendo vítima de um ardil de Cyril Graham, ou que ele estivesse tentando provar sua teoria através de uma fraude.

– Mas trata-se de uma fraude? – perguntei.

– É claro que sim – disse Erskine. – Trata-se de uma falsificação muito boa mas, de qualquer forma, uma falsificação. Na época, pensei que Cyril estava muito calmo acerca do assunto todo; mas lembrei-me de que havia dito a mim, por mais de uma vez, que para si próprio não precisava de nenhuma prova daquele tipo, e que julgava a teoria completa sem ela. Ri-me dele, e disse-lhe que sem ela a teoria cairia por terra, e cumprimentei-o calorosamente pela maravilhosa descoberta. Combinamos então que a pintura deveria ser gravada ou copiada e colocada no frontispício da edição dos Sonetos de Cyril; e por três meses nada mais fizemos além de verificar cada poema, linha a linha, até termos resolvido todas as dificuldades de texto ou de sentido. Num dia aziago, estava eu numa gráfica em Holborn, quando vi sobre o balcão alguns belíssimos desenhos em papel-prata. Fiquei tão atraído por eles que os comprei; e o proprietário do local, um homem chamado Rawlings, disse-me que eram feitos por um jovem pintor de nome Edward Merton, muito hábil, porém pobre como um rato de igreja. Fui ver Merton depois de alguns dias, tendo sido informado de seu endereço pelo vendedor das gravuras, e encontrei um jovem interessante, pálido, com uma esposa de aparência bastante comum – sua modelo, como vim a saber mais tarde. Disse-lhe o quanto admirava seus desenhos, o que aparentemente muito o agradou, e perguntei-lhe se podia mostrar-me alguns outros trabalhos seus. Quando olhávamos uma pasta, cheia de coisas muito bonitas – pois Merton tinha um traço dos mais encantadores e delicados –, vi de repente um desenho da pintura do Sr. W. H. Não havia nenhuma dúvida quanto a isso. Era quase um *fac-simile* – a única diferença consistia no fato de que as duas máscaras da Tragédia e da Comédia não pendiam da mesa de mármore, como era o caso na pintura, mas estavam no chão, aos pés do jovem. "Onde diabos encontrou isso?", perguntei. Ele ficou muito confuso e disse: "Oh, isso não é nada. Nem sabia que estava nesta pasta. Não é nada de valor". "É aquele que você fez para o Sr. Ciryl Graham", exclamou sua mulher; "e se este cavalheiro deseja comprá-lo, deixe que o leve". "Para o Sr. Cyril Graham?", repeti. "Você pintou o retrato do Sr. W. H.?" "Não sei do que o senhor está falando", respondeu, ruborizado. Bem, foi tudo muito embaraçoso. A mulher contou tudo. Quando saí, dei-lhe cinco libras. Não posso nem pensar nisso agora; mas é claro que eu estava furioso. Fui direto aos aposentos de Cyril, onde esperei por três horas até que chegasse, tendo aquela mentira repugnante estampada na face. Disse-lhe que tinha descoberto sua fraude. Ele ficou muito pálido e disse: "Eu o fiz exclusivamente por você. Não o teria convencido de nenhuma outra maneira. Isto não afeta a verdade da teoria". "A verdade da teoria!" exclamei; "quanto menos falarmos desse assunto, melhor. Nem você próprio acreditava nela. Se acreditasse, não teria cometido uma fraude para prová-la." Duras palavras foram trocadas, tivemos uma discussão medonha. Ouso dizer que fui injusto. Na manhã seguinte, ele estava morto.

– Morto! – gritei.

– Sim, atirou em si mesmo com um revólver. Um pouco do sangue espirrou na moldura do quadro, bem onde o nome havia sido pintado. Quando cheguei – seus criados mandaram chamar-me imediatamente –, a polícia já estava lá. Ele tinha deixado uma carta para mim, evidentemente escrita sob estado de grande agitação e angústia mental.

– O que estava escrito nela? – perguntei.

– Oh, que ele acreditava totalmente em Willie Hughes; que a falsificação da pintura tinha sido feita apenas como uma concessão a mim e que nem mesmo em pequeno grau invalidava a verdade da teoria; e que, para mostrar-me quão firme e sem vício era sua fé em tudo, ia oferecer sua vida como um sacrifício ao segredo dos Sonetos. Era uma carta tola, louca. Lembro-me de que terminava dizendo que passava a guarda da teoria às minhas mãos, e que eu deveria apresentá-la para o mundo, e revelar o segredo do coração de Shakespeare.

– É uma história muito trágica – disse eu. – Mas por que você não cumpriu com seu último desejo?

Erskine deu de ombros.

– Porque é uma teoria perfeitamente desarrazoada do princípio ao fim – respondeu.

– Caro Erskine – disse, levantando-me –, você está completamente errado sobre a questão toda. Trata-se da única chave perfeita já encontrada para os Sonetos de Shakespeare. É completa em todos os detalhes. Eu acredito em Willie Hughes.

– Não diga isso – disse Erskine, seriamente. – Creio que há alguma coisa fatal sobre a ideia e, intelectualmente, não há o que dizer em seu favor. Investiguei todo o assunto e posso garantir que a teoria é totalmente facciosa. É plausível até certo ponto. Então para. Pelo amor de Deus, caro rapaz, não levante o assunto de Willie Hughes. Ele vai partir-lhe o coração.

– Erskine – respondi –, entregar essa teoria para o mundo é seu dever. Se não quer fazê-lo, eu o farei. Retendo-a, você comete uma injustiça com a memória de Cyril Graham, o mais jovem e esplêndido de todos os mártires da literatura. Imploro que lhe faça justiça. Ele morreu por isso, não deixe que sua morte seja em vão.

Erskine olhou-me, pasmo.

– Você se deixou levar pelo sentimento da história toda – disse. – Você se esquece de que uma coisa não é necessariamente verdade porque um homem morre por ela. Eu era devotado a Cyril Graham. Sua morte foi um tremendo choque para mim. Levei anos para me recuperar. Não creio que tenha me recuperado. Mas Willie Hughes? A ideia de Willie Hughes não é nada. Tal pessoa jamais existiu. Quanto a apresentar o assunto para o mundo, o mundo pensa que Cyril Graham atirou em si próprio por acidente. A única prova de seu suicídio estava contida na carta que ele endereçou a mim, e o público nunca ouviu nada a respeito dela. Até hoje Lorde Crediton imagina que tudo o que se passou foi apenas um acidente.

– Cyril Graham sacrificou sua vida por uma grande ideia – respondi –, e, se você não quer falar de seu martírio, fale pelo menos de sua fé.

– Sua fé – disse Erskine – estava fixada em algo falso, em algo que não era razoável, em algo que nenhum estudioso de Shakespeare nem por um momento aceitaria. A teoria seria motivo de riso. Não se faça de bobo, e não siga um caminho que leva a lugar nenhum. Você está começando por assumir a existência da própria pessoa cuja existência precisa ser provada. Além do que, todos sabem que os sonetos foram endereçados a Lorde Pembroke. O assunto está encerrado para sempre.

– O assunto não está encerrado! – exclamei. – Vou assumir a teoria de onde Cyril Graham a deixou e vou provar para o mundo que ele estava certo.

– Jovem tolo! – disse Erskine. – Vá para casa: já são mais de duas horas, e não pense mais acerca de Willie Hughes. Lamento tudo o que lhe contei a respeito, e lamento mais ainda tê-lo convertido a uma coisa em que não acredito.

– Você me deu a chave para o maior mistério da literatura moderna – respondi – e não descansarei enquanto não o fizer reconhecer, enquanto não fizer com que todos reconheçam, que Cyril Graham foi o mais sutil crítico de Shakespeare de nossa época.

Quando caminhava em direção à minha casa através do parque Saint James, a alvorada sobre Londres apenas começava. Os cisnes negros estavam adormecidos no lago polido, e o sombrio palácio parecia violeta contra o céu verde pálido. Pensei em Cyril Graham, e meus olhos encheram-se de lágrimas.

2

Já era mais de meio-dia quando acordei, e o sol jorrava através das cortinas de meu quarto em longos raios oblíquos de ouro empoeirado. Disse a meu criado que não estaria para ninguém; e, depois de uma xícara de chocolate e um pãozinho, apanhei na estante minha cópia dos *Sonetos* de Shakespeare, e comecei a repassá-los cuidadosamente. A mim parecia que cada poema corroborava a teoria de Cyril Graham. Sentia que estava com minha mão sobre o coração de Shakespeare, e podia contar cada pulso e cada latejo de paixão. Pensava no maravilhoso menino-ator, e via sua face em cada linha.

Lembro-me que dois sonetos me tocaram mais particularmente: eram eles os de números LIII e LXVII. No primeiro deles, Shakespeare, cumprimentando Willie Hughes pela versatilidade de sua representação, pela grande variedade de papéis, uma variedade que se estende de Rosalind a Julieta, e de Beatriz a Ofélia, diz-lhe:

> De que matéria você é feito, qual a sua substância,
> Para ter a seu serviço milhões de sombras estranhas?
> Pois, se todos têm uma única sombra cada um,
> E você pode ter qualquer sombra, sendo apenas um!

Linhas que seriam ininteligíveis se não fossem endereçadas a um ator, pois a palavra "sombra", nos tempos de Shakespeare, tinha um significado técnico ligado ao palco. "Os melhores nesse gênero são apenas sombras", diz Teseu sobre os atores em *Sonho de uma noite de verão*, e há muitas outras alusões similares na literatura da época. Estes sonetos evidentemente pertenciam a uma série em que Shakespeare discute a natureza da arte do ator, e o estranho e raro temperamento que é essencial ao artista de palco. "Como é possível", diz Shakespeare para Willie Hughes, "que você tenha tantas personalidades?", e então aponta que sua beleza é tanta que parece representar cada forma e fase da fantasia, personificar cada sonho da imaginação criativa – uma ideia que é ainda mais expandida no soneto que imediatamente se segue, onde, começando com o belo pensamento:

> Ah, quão mais formosa e bela parece a beleza
> Com o doce ornamento que lhe dá a *verdade*!

Shakespeare nos convida a perceber como a verdade da representação, a verdade da apresentação visível no palco, soma-se à maravilha da poesia, dando vida a seu encanto, e realidade a sua forma ideal. E, no entanto, no Soneto LXVII, Shakespeare pede a Willie Hughes que abandone o palco com sua artificialidade, sua falsa vida mímica de um rosto pintado e vestimenta irreal, suas influências e sugestões imorais, sua distância do mundo real das ações nobres e falas sinceras.

Por que a presença dele daria graça à impiedade,
Por que deveria ele conviver com a infecção,
De modo que o pecado com ele lograsse vantagem,
Angariando, com sua companhia, bela ornamentação?
Por que deveria imitar sua face a falsa pintura,
E uma aparência morta obter de sua viva coloração?
Por que uma beleza medíocre indiretamente busca
Rosas de sombra quando nele a rosa não é imitação?

Pode parecer estranho que um grande dramaturgo como Shakespeare, que atingiu tanto sua própria perfeição como um artista, como sua humanidade no plano ideal do escrever e da representação no placo, viesse a escrever em tais termos sobre o teatro; mas devemos lembrar que nos Sonetos CX e CXI Shakespeare mostra-nos que também ele está cansado do mundo das marionetes, e envergonhado de ter feito de si próprio "um bufão exposto". O Soneto CXI é especialmente amargo:

Vai, por mim, esbraveja tu com a Fortuna;
Por meus maus atos, essa deusa tem culpa
De nada melhor para minha vida ter aprontado
Que os recursos públicos pelo decoro público gerados.
Assim acontece que meu nome adquire uma marca
E, já no mesmo instante, por aquilo em que trabalha,
Minha natureza é subjugada, como o é a mão do tintureiro;
Tem pena de mim, e deseja que eu me renove por inteiro.

E há em outros lugares muitos sinais do mesmo sentimento, sinais familiares a todos os verdadeiros estudiosos de Shakespeare.

Um ponto confundiu-me muito quando li os Sonetos, e levei dias para encontrar a verdadeira interpretação, a qual me parece não ter sido percebida pelo próprio Cyril Graham. Não podia entender como Shakespeare colocava um valor tão grande no fato de seu jovem amigo casar-se. Ele mesmo havia se casado jovem, e o resultado tinha sido a infelicidade, e não parece plausível que ele tivesse pedido a Willie Hughes que cometesse o mesmo erro. O menino-ator de Rosalind nada tinha a ganhar com o casamento, ou com as paixões da vida real. Os primeiros sonetos, com suas estranhas sugestões sobre ter filhos, a mim pareciam uma nota dissonante. A explanação para tal mistério apareceu-me de repente, e eu a encontrei na curiosa dedicatória. Lembremo-nos de que é assim a dedicatória:

AO ÚNICO MOTIVADOR
DOS SONETOS A SEGUIR
SR. W. H. TODA A FELICIDADE
E A ETERNIDADE
PROMETIDA
POR
NOSSO IMORTAL POETA
DESEJA
O AMIGO AVENTUREIRO
NA PARTIDA

T. T.

Alguns estudiosos quiseram supor que a palavra "motivador" nessa dedicatória significaria apenas o procurador dos Sonetos para Thomas Thorpe, o editor; mas esse ponto de vista já foi abandonado por todos, e as maiores autoridades chegaram ao acordo de que deve ser tomada no sentido de inspirador, sendo a metáfora retirada da analogia com a vida física. Vi então que a metáfora foi usada pelo próprio Shakespeare ao longo de todos os poemas, e isto colocou-me no caminho certo. Finalmente, fiz minha grande descoberta. O casamento que Shakespeare propõe a Willie Hughes é o "casamento com sua Musa" , uma expressão que definitivamente utilizou no Soneto LXXXII, onde, na amargura de seu coração ante a deserção do menino-ator para quem tinha escrito seus maiores personagens, e cuja beleza na verdade os havia sugerido, ele abre seus reclamos dizendo:

> Tenho de admitir que com minha Musa não casaste.

Os filhos que lhe pede que tenha não são crianças em carne e osso, mas os filhos imortais da eterna fama. Todo o ciclo dos primeiros sonetos é apenas um convite que Shakespeare faz a Willie Hughes para que ele suba ao palco e torne-se um ator. Que coisa mais estéril e sem sentido, diz ele, é tua beleza, se não utilizada:

> Quando quarenta invernos tiverem tua face sitiado,
> Cavando fundas trincheiras no terreno de teu esplendor,
> O trajo orgulhoso da tua juventude, hoje tão admirado,
> Não será mais que um trapo, tido como de pouco valor;
> Quando então te perguntarem onde está toda a tua beleza,
> Onde está todo o tesouro de teus dias de vigor,
> Dizer que dentro de teu olhar profundo e fundas olheiras
> Seria uma pena, um elogio desperdiçado e esmagador.

Em arte, deve-se criar alguma coisa: meu verso "é teu, e de ti *nascido*"; é necessário apenas que me ouças, que "*criarei* versos eternos que viverão para sempre", e deverás personificar com formas de tua própria imagem o mundo imaginário do palco. Os filhos que terás, continua, não se afastarão de ti, como fazem os filhos mortais, mas tu viverás neles e em minhas peças; basta apenas que:

> Por amor a mim, cria de ti e em ti um outro ente,
> E que em ti mesmo e nos teus viva a beleza, sempre!

Reuni todas as passagens que me pareceram corroborar essa nova forma de ver os Sonetos, e elas produziram em mim uma forte impressão, mostrando-me como a teoria de Cyril Graham era completa. Vi também que era bastante fácil separar as linhas em que Shakespeare fala dos próprios Sonetos daquelas em que fala de seu grande trabalho dramático. Este é um ponto que havia sido negligenciado por todos os críticos até os dias de Cyril Graham. E, no entanto, era um dos pontos mais importantes de toda a série de poemas. Shakespeare foi mais ou menos indiferente aos Sonetos. Não desejava neles apoiar sua fama. Para ele, eram sua "Musa menor", que é como os chama, e destinados, conforme nos diz Meres, a circularem entre poucos, muito poucos, amigos. Por outro lado, era muito consciente do valor artístico de suas peças, e mostra uma nobre autoconfiança quanto a seu gênio dramático. Quando diz a Willie Hughes:

> Mas teu eterno verão não empalidecerá,
> Nem essa formosura que possuis ele perderá;
> Nem a Morte dirá que em sua sombra andas a esmo,
> Quando, *em falas eternas,* tu conquistas o tempo;
> Enquanto viverem os homens, e seus olhos puderem enxergar,
> Enquanto viverem meus versos, fazendo tua figura respirar...

a expressão "*em falas eternas*" claramente alude a uma das peças que estava enviando a ele naquela ocasião, enquanto os dois últimos versos mostram sua confiança na probabilidade de suas peças serem eternamente montadas. Quando fala à Musa Dramática (Sonetos C e CI) encontramos o mesmo sentimento.

> Onde estás, Musa, que te esqueces por tantos dias
> De falar daquilo que a ti garante tua autoridade?
> Gastas a tua fúria em algumas canções sem valia,
> Escureces tua força ao iluminar temas vulgares?

lamenta, e então continua a repreender a dama da Tragédia e da Comédia por "negligência à Verdade em Beleza pintada", e diz:

> Porque ele não precisa de louvor, então tu emudecerás?
> Não te permitas ficar assim calada; pois isto está em ti:
> Fazê-lo em muito sobreviver a uma bela tumba dourada,
> Ser louvado por longo tempo, e em dias inda por vir.

Faz teu trabalho, Musa, e eu te mostro como pode ele ter,
Daqui muito tempo, a mesma aparência que hoje ele tem.

Talvez seja no Soneto LV, no entanto, que Shakespeare dê a essa ideia sua mais completa expressão. Imaginar que a "poderosas rimas" da segunda linha se refira ao próprio soneto seria perder o sentido que Shakespeare quis lhe dar. A mim pareceu bastante possível, a julgar pelo caráter geral do soneto, que havia menção a uma peça em particular, e tal peça não seria outra que não *Romeu e Julieta*.

Nem o mármore, nem todos os monumentos dourados
Dos príncipes, a estas poderosas rimas sobreviverão;
Mas tu brilharás mais cintilante nos temas aqui tratados
Que em poeirenta lápide, que tempos sórdidos mancharão.
Quando guerras devastadoras derrubarem as estátuas,
E tumultos arruinarem a alvenaria de cada obra,
Nem da guerra o fogo rápido, nem de Marte a espada
Poderão queimar o registro vivo de tua memória.
Contra a morte e o esquecimento, este inimigo,
Tu avançarás, e louvor a ti terá o seu local
Aos olhos da posteridade, de todos os filhos
Que irão esgotar este mundo, até o juízo final.
Assim, até o dia de teu julgamento, até quando te levantes,
Viverás nestes meus versos, habitarás o olhar dos amantes.

É também muito sugestivo notar que aqui, como em outros lugares, Shakespeare prometeu a Willie Hughes a imortalidade numa forma que apelasse aos olhos humanos – isto é, numa forma espetacular, numa peça que deve ser assistida.

Por duas semanas trabalhei arduamente nos Sonetos, quase não saindo de casa e recusando todos os convites. Parecia-me que descobria algo de novo a cada dia, e Willie Hughes tornou-se para mim uma espécie de presença espiritual, uma sempre dominante personalidade. Podia quase imaginar vê-lo em pé na sombra de meu quarto, tão bem o tinha desenhado Shakespeare, com seus cabelos dourados, sua suave graça floral, seus profundos e sedosos olhos sonhadores, seus ágeis e delicados membros e suas mãos de lírio branco. Mesmo seu nome me fascinava. Willie Hughes! Willie Hughes! Como soava musical! Sim; quem, além dele, poderia ter sido senhor-senhora da paixão de Shakespeare[14], amo e mestre de seu amor, com quem ele tinha laços de vassalagem[15], o delicado escravo e favorito de seu prazer[16], a rosa do mundo todo[17], o mensageiro da primavera[18], vestido com a orgulhosa libré da juventude[19], o adorável garoto a quem ouvir era doce música para os ouvidos[20] e cuja beleza era a própria vestimenta do coração de Shakespeare[21], bem como era a pedra fundamental de sua força dramática? Como agora parecia amarga a tragédia de sua deserção e vergonha! – uma vergonha que ele adocicou e transformou em coisa graciosa[22], por pura e simples mágica de sua personalidade, mas que não deixava de ser uma vergonha. No entanto, assim como Shakespeare o perdoou, não devemos também nós perdoá-lo? Não me animei a questionar os mistérios de seu pecado.

O fato de ter abandonado o teatro de Shakespeare foi um assunto diferente, e esse eu investiguei a fundo. Finalmente, cheguei à conclusão de que Cyril Graham tinha se equivocado ao apontar Chapman como o dramaturgo rival do Soneto LXXX. É óbvio que a alusão fora feita a Marlowe. Quando os sonetos foram escritos, uma expressão como "as esplêndidas velas enfunadas de sua grande poesia" não poderia ter sido aplicada ao trabalho de Chapman, embora fosse aplicável ao estilo de suas peças jacobinas mais recentes. Não: Marlowe era claramente o dramaturgo rival de quem Shakespeare falou em termos tão elogiosos, e que o

---

14. Soneto XX, 2.
15. Soneto XXVI, I.
16. Soneto CXXVI, 9.
17. Soneto CIX, 14.
18. Soneto I, 10.
19. Soneto II, 3.
20. Soneto VIII, I.
21. Soneto XXII, 6.
22. Soneto XCV, I.

Afável e familiar espírito
que a cada noite com inteligência o seduz.

era o Mefistófeles de seu Doutor Fausto. Sem dúvida, Marlowe estava fascinado pela beleza e graça do menino-ator, e o atraiu para o Teatro Blackfriars, para que pudesse fazer o papel de Gaveston em sua peça *Eduardo II*. Que Shakespeare tinha o direito legal de reter Willie Hughes em sua própria companhia fica evidente no Soneto LXXXVII, onde diz:

Adeus, que és por demais caro para minhas posses,
E muito provavelmente sabes o teu valor,
Cujo alvará garante liberdade para tua pessoa;
Meus *direitos* sobre ti não mais estão em vigor.
Pois como posso ter a ti, senão por tua concessão?
E, para tal riqueza, onde estaria o meu merecimento?
Para ter eu tão belo presente... não vejo razão;
De novo meu privilégio requer teu consentimento.
Tu te ofereceste, sem saber o que estavas fazendo,
Ou, oferecendo-te a mim, com outro me confundiste;
E teu grande talento sobre um equívoco foi crescendo,
Mas, em outra decisão, de tal erro te despediste.
Assim, tive eu a ti, como se tem um sonho lisonjeiro:
Dormindo fui rei e no acordar eu sei... foi passageiro.

Mas não prenderia pela força aquele que não conseguia reter pelo amor. Willie Hughes tornou-se um membro da companhia de Lorde Pembroke e, talvez, no pátio aberto da Taverna do Touro Vermelho, tenha representado o papel da delicada favorita do Rei Eduardo. Após a morte de Marlowe, parece que ele retornou a Shakespeare que, sem se importar com o que seus sócios possam ter pensado, não demorou em perdoar a teimosia e traição do jovem ator.

E como Shakespeare conseguiu desenhar bem o temperamento do artista de palco! Willie Hughes era um dos que

Não fazem nada daquilo que mais apresentam:
Sabem comover os outros, mas são igual pedra.

Ele podia representar amor, mas não podia senti-lo, e podia mimetizar a paixão sem realizá-la.

Nos trejeitos de muitos, do coração toda falsa história
É escrita no esbravejar, franzir, enrugar, insólita.

Mas com Willie Hughes não era assim. "Céus", diz Shakespeare num soneto de louca idolatria

Os céus decretaram, quando de teu nascimento,
Que habitaria a tua face um doce sentimento;
Quaisquer pensamentos ou tramas de teu coração,
Nenhum deles, só doçura, mostraria a tua expressão.

Em sua "mente inconstante" e seu "falso coração", foi fácil reconhecer a insinceridade e a traição que de alguma forma parecem inseparáveis da natureza artística, como em seu amor pelo aplauso e desejo de reconhecimento imediato que caracteriza todos os atores. Ainda assim, mais feliz neste aspecto do que outros atores, Willie Hughes iria conhecer um pouco da imortalidade. Inseparavelmente ligado às peças de Shakespeare, viveria nelas.

Seu nome, daqui em diante, viverá na imortalidade;
Eu, quando morrer, serei esquecido pela humanidade.
Na terra terei tão somente uma simples sepultura;
Aos olhos dos homens, estará embalsamada a sua figura.
Seu monumento será sempre meu suave verso,
Que olhos ainda por nascer lerão em excesso,
E, para serem o que você é, vozes ensaiarão
Quando todos que vivem neste mundo mortos estarão.

Há infinitas alusões, também, ao poder de Willie Hughes sobre sua plateia – "os pasmos", como Shakespeare a eles se refere; mas talvez a mais perfeita descrição de sua maravilhosa maestria na arte dramática esteja em *A Lover's Complaint* ("A queixa de um amante"), onde Shakespeare diz dele:

Nele há uma abundância de matéria misteriosa;
Aplicada em truques, recebe formas as mais gloriosas:
De rubores ardentes, ou de lacrimejantes águas,
Ou palidez de desmaio; e ele entra e sai e volta a entrar,
E é de tudo capaz, para melhor representar e enganar:
Cora ante um linguajar indecente, chora frente às desgraças,
Ou empalidece e desmaia nas encenações mais trágicas.

*

Assim, na ponta de sua língua obediente,
Toda profunda questão que se argumente,
Toda resposta pronta e de forte razão,
A seu serviço sempre despertavam ou cochilavam,
Para fazer chorar os que riam e rir os que choravam.
Ele tinha a especial habilidade e o exato jargão
Para, com seu ofício, encenar toda e qualquer paixão.

Certa vez pensei ter encontrado Willie Hughes na literatura elizabetana. Numa descrição maravilhosamente rica dos últimos dias do grande Conde de Essex, seu capelão, Thomaz Knell, conta-nos que na noite anterior à morte do conde, "ele chamou por William Hewes, que era seu músico, para tocar o virginal e cantar. 'Toque – disse ele – minha canção, Will Hewes, e eu a cantarei para mim mesmo.' E assim, de maneira alegre o fez, não como o triste cisne que, olhando para baixo, lamenta seu fim, mas como a doce cotovia, levantando as mãos e endereçando os olhos ao seu Deus, assim subiu aos céus de cristal, e com língua descansada atingiu seus mais altos píncaros". Claro que o garoto que tocou o virginal para o moribundo pai da Stella de Sidney não podia ser outro senão o Will Hews a quem Shakespeare dedicou os Sonetos, e de quem ele nos diz que era doce "música para os ouvidos". No entanto, Lorde Essex morreu em 1576, quando Shakespeare não tinha mais de doze anos. Impossível que esse músico fosse o Sr. W. H. dos Sonetos. Quem sabe o jovem amigo de Shakespeare fosse o filho do tocador do virginal? Ao menos, já era alguma coisa ter descoberto que Will Hews era um nome elisabetano. Na verdade, o nome Hews parece ter sido bastante ligado à música e ao palco. A primeira atriz inglesa foi a adorável Margareth Hews, a quem o príncipe Ruppert amava loucamente. O que seria mais provável que dela e do músico de Lorde Essex tenha surgido o jovem menino-ator das peças de Shakespeare? Mas as provas, as ligações – onde estavam? Ora! Eu não conseguia encontrá-las. A mim me parecia estar sempre a um passo da prova absoluta, mas não conseguia nunca agarrá-la.

Da vida de Willie Hughes, logo passei a pensar em sua morte. Costumava imaginar como teria sido seu fim.

Talvez ele fosse um daqueles atores inglese que, em 1604, cruzaram o mar para a Alemanha e representaram para o grande Duque Henry Julius de Brunswick, ele próprio um dramaturgo nada desprezível, e na corte do estranho Elector de Brandenburgo. Dizem que este último era tão apaixonado pela beleza, que teria comprado por seu peso em âmbar o jovem filho de um mercador grego, promovendo festas suntuosas em honra de seu escravo durante a terrível fome dos anos 1606 e 1607, quando pessoas morriam de inanição pelas ruas da cidade, e por um período de sete meses não choveu. De qualquer forma sabemos que *Romeu e Julieta* foi montada em Dresden em 1613, juntamente com *Hamlet* e *O Rei Lear*, e seguramente não foi para outro senão para Willie Hughes que a máscara mortuária de Shakespeare foi trazida pelas mãos de um membro do séquito do embaixador inglês, pálido símbolo da passagem para a morte do grande poeta que tanto o tinha amado. Na verdade, teria sido uma ideia peculiarmente apropriada que o menino-ator, cuja beleza tinha sido um elemento tão vital no realismo e no romance da arte de Shakespeare, tivesse sido o primeiro a trazer para a Alemanha a semente da nova cultura, e fosse desta maneira o precursor do Aufklärung ou Iluminismo do século XVIII, aquele esplêndido movimento que, embora tendo sido iniciado por Lessing e Herder, e trazido à sua totalidade e perfeição por Goethe, teve grande ajuda de outro ator – Friedrich Schroeder – , que acordou a consciência popular e, através de paixões fingidas e métodos mímicos no palco, mostrou a conexão íntima, vital, entre a vida e a literatura. Se isso era assim – e certamente não havia evidências em contrário –, não é improvável que Willie Hughes fosse um daqueles comediantes ingleses (*mimae quidam ex Britannia,* como o velho crônico os chamou), que foram trucidados em Nuremberg durante um inesperado levante do povo, e foram secretamente enterrados num pequeno vinhedo fora da cidade por alguns jovens "que tinham tido prazer com suas representações, e que alguns pensavam serem instruídos nos mistérios da nova arte". Certamente não poderia haver local mais adequado para aquele a quem Shakespeare disse, "és toda minha arte", que esse pequeno vinhedo fora dos muros da cidade. Pois não foi do sofrimento de Dionísio que brotou a Tragédia? Não foi o riso fácil da Comédia, com sua alegria descuidada e respostas rápidas, primeiro ouvido dos lábios de vinhateiros sicilianos? Ora, não foi a mancha púrpura e vermelha da espuma do vinho no rosto e nos membros que deu a primeira ideia do encanto e da fascinação da fantasia – o desejo de esconder-se, o senso do valor da objetividade mostrando-se assim no rude início da arte? De qualquer forma, onde quer que estejam seus despojos – seja no pequeno vinhedo nos portões da cidade gótica, ou no campo-santo de alguma obscura igreja londrina, no meio do troar e do alvoroço de nossa grande cidade –, nenhum monumento magnífico marca o local de seu descanso. Seu verdadeiro túmulo, como Shakespeare viu, era o verso do poeta, seu verdadeiro monumento a permanência do drama. Assim também foi com outros cuja beleza deu um novo impulso criativo a sua época. O corpo de marfim do escravo bitiniano apodrece no lodo verde do Nilo, e nas amarelas colinas do Cerâmico está espalhado o pó do jovem ateniense; mas Antínoo permaneceu vivo na escultura, e Cármides na filosofia.

3

Depois de transcorridas três semanas, decidi apelar fortemente a Erskine para que fizesse justiça à memória de Cyril Graham e entregasse ao mundo sua maravilhosa interpretação dos *Sonetos* – a única interpretação que explicava totalmente o problema. Não tenho cópia de minha carta, lamento dizer, nem fui capaz de pôr as mãos no original; mas lembro que cobri todo o assunto, e enchi folhas de papel com a reiteração apaixonada dos documentos e provas que meu estudo me havia sugerido. A mim me parecia que não estava apenas trazendo Cyril Graham para seu devido lugar na história da literatura, mas resgatando a honra do próprio Shakespeare da tediosa memória de uma intriga comum. Pus na carta todo o meu entusiasmo. Pus na carta toda a minha fé.

Mal a tinha despachado, de fato, e uma curiosa reação aconteceu em mim. Parecia que tinha entregue minha capacidade de acreditar na Teoria dos Sonetos de Willie Hughes, que alguma coisa tinha saído de mim, e que estava perfeitamente indiferente a toda a questão. O que tinha acontecido? É difícil dizer. Talvez, tendo encontrado uma expressão perfeita para uma paixão, tivesse exaurido a própria paixão. Forças emocionais, como as forças da vida física, têm suas limitações. Talvez o próprio esforço em converter um outro a uma teoria envolva alguma forma de renúncia à força do credo. Talvez eu estivesse apenas cansado da coisa toda, e, tendo extinguido meu entusiasmo, minha razão tenha tido a oportunidade de ter seu próprio julgamento não passional. Como quer que tenha acontecido, e embora não possa explicar o fato, não há dúvida que Willie Hughes repentinamente tornou-se para mim um simples mito, um sonho fútil, a infantil imaginação de um jovem que, tal como a maioria dos espíritos ardentes, estava mais ansioso por convencer aos outros que convencer-se a si próprio.

Como tinha dito algumas coisas muito injustas e amargas a Erskine em minha carta, decidi ir vê-lo imediatamente e pedir-lhe desculpas por meu comportamento. Assim, na manhã seguinte dirigi-me a Birdcage Walk e encontrei Erskine sentado em sua biblioteca, tendo o falso retrato de Willie Hughes a sua frente.

– Querido Erskine! – exclamei. – Vim para desculpar-me com você.

– Desculpar-se comigo? – disse. – Por quê?

– Por minha carta – respondi.

– Não há em sua carta nada por que deva se arrepender – disse ele. – Pelo contrário, você me prestou o maior serviço que podia. Você me mostrou que a teoria de Cycil Graham é perfeitamente correta.

– Você não está querendo dizer que acredita em Willie Hughes? – exclamei.

– E porque não? – ajuntou. – Você provou tudo para mim. Acaso imagina que não sei dar valor à evidência?

– Mas não há nenhuma evidência – gemi, deixando-me cair numa cadeira. – Quando lhe escrevi estava sob a influência de um entusiasmo perfeitamente tolo. Tinha sido tocado pela história da morte de Cyril Graham, fascinado por sua teoria romântica, cativado pela maravilha e novidade da ideia toda. Vejo agora que a teoria está baseada num engano. A única evidência da existência de Willie Hughes é essa pintura a sua frente, e a pintura é uma fraude. Não se deixe levar por simples sentimentos neste caso. O que quer que o romance possa dizer a respeito da teoria de Willie Hughes, colide frontalmente com a razão.

– Não consigo entender – disse Erskine, olhando-me surpreendido. – Ora, afinal foi você mesmo que me convenceu com sua carta de que a existência de Willie Hughes é uma certeza absoluta. Por que mudou de opinião? Ou será que tudo o que esteve me dizendo não passa de uma brincadeira?

– Não consigo explicar a você – juntei –, mas agora vejo que não há realmente nada a ser dito em favor da interpretação de Cyril Graham. Os *Sonetos* foram endereçados a Lorde Pembroke. Pelo amor de Deus, não desperdice seu tempo numa tola tentativa de descobrir um jovem ator elisabetano que nunca existiu e fazer de um fantasma fantoche o centro do grande ciclo dos Sonetos de Shakespeare.

– Vejo que você não entende a teoria – respondeu.

– Meu querido Erskine – exclamei. – Não entendê-la! Ora, sinto como se a tivesse inventado. Certamente minha carta mostrou que não fiquei apenas num estudo do assunto, mas que contribuí com todo tipo de provas. A única falha na teoria é que ela pressupõe a existência da pessoa cuja própria existência é objeto de discussão. Se admitimos que havia na companhia de Shakespeare um jovem ator com o nome de Willie Hughes, não é difícil provar que foi ele o objeto dos Sonetos. Mas, como sabemos que não existiu ator com este nome na companhia do Globe Theatre, é inútil prosseguir com a investigação.

– Mas isso é exatamente o que não sabemos – disse Erskine. – É bem verdade que o nome não consta da lista do primeiro folheto, mas, como Cyril demonstrou, isso é uma prova mais favorável à existência de Willie Hughes do que contrária, se lembrarmos de sua desleal deserção de Shakespeare por um dramaturgo rival.

Discutimos o assunto por horas, mas nada que dissesse fazia Erskine abandonar a fé que tinha na interpretação de Cyril. Ele me disse que pretendia devotar sua vida a provar a teoria, e que estava determinado a fazer justiça à memória de Cyril Graham. Eu lhe supliquei, ri-me dele, implorei, mas foi debalde. Finalmente nos separamos, não exatamente com raiva, mas decerto com uma sombra entre nós. Ele me considerou superficial, eu o considerei tolo. Quando o visitei novamente, seu criado informou-me de que havia partido para a Alemanha.

Dois anos depois, quando entrava em meu clube, recebi do porteiro uma carta com selo estrangeiro. Era de Erskine, e escrita no Hotel d'Anglaterre, Cannes. Quando acabei de lê-la, fui tomado pelo horror, apesar de não poder acreditar que ele estivesse tão louco a ponto de executar sua decisão. A substância da carta era de que ele havia tentado encontrar prova da existência de Willie Hughes de todas as maneiras, e tinha falhado e que, assim como Cyril Graham tinha dado a vida por sua teoria, também ele estava determinado a dar sua própria vida pela mesma causa. As palavras finais de sua carta eram: "Ainda acredito em Willie Hughes; e quando você receber esta carta, já estarei morto por minhas próprias mãos, por Willie Hughes; por ele e por Cyril Graham, a quem dirigi para a morte por meu ceticismo superficial e ignorante falta de fé. A verdade foi-lhe revelada uma vez, e você a rejeitou. Ela volta a você agora, manchada pelo sangue de duas vidas – não lhe dê as costas".

Foi um momento horrível. Senti-me nauseado pela dor e, no entanto, não podia acreditar naquilo. Morrer por convicções religiosas é o pior uso que se pode dar à vida de uma pessoa. Que dizer de fazê-lo por uma teoria literária! Parecia impossível.

Observei a data. A carta datava de uma semana. Se não fosse por um acaso maldoso que havia feito com que eu me mantivesse afastado do clube por vários dias, poderia ter recebido a carta a tempo de salvá-lo. Talvez ainda não fosse tarde demais. Dirigi-me a meus aposentos, fiz minhas malas, e apanhei o trem noturno em Charing Cross. A viagem foi intolerável. Pensei que nunca fosse acabar. Assim que cheguei, fui ao Hotel D'Anglaterre. Disseram-me que Erskine fora enterrado há dois dias no Cemitério Inglês. Havia algo de horrivelmente grotesco em toda aquela tragédia. Falei muitas coisas sem sentido, e as pessoas no saguão olharam para mim com curiosidade.

De repente, Lady Erskine, em luto profundo, passou pelo vestíbulo. Quando me viu, dirigiu-se a mim, murmurou alguma coisa a respeito de seu pobre filho, e explodiu em lágrimas. Eu a levei para sua sala de estar. Um cavalheiro de idade a esperava lá. Era o médico inglês.

Falamos muito a respeito de Erskine, mas não disse nada a respeito de seu motivo para ter cometido o suicídio. Era evidente que não tinha comentado nada com sua mãe a respeito da razão que o tinha levado a um ato assim fatal, assim delirante. Finalmente, Lady Erskine levantou-se e disse:

– George deixou-lhe uma coisa de recordação. Algo que prezava muito. Vou apanhar para você.

Assim que ela saiu da sala voltei-me para o médico e disse:

– Que terrível choque deve ter sido para Lady Erskine! Fico maravilhado em ver que ela o suporta tão bem.

– Oh, há meses ela já sabia o que estava por vir.

– Sabia há meses! – gritei. – Mas por que ela não o impediu? Porque ela não o colocou sob vigilância? Ele devia estar louco.

O médico olhou para mim.

– Não sei do que está falando – disse.

– Bem – gritei –, se uma mãe sabe que seu filho vai cometer suicídio...

– Suicídio! – respondeu. – O pobre Erskine não se suicidou. Morreu tísico. Veio para cá para esperar a morte. Percebi que era um caso perdido, assim que o vi. Um pulmão já estava praticamente perdido, e o outro bastante afetado. Três dias antes de morrer perguntou-me se havia alguma esperança. Disse-lhe francamente que não, e que teria apenas alguns poucos dias para viver. Ele escreveu algumas cartas, e estava bastante resignado, permanecendo lúcido até o fim.

Naquele momento, Lady Erskine entrou na sala, tendo o fatal retrato de Willie Hughes em suas mãos.

– Quando George estava à morte ele me pediu que entregasse isto para você – ela disse.

Quando o recebi dela, suas lágrimas caíram em minhas mãos.

Atualmente, a pintura está dependurada em minha biblioteca, onde é muito admirada por meus amigos artistas. Eles chegaram à conclusão de que não é um Clouet, mas sim um Ouvry. Nunca me dei ao trabalho de contar-lhes a verdadeira história. Mas, às vezes, quando olho para o retrato, penso que existe realmente muito a se dizer em favor da teoria de Willie Hughes para os Sonetos de Shakespeare.

O PRÍNCIPE FELIZ

No alto da cidade, sobre uma coluna elevada, ficava a estátua do Príncipe Feliz. Ele era todo dourado, folheado de bom ouro; tinha nos olhos duas safiras brilhantes, e um grande rubi vermelho incandescia no punho de sua espada.

De fato ele era muito admirado.

– É tão bonito quanto um cata-vento – comentou um dos Conselheiros da Cidade, desejando obter uma boa reputação através de gostos artísticos. – Só não é muito útil – acrescentou, temendo pensarem que fosse pouco inteligente, o que não era seu caso.

– Por que não podes ser igual ao Príncipe Feliz? – perguntou uma mãe sensata ao menininho que chorava até pela lua. – O Príncipe Feliz nunca chora por coisa alguma, nem em sonho.

– Alegro-me por haver alguém completamente feliz no mundo – murmurou um homem decepcionado com a vida, enquanto contemplava aquela maravilhosa estátua.

– Parece um anjo – disseram as crianças do orfanato ao saírem da catedral, em suas capas de um vermelho luminoso e seus aventais imaculados.

– Como sabem? – perguntou o Professor de Matemática. – Nunca viram um.

– Ah! Vimos, sim, em nossos sonhos – responderam as crianças. O Professor de Matemática franziu o cenho, parecendo muito bravo, pois não aprovava crianças sonharem.

Uma noite, voava sobre a cidade uma pequena Andorinha. Suas amigas haviam partido para o Egito seis semanas antes, mas ela ficou para trás, pois estava apaixonada pela mais bela Juncácea. A Andorinha conheceu-a no início da primavera enquanto voava rio abaixo atrás de uma grande borboleta amarela, e ficou tão atraída pela cintura esbelta da Juncácea que acabou pousando para falar com ela.

– Deverei amar-te? – disse a Andorinha sem fazer rodeios, pois costumava ser muito direta.

A Juncácea, então, fez uma inclinação para ele. Assim, a Andorinha começou a voar, e voar, circulando em torno dela, com as asas tocando a água e fazendo ondulações prateadas. Este foi o jeito de cortejá-la, e o namoro durou todo o verão.

– É uma combinação ridícula – debochavam as outras andorinhas. – A Juncácea não tem nenhum dinheiro, e parentes não lhe faltam.

E de fato, o rio estava tomado de juncos. Então, quando o outono chegou, todas as andorinhas migraram.

Com a partida de suas companheiras, a Andorinha sentiu-se sozinha e começou a cansar-se de sua amada.

– Ela não tem nenhum assunto – disse a Andorinha. – Além disso, tenho medo de que seja uma coquete, porque está sempre flertando com o vento.

Era verdade: sempre que o vento soprava, a Juncácea fazia as mais graciosas reverências.

– Ela é caseira, reconheço – continuou a Andorinha –, entretanto, eu adoro viajar, e minha esposa, por conseguinte, deveria gostar de viajar também.

– Vens comigo? – perguntou a Andorinha em definitivo à Juncácea, mas sua amada respondeu com um estremecer de cabeça, ela era muito fixada ao lar!

– Não me levaste a sério – lamentou a Andorinha. – Estou indo para as pirâmides. Adeus! – e a Andorinha se foi.

Voou o dia inteiro, chegando à cidade ao anoitecer.

– Onde pousarei? Espero que a cidade tenha feito preparativos – disse a Andorinha.

Avistou, então, sobre a coluna alta, a estátua.

– Pousarei aqui – exclamou. – É uma ótima posição, com bastante ar fresco. – Assim, ela pousou exatamente entre os pés do Príncipe Feliz.

– Tenho um quarto de ouro! – falou baixinho a Andorinha consigo mesma ao olhar em volta, enquanto se preparava para ir dormir. Porém, justo quando estava pondo a cabeça debaixo da asa, uma grande gota d'água caiu sobre ela. – Que curioso! – exclamou. – Não há uma única nuvem no céu, as estrelas estão bastante claras e luminosas, e, contudo, está chovendo. O clima no norte da Europa é realmente terrível. Quem gostava de chuva era a Juncácea, mas era por puro egoísmo da sua parte.

Então outra gota caiu.

– Qual a serventia de uma estátua se não pode proteger da chuva? – reclamou a Andorinha, já decidindo voar para outro lugar. – Terei que procurar uma boa abertura de chaminé.

No entanto, antes mesmo de abrir suas asas, uma terceira gota caiu. Nesse momento a Andorinha olhou para cima e viu ... Ah! O que será que a Andorinha viu?

Os olhos do Príncipe Feliz estavam cheios de lágrimas, e lágrimas escorriam pelas suas bochechas douradas. Sua face estava tão linda ao luar que a pequena Andorinha sentiu-se repleta de piedade.

– Quem és? – perguntou a Andorinha.

– Eu sou o Príncipe Feliz.

– Por que estás te lamentando então? – perguntou a Andorinha. – Encharcaste-me inteira.

E a estátua respondeu:

– Quando estava vivo e tinha um coração humano, não fazia ideia do que eram lágrimas, pois morava no Palácio de Sans-Souci, onde a tristeza não tem permissão para entrar. Durante o dia, jogava com meus companheiros no jardim e, à noite, conduzia as danças no Grande Salão. Em torno do meu jardim havia uma muralha muito alta, mas nunca me preocupei em perguntar o que havia além dela, tudo em minha volta sendo tão deslumbrante. Meus cortesãos me chamavam de Príncipe Feliz, e realmente feliz eu era, se é que prazer é felicidade. Assim vivi e assim morri. Agora, depois de morto, me fixaram aqui no alto, de onde posso ver toda a feiura e toda a miséria de minha cidade. No entanto, meu coração é feito de chumbo, e não tenho escolha a não ser lamentar.

– O quê? Ele não é de ouro maciço? – comentou a Andorinha consigo mesma. Ela era muito cortês para fazer qualquer observação pessoal em voz alta.

– Longe... – continuou a estátua com uma voz baixinha e musical. – Bem longe daqui, em uma ruazinha, há uma casa pobre. Uma das janelas está aberta, e por ela eu posso ver uma mulher sentada frente a uma mesa. Sua face está magrinha e castigada, as mãos são ásperas e vermelhas, fincadas por agulha, pois é costureira. Ela está bordando passifloras em um vestido de cetim para a dama de honra preferida da rainha usar no próximo baile da corte. Em uma cama no canto do quarto encontra-se, doente, seu filhinho. Ele está com febre, pedindo laranjas. Sua mãe não tem nada para oferecer-lhe além da água do rio, por isso ele chora. Andorinha, Andorinha, minha pequena Andorinha, não lhe levarás o rubi tirado do punho da minha espada? Meus pés estão presos a este pedestal, não posso mover-me.

– Aguardam-me no Egito – disse a Andorinha. – Minhas amigas estão sobrevoando o Nilo de cima a baixo, conversando com as grandes flores de lótus. Logo dormirão na tumba do grande Rei. Ele próprio fica lá, em seu caixão pintado, envolto em linho amarelo e embalsamado com especiarias. Em volta de seu pescoço há uma corrente de jade verde pálido e suas mãos parecem folhas murchas.

– Andorinha, Andorinha, minha pequena Andorinha, não ficarás comigo por uma noite para seres minha mensageira? O menino está tão sedento, e a mãe, tão triste.

– Creio não gostar de meninos – respondeu a Andorinha. – Verão passado, quando eu estava no rio, dois meninos rudes, filhos do moleiro, ficavam o tempo todo jogando pedras em mim. Eles nunca me atingiram, claro que não; nós, Andorinhas, sabemos voar muito bem. Além disso, venho de uma família famosa por sua agilidade. Contudo, aquilo era, mesmo assim, um sinal de desrespeito.

Mas o Príncipe Feliz revelava tanta tristeza que a pequena Andorinha apiedou-se.

– Está muito frio aqui – disse ela –, mas ficarei contigo durante uma noite e serei tua mensageira.

– Obrigado, minha pequena Andorinha – agradeceu o Príncipe.

Assim, a Andorinha apanhou o grande rubi da espada do Príncipe e voou por cima dos telhados da cidade com aquela pedra no bico.

A Andorinha passou pela torre da catedral, onde alvos anjos marmóreos encontravam-se esculpidos, e passou também pelo palácio, onde ouviu um som dançante. Uma bela moça saiu para a sacada com seu namorado, e este lhe disse:

– Como as estrelas estão maravilhosas, e como é magnífico o poder do amor!

– Espero que meu vestido esteja pronto a tempo para o baile – comentou a moça. – Mandei que bordassem passifloras nele, mas as costureiras andam muito preguiçosas.

A Andorinha passou pelo rio e viu lanternas penduradas nos mastros dos navios, passou pelo Gueto e viu velhos judeus pechinchando entre si, pesando dinheiro em balanças de cobre. Finalmente, avistou a mísera casa e aproximou-se. O menino remexia-se, febril, atirado na cama, e sua mãe adormecera, muito cansada. A Andorinha saltou para dentro do quarto e pôs o grande rubi na mesa ao lado do dedal da mulher. Então, voou suavemente ao redor da cama e abanou a face do menino, com suas asas.

– Estou me sentindo refrescado! – disse o menino. – Devo estar melhorando. – E mergulhou em uma deliciosa soneca.

Então a Andorinha voou atrás do Príncipe Feliz e contou-lhe seu feito.

– É curioso – comentou a Andorinha –, apesar de estar tão frio, sinto-me bastante aquecida agora.

– Isso é porque fizeste uma boa ação – disse o Príncipe.

A pequena Andorinha começou a pensar no que o Príncipe dissera e acabou dormindo. Pensar sempre a fazia sentir-se sonolenta. Quando o dia chegou, voou até o rio e tomou banho.

– Que fenômeno notável! – disse o Professor de Ornitologia, enquanto atravessava a ponte. – Uma andorinha em pleno inverno!

Ele, então, escreveu uma longa carta sobre o sucedido para o jornal local. Todas as pessoas a citaram, embora estivesse cheia de tantas palavras incompreensíveis.

– Esta noite vou para o Egito – disse a Andorinha, com o espírito cheio de expectativa.

Ela visitou todos os monumentos públicos e, por muito tempo, ficou empoleirada em cima do campanário da igreja. Onde quer que fosse, gorjeavam os Pardais uns aos outros:

– Que distinta ave estrangeira! – Com isso enchia-se ela de satisfação.

Quando a lua subiu, a Andorinha voou até o Príncipe Feliz e perguntou:

– Tens alguma mensagem para o Egito? Já estou de partida.

– Andorinha, Andorinha, minha pequena Andorinha, não ficarás comigo mais uma noite? – perguntou o Príncipe.

– Estou sendo aguardada no Egito – a Andorinha explicou. – Amanhã meus amigos voarão até a Segunda Catarata. Lá, entre juncos, repousa o hipopótamo e, em um grande trono de granito, senta-se o Deus Memnon. Durante toda a noite fica ele a contemplar as estrelas e, quando resplandece a estrela matutina, articula um grito de alegria e então se cala. Ao meio-dia, pardos leões descem à margem do rio para beber água. Seus olhos são verdes como berilo, e seus rugidos, mais altos que o rugido da catarata.

– Andorinha, Andorinha, minha pequena Andorinha – disse o Príncipe. – Longe, no outro canto da cidade, vejo um rapaz num sótão. Apoia-se ele sobre uma escrivaninha coberta de papéis; ao seu lado, dentro de um copo, há um ramo de violetas murchas. Seu cabelo é castanho e encaracolado, seus lábios vermelhos como romãs, seus olhos grandes e sonhadores. Está tentando terminar uma peça para o Diretor do Teatro, mas sente muito frio para continuar escrevendo. Não há fogo na lareira, e a fome o fez desmaiar.

– Ficarei contigo mais uma noite – disse a Andorinha, que na verdade tinha um bom coração. – Devo levar-lhe outro rubi?

– Isso não! Não tenho nenhum rubi agora – disse o Príncipe –, meus olhos são tudo o que me resta. Eles são feitos de raras safiras da Índia, extraídas há mil anos. Arranca um deles e leva ao rapaz. Ele venderá ao joalheiro, comprará lenha e concluirá sua peça.

– Querido Príncipe, não posso fazer isso – começou a lamentar a Andorinha.

– Andorinha, Andorinha, minha pequena Andorinha, faze como eu te ordeno – disse o Príncipe.

Sendo assim, a Andorinha arrancou o olho do Príncipe e voou para o sótão do estudante. Foi bastante fácil entrar, já que lá havia um buraco no telhado. A Andorinha lançou-se através dele, entrando no quarto. O rapaz estava com a cabeça enterrada entre as mãos, por isso não ouviu o tremular das asas do pássaro. E quando olhou, avistou a linda safira sobre as violetas murchas.

– Estou começando a ser apreciado – disse o rapaz. – Isto é de algum grande admirador. Agora posso terminar minha peça. – O moço parecia bastante feliz.

No dia seguinte, a Andorinha voou até o porto, sentou-se no mastro de um grande navio e assistiu aos marinheiros arrastando grandes caixotes para fora do porão, com o auxílio de cordas.

– Içar bem alto! – gritavam eles à medida que cada caixa saía.

– Vou para o Egito! – cantou a Andorinha, mas ninguém notou. Quando a lua subiu, voou atrás do Príncipe Feliz. – Vim dar-te adeus! – exclamou.

– Andorinha, Andorinha, minha pequena Andorinha, não ficarás comigo mais uma noite? – perguntou o Príncipe.

– É inverno – respondeu a Andorinha. – As neves geladas logo estarão aqui. No Egito, o sol esquenta as palmeiras verdes, e os crocodilos deitam-se na lama trocando olhares preguiçosos. Minhas companheiras estão construindo um ninho no Templo de Baalbec, enquanto pombas rosas e brancas as observam, arrulhando entre si. Querido Príncipe, preciso deixar-te, mas nunca te esquecerei; na próxima primavera te trarei duas belas joias para substituir aquelas doadas por ti. O rubi há de ser mais rubro que uma rosa vermelha, e a safira, tão azul quanto o imenso mar.

– Lá embaixo, na praça – falou o Príncipe –, encontra-se uma menininha vendedora de fósforos. Ela deixou seus fósforos caírem num valo, e eles se inutilizaram. A menina chora, e seu pai lhe dará uma surra se não trouxer algum dinheiro para casa. Ela não tem nenhum sapato, nem meias que lhe esquentem as pernas, e sua cabecinha está descoberta. Arranca meu outro olho para dar-lhe, e seu pai não a castigará.

– Ficarei contigo mais uma noite – decidiu a Andorinha. – Contudo, não posso arrancar-te o olho, pois ficarias totalmente cego.

– Andorinha, Andorinha, minha pequenina Andorinha, faze como te ordeno – suplicou o Príncipe.

Assim sendo, a Andorinha arrancou o outro olho do Príncipe e arremessou-se para baixo com ele. Voou rapidamente até a menina dos fósforos e jogou a joia na palma da sua mão, sem que ela percebesse.

– Que adorável pedaço de vidro! – exclamou a menininha, e correu para casa sorrindo.

Logo após, a Andorinha retornou até o Príncipe e disse:

– Estás cego agora, por isso ficarei contigo para sempre.

– Não, Andorinhazinha – disse o pobre Príncipe. – Deves partir para o Egito.

– Ficarei contigo para sempre – disse a Andorinha, adormecendo aos pés do Príncipe.

Durante todo o dia seguinte, a Andorinha sentou-se no ombro do Príncipe e contou-lhe histórias sobre o que havia visto em terras estrangeiras. Contou-lhe sobre os íbis vermelhos, dispostos em longas fileiras na beira do Nilo a capturar peixes-dourados com seus bicos; sobre a Esfinge habitante do deserto, tão velha quanto o próprio mundo e conhecedora de tudo; sobre os comerciantes que caminhavam vagarosamente ao lado dos seus camelos, levando contas de âmbar em suas mãos; sobre o Rei das Montanhas da Lua, tão negro quanto o ébano e que venera um grande cristal; sobre a grande serpente verde que dorme em uma palmeira e tem vinte sacerdotes para alimentá-la com bolos de mel; sobre os pigmeus que velejam em largas folhas achatadas num grande lago e estão sempre em guerra com as borboletas.

– Querida Andorinhazinha – falou o Príncipe –, conta-me estórias inacreditáveis, mas não há nada mais inacreditável que o sofrimento humano. Não há mistério maior que a miséria. Voa sobre minha cidade, Andorinhazinha, e conta-me o que enxergas.

Desse modo, a Andorinha voou sobre a grande cidade e viu os ricos a festejar em suas belas casas, enquanto mendigos sentavam-se nos portões. Voou por becos sombrios, viu faces esbranquiçadas de crianças famintas, olhando com desânimo para ruas escuras. Debaixo da arcada de uma ponte, dois menininhos encontravam-se deitados, abraçados um ao outro, tentando se manter aquecidos.

– Como estamos famintos! – disseram eles.

– Vocês não devem deitar aqui! – gritou o vigilante.

E os menininhos ficaram vagando na chuva.

Então a Andorinha voou atrás do Príncipe Feliz para contar-lhe o que tinha visto.

– Sou coberto de bom ouro; deves retirá-lo, folha por folha, e dá-lo a meus pobres. Aqueles que vivem pensam que o ouro pode lhes fazer felizes – disse o príncipe.

A Andorinha apanhou folha por folha do bom ouro, até o Príncipe Feliz ficar escuro e cinzento. E, folha por folha, levou aos pobres. As faces das crianças começaram a ficar rosadas, elas riram e começaram a brincar na rua.

– Temos pão agora! – exclamavam elas.

Então a neve chegou, e depois da neve veio o gelo. As ruas pareciam feitas de prata, eram muito brilhantes e reluzentes; longos pingentes de gelo ficavam pendurados abaixo da aba das casas, como punhais de cristal; todo o mundo vestia peles, e os menininhos usavam bonés vermelhos e patinavam no gelo.

A Andorinha, pobrezinha, sentia cada vez mais frio; contudo, não deixou o Príncipe, pois o amava demais. Bicava miolos de pão, na frente da porta do padeiro, quando este não estava olhando, e tentava manter-se aquecida agitando as asas.

Por fim, percebeu que ia morrer e mal teve força o bastante para voar mais uma vez até o ombro do Príncipe.

– Adeus, meu querido Príncipe! – sussurrou a Andorinha. – Permites-me beijar tua mão?

– Alegro-me por finalmente ires ao Egito, minha pequena Andorinha! Ficaste aqui por muito tempo – disse o Príncipe. – No entanto, deves beijar-me nos lábios, porque eu te amo.

– Não estou indo para o Egito – disse a Andorinha. – Vou para a Casa da Morte. A Morte é a irmã do Sono, não é?

E então beijou-a o Príncipe Feliz nos lábios e ela caiu morta a seus pés.

Naquele momento, um estranho som fez-se ouvir, de dentro da estátua, como se algo tivesse quebrado. O fato é que o coração plúmbeo tinha se partido ao meio. Certamente aquele inverno fora por demais rigoroso.

Na manhã seguinte, bem cedo, adentrava a praça o Prefeito, em companhia dos Conselheiros da Cidade. Ao passaram pela coluna, ele olhou a estátua:

– Deus meu! Quão ultrajado parece o Príncipe Feliz! – disse o Prefeito.

– Quão ultrajado, realmente! – exclamaram os Conselheiros da Cidade, pois sempre concordavam com o Prefeito, e viraram-se para observar a estátua.

– O rubi da sua espada caiu, seus olhos sumiram, nem é mais dourado – disse o Prefeito. – De fato, está pouco melhor que um mendigo!

– Pouco melhor que um mendigo – repetiram os Conselheiros da Cidade.

– E aqui a seus pés encontra-se um pássaro morto! – continuou o Prefeito. – Precisamos emitir com urgência uma proclamação, proibindo que pássaros morram aqui. – De imediato, o Escrivão da Cidade fez uma nota de sugestão.

Eles então derrubaram a estátua do Príncipe Feliz.

– Uma vez perdida a beleza, o Príncipe perde sua utilidade – comentou o Professor de Arte na Universidade.

Desse modo, eles derreteram a estátua em um forno e o Prefeito convocou uma reunião da Corporação para decidir o que seria feito com o metal.

– Precisamos de outra estátua, é evidente – disse o Prefeito. – E deve ser uma estátua de mim mesmo.

– De mim mesmo – disse cada Conselheiro da Cidade, e discutiram. Desde a última vez que ouvi falar deles, ainda estavam a discutir.

– Que fato estranho! – disse o inspetor dos trabalhadores durante a fundição. – Este coração de chumbo quebrado não está derretendo no forno. Teremos que jogá-lo fora.

Assim, lançaram o coração em um monte de lixo, onde também jazia a Andorinha morta.

– Traze-me as duas maiores preciosidades da cidade – disse Deus a um dos seus anjos, e o Anjo trouxe ao Senhor o coração plúmbeo e o pássaro morto.

– Escolheste com justiça – disse Deus. – Pois no jardim do meu Paraíso eternamente este passarinho cantará, e, em minha cidade de ouro, o Príncipe Feliz viverá em meu louvor.

Coleção **L&PM** POCKET (Lançamentos mais recentes)

357.**As uvas e o vento** – Pablo Neruda
358.**On the road** – Jack Kerouac
359.**O coração amarelo** – Pablo Neruda
360.**Livro das perguntas** – Pablo Neruda
361.**Noite de Reis** – William Shakespeare
362.**Manual de Ecologia (vol.1)** – J. Lutzenberger
363.**O mais longo dos dias** – Cornelius Ryan
364.**Foi bom prá você?** – Nani
365.**Crepusculário** – Pablo Neruda
366.**A comédia dos erros** – Shakespeare
369.**Mate-me por favor (vol.1)** – L. McNeil
370.**Mate-me por favor (vol.2)** – L. McNeil
371.**Carta ao pai** – Kafka
372.**Os vagabundos iluminados** – J. Kerouac
375.**Vargas, uma biografia política** – H. Silva
376.**Poesia reunida (vol.1)** – A. R. de Sant'Anna
377.**Poesia reunida (vol.2)** – A. R. de Sant'Anna
378.**Alice no país do espelho** – Lewis Carroll
379.**Residência na Terra 1** – Pablo Neruda
380.**Residência na Terra 2** – Pablo Neruda
381.**Terceira Residência** – Pablo Neruda
382.**O delírio amoroso** – Bocage
383.**Futebol ao sol e à sombra** – E. Galeano
386.**Radicci 4** – Iotti
387.**Boas maneiras & sucesso nos negócios** – Celia Ribeiro
388.**Uma história Farroupilha** – M. Scliar
389.**Na mesa ninguém envelhece** – J. A. Pinheiro Machado
390.**200 receitas inéditas do Anonymus Gourmet** – J. A. Pinheiro Machado
391.**Guia prático do Português correto – vol.2** – Cláudio Moreno
392.**Breviário das terras do Brasil** – Assis Brasil
393.**Cantos Cerimoniais** – Pablo Neruda
394.**Jardim de Inverno** – Pablo Neruda
395.**Antonio e Cleópatra** – William Shakespeare
396.**Troia** – Cláudio Moreno
397.**Meu tio matou um cara** – Jorge Furtado
399.**As viagens de Gulliver** – Jonathan Swift
400.**Dom Quixote** – (v. 1) – Miguel de Cervantes
401.**Dom Quixote** – (v. 2) – Miguel de Cervantes
402.**Sozinho no Pólo Norte** – Thomaz Brandolin
404.**Delta de Vênus** – Anaïs Nin
405.**O melhor de Hagar 2** – Dik Browne
406.**É grave Doutor?** – Nani
407.**Orai pornô** – Nani
412.**Três contos** – Gustave Flaubert
413.**De ratos e homens** – John Steinbeck
414.**Lazarilho de Tormes** – Anônimo do séc. XVI
415.**Triângulo das águas** – Caio Fernando Abreu
416.**100 receitas de carnes** – Sílvio Lancellotti
417.**Histórias de robôs:** vol. 1 – org. Isaac Asimov
418.**Histórias de robôs:** vol. 2 – org. Isaac Asimov
419.**Histórias de robôs:** vol. 3 – org. Isaac Asimov
423.**Um amigo de Kafka** – Isaac Singer
424.**As alegres matronas de Windsor** – Shakespeare
425.**Amor e exílio** – Isaac Bashevis Singer
426.**Use & abuse do seu signo** – Marília Fiorillo e Marylou Simonsen
427.**Pigmaleão** – Bernard Shaw
428.**As fenícias** – Eurípides
429.**Everest** – Thomaz Brandolin
430.**A arte de furtar** – Anônimo do séc. XVI
431.**Billy Bud** – Herman Melville
432.**A rosa separada** – Pablo Neruda
433.**Elegia** – Pablo Neruda
434.**A garota de Cassidy** – David Goodis
435.**Como fazer a guerra: máximas de Napoleão** – Balzac
436.**Poemas escolhidos** – Emily Dickinson
437.**Gracias por el fuego** – Mario Benedetti
438.**O sofá** – Crébillon Fils
439.**O "Martín Fierro"** – Jorge Luis Borges
440.**Trabalhos de amor perdidos** – W. Shakespeare
441.**O melhor de Hagar 3** – Dik Browne
442.**Os Maias (volume1)** – Eça de Queiroz
443.**Os Maias (volume2)** – Eça de Queiroz
444.**Anti-Justine** – Restif de La Bretonne
445.**Juventude** – Joseph Conrad
446.**Contos** – Eça de Queiroz
448.**Um amor de Swann** – Proust
449.**À paz perpétua** – Immanuel Kant
450.**A conquista do México** – Hernan Cortez
451.**Defeitos escolhidos e 2000** – Pablo Neruda
452.**O casamento do céu e do inferno** – William Blake
453.**A primeira viagem ao redor do mundo** – Antonio Pigafetta
457.**Sartre** – Annie Cohen-Solal
458.**Discurso do método** – René Descartes
459.**Garfield em grande forma (1)** – Jim Davis
460.**Garfield está de dieta** (2) – Jim Davis
461.**O livro das feras** – Patricia Highsmith
462.**Viajante solitário** – Jack Kerouac
463.**Auto da barca do inferno** – Gil Vicente
464.**O livro vermelho dos pensamentos de Millôr** – Millôr Fernandes
465.**O livro dos abraços** – Eduardo Galeano
466.**Voltaremos!** – José Antonio Pinheiro Machado
467.**Rango** – Edgar Vasques
468(8).**Dieta mediterrânea** – Dr. Fernando Lucchese e José Antonio Pinheiro Machado
469.**Radicci 5** – Iotti
470.**Pequenos pássaros** – Anaïs Nin
471.**Guia prático do Português correto – vol.3** – Cláudio Moreno
472.**Atire no pianista** – David Goodis
473.**Antologia Poética** – García Lorca
474.**Alexandre e César** – Plutarco
475.**Uma espiã na casa do amor** – Anaïs Nin
476.**A gorda do Tiki Bar** – Dalton Trevisan
477.**Garfield um gato de peso (3)** – Jim Davis
478.**Canibais** – David Coimbra

479.**A arte de escrever** – Arthur Schopenhauer
480.**Pinóquio** – Carlo Collodi
481.**Misto-quente** – Bukowski
482.**A lua na sarjeta** – David Goodis
483.**O melhor do Recruta Zero (1)** – Mort Walker
484.**Aline: TPM – tensão pré-monstrual (2)** – Adão Iturrusgarai
485.**Sermões do Padre Antonio Vieira**
486.**Garfield numa boa (4)** – Jim Davis
487.**Mensagem** – Fernando Pessoa
488.**Vendeta** *seguido de* **A paz conjugal** – Balzac
489.**Poemas de Alberto Caeiro** – Fernando Pessoa
490.**Ferragus** – Honoré de Balzac
491.**A duquesa de Langeais** – Honoré de Balzac
492.**A menina dos olhos de ouro** – Honoré de Balzac
493.**O lírio do vale** – Honoré de Balzac
497.**A noite das bruxas** – Agatha Christie
498.**Um passe de mágica** – Agatha Christie
499.**Nêmesis** – Agatha Christie
500.**Esboço para uma teoria das emoções** – Sartre
501.**Renda básica de cidadania** – Eduardo Suplicy
502(1).**Pílulas para viver melhor** – Dr. Lucchese
503(2).**Pílulas para prolongar a juventude** – Dr. Lucchese
504(3).**Desembarcando o diabetes** – Dr. Lucchese
505(4).**Desembarcando o sedentarismo** – Dr. Fernando Lucchese e Cláudio Castro
506(5).**Desembarcando a hipertensão** – Dr. Lucchese
507(6).**Desembarcando o colesterol** – Dr. Fernando Lucchese e Fernanda Lucchese
508.**Estudos de mulher** – Balzac
509.**O terceiro tira** – Flann O'Brien
510.**100 receitas de aves e ovos** – J. A. P. Machado
511.**Garfield em toneladas de diversão** (5) – Jim Davis
512.**Trem-bala** – Martha Medeiros
513.**Os cães ladram** – Truman Capote
514.**O Kama Sutra de Vatsyayana**
515.**O crime do Padre Amaro** – Eça de Queiroz
516.**Odes de Ricardo Reis** – Fernando Pessoa
517.**O inverno da nossa desesperança** – Steinbeck
518.**Piratas do Tietê (1)** – Laerte
519.**Rê Bordosa: do começo ao fim** – Angeli
520.**O Harlem é escuro** – Chester Himes
522.**Eugénie Grandet** – Balzac
523.**O último magnata** – F. Scott Fitzgerald
524.**Carol** – Patricia Highsmith
525.**100 receitas de patisseria** – Sílvio Lancellotti
527.**Tristessa** – Jack Kerouac
528.**O diamante do tamanho do Ritz** – F. Scott Fitzgerald
529.**As melhores histórias de Sherlock Holmes** – Arthur Conan Doyle
530.**Cartas a um jovem poeta** – Rilke
532.**O misterioso sr. Quin** – Agatha Christie
533.**Os analectos** – Confúcio
536.**Ascensão e queda de César Birotteau** – Balzac
537.**Sexta-feira negra** – David Goodis
538.**Ora bolas – O humor de Mario Quintana** – Juarez Fonseca
539.**Longe daqui aqui mesmo** – Antonio Bivar
540.**É fácil matar** – Agatha Christie
541.**O pai Goriot** – Balzac
542.**Brasil, um país do futuro** – Stefan Zweig
543.**O processo** – Kafka
544.**O melhor de Hagar 4** – Dik Browne
545.**Por que não pediram a Evans?** – Agatha Christie
546.**Fanny Hill** – John Cleland
547.**O gato por dentro** – William S. Burroughs
548.**Sobre a brevidade da vida** – Sêneca
549.**Geraldão (1)** – Glauco
550.**Piratas do Tietê (2)** – Laerte
551.**Pagando o pato** – Ciça
552.**Garfield de bom humor (6)** – Jim Davis
553.**Conhece o Mário?** vol.1 – Santiago
554.**Radicci 6** – Iotti
555.**Os subterrâneos** – Jack Kerouac
556(1).**Balzac** – François Taillandier
557(2).**Modigliani** – Christian Parisot
558(3).**Kafka** – Gérard-Georges Lemaire
559(4).**Júlio César** – Joël Schmidt
560.**Receitas da família** – J. A. Pinheiro Machado
561.**Boas maneiras à mesa** – Celia Ribeiro
562(9).**Filhos sadios, pais felizes** – R. Pagnoncelli
563(10).**Fatos & mitos** – Dr. Fernando Lucchese
564.**Ménage à trois** – Paula Taitelbaum
565.**Mulheres!** – David Coimbra
566.**Poemas de Álvaro de Campos** – Fernando Pessoa
567.**Medo e outras histórias** – Stefan Zweig
568.**Snoopy e sua turma (1)** – Schulz
569.**Piadas para sempre (1)** – Visconde da Casa Verde
570.**O alvo móvel** – Ross Macdonald
571.**O melhor do Recruta Zero (2)** – Mort Walker
572.**Um sonho americano** – Norman Mailer
573.**Os broncos também amam** – Angeli
574.**Crônica de um amor louco** – Bukowski
575(5).**Freud** – René Major e Chantal Talagrand
576(6).**Picasso** – Gilles Plazy
577(7).**Gandhi** – Christine Jordis
578.**A tumba** – H. P. Lovecraft
579.**O príncipe e o mendigo** – Mark Twain
580.**Garfield, um charme de gato (7)** – Jim Davis
581.**Ilusões perdidas** – Balzac
582.**Esplendores e misérias das cortesãs** – Balzac
583.**Walter Ego** – Angeli
584.**Striptiras (1)** – Laerte
585.**Fagundes: um puxa-saco de mão cheia** – Laerte
586.**Depois do último trem** – Josué Guimarães
587.**Ricardo III** – Shakespeare
588.**Dona Anja** – Josué Guimarães
589.**24 horas na vida de uma mulher** – Stefan Zweig
591.**Mulher no escuro** – Dashiell Hammett
592.**No que acredito** – Bertrand Russell
593.**Odisseia (1): Telemaquia** – Homero
594.**O cavalo cego** – Josué Guimarães

595.**Henrique V** – Shakespeare
596.**Fabulário geral do delírio cotidiano** – Bukowski
597.**Tiros na noite 1: A mulher do bandido** – Dashiell Hammett
598.**Snoopy em Feliz Dia dos Namorados! (2)** – Schulz
600.**Crime e castigo** – Dostoiévski
601.**Mistério no Caribe** – Agatha Christie
602.**Odisseia (2): Regresso** – Homero
603.**Piadas para sempre (2)** – Visconde da Casa Verde
604.**À sombra do vulcão** – Malcolm Lowry
605(8).**Kerouac** – Yves Buin
606.**E agora são cinzas** – Angeli
607.**As mil e uma noites** – Paulo Caruso
608.**Um assassino entre nós** – Ruth Rendell
609.**Crack-up** – F. Scott Fitzgerald
610.**Do amor** – Stendhal
611.**Cartas do Yage** – William Burroughs e Allen Ginsberg
612.**Striptiras (2)** – Laerte
613.**Henry & June** – Anaïs Nin
614.**A piscina mortal** – Ross Macdonald
615.**Geraldão (2)** – Glauco
616.**Tempo de delicadeza** – A. R. de Sant'Anna
617.**Tiros na noite 2: Medo de tiro** – Dashiell Hammett
618.**Snoopy em Assim é a vida, Charlie Brown! (3)** – Schulz
619.**1954 – Um tiro no coração** – Hélio Silva
620.**Sobre a inspiração poética (Íon)** e ... – Platão
621.**Garfield e seus amigos (8)** – Jim Davis
622.**Odisseia (3): Ítaca** – Homero
623.**A louca matança** – Chester Himes
624.**Factótum** – Bukowski
625.**Guerra e Paz: volume 1** – Tolstói
626.**Guerra e Paz: volume 2** – Tolstói
627.**Guerra e Paz: volume 3** – Tolstói
628.**Guerra e Paz: volume 4** – Tolstói
629(9).**Shakespeare** – Claude Mourthé
630.**Bem está o que bem acaba** – Shakespeare
631.**O contrato social** – Rousseau
632.**Geração Beat** – Jack Kerouac
633.**Snoopy: É Natal! (4)** – Charles Schulz
634.**Testemunha da acusação** – Agatha Christie
635.**Um elefante no caos** – Millôr Fernandes
636.**Guia de leitura (100 autores que você precisa ler)** – Organização de Léa Masina
637.**Pistoleiros também mandam flores** – David Coimbra
638.**O prazer das palavras** – vol. 1 – Cláudio Moreno
639.**O prazer das palavras** – vol. 2 – Cláudio Moreno
640.**Novíssimo testamento: com Deus e o diabo, a dupla da criação** – Iotti
641.**Literatura Brasileira: modos de usar** – Luís Augusto Fischer
642.**Dicionário de Porto-Alegrês** – Luís A. Fischer
643.**Clô Dias & Noites** – Sérgio Jockymann
644.**Memorial de Isla Negra** – Pablo Neruda
645.**Um homem extraordinário e outras histórias** – Tchékhov
646.**Ana sem terra** – Alcy Cheuiche
647.**Adultérios** – Woody Allen
651.**Snoopy: Posso fazer uma pergunta, professora? (5)** – Charles Schulz
652(10).**Luís XVI** – Bernard Vincent
653.**O mercador de Veneza** – Shakespeare
654.**Cancioneiro** – Fernando Pessoa
655.**Non-Stop** – Martha Medeiros
656.**Carpinteiros, levantem bem alto a cumeeira & Seymour, uma apresentação** – J.D.Salinger
657.**Ensaios céticos** – Bertrand Russell
658.**O melhor de Hagar 5** – Dik e Chris Browne
659.**Primeiro amor** – Ivan Turguêniev
660.**A trégua** – Mario Benedetti
661.**Um parque de diversões da cabeça** – Lawrence Ferlinghetti
662.**Aprendendo a viver** – Sêneca
663.**Garfield, um gato em apuros (9)** – Jim Davis
664.**Dilbert (1)** – Scott Adams
666.**A imaginação** – Jean-Paul Sartre
667.**O ladrão e os cães** – Naguib Mahfuz
669.**A volta do parafuso** *seguido de* **Daisy Miller** – Henry James
670.**Notas do subsolo** – Dostoiévski
671.**Abobrinhas da Brasilônia** – Glauco
672.**Geraldão (3)** – Glauco
673.**Piadas para sempre (3)** – Visconde da Casa Verde
674.**Duas viagens ao Brasil** – Hans Staden
676.**A arte da guerra** – Maquiavel
677.**Além do bem e do mal** – Nietzsche
678.**O coronel Chabert** *seguido de* **A mulher abandonada** – Balzac
679.**O sorriso de marfim** – Ross Macdonald
680.**100 receitas de pescados** – Sílvio Lancellotti
681.**O juiz e seu carrasco** – Friedrich Dürrenmatt
682.**Noites brancas** – Dostoiévski
683.**Quadras ao gosto popular** – Fernando Pessoa
685.**Kaos** – Millôr Fernandes
686.**A pele de onagro** – Balzac
687.**As ligações perigosas** – Choderlos de Laclos
689.**Os Lusíadas** – Luís Vaz de Camões
690(11).**Átila** – Éric Deschodt
691.**Um jeito tranquilo de matar** – Chester Himes
692.**A felicidade conjugal** *seguido de* **O diabo** – Tolstói
693.**Viagem de um naturalista ao redor do mundo** – vol. 1 – Charles Darwin
694.**Viagem de um naturalista ao redor do mundo** – vol. 2 – Charles Darwin
695.**Memórias da casa dos mortos** – Dostoiévski
696.**A Celestina** – Fernando de Rojas
697.**Snoopy: Como você é azarado, Charlie Brown! (6)** – Charles Schulz
698.**Dez (quase) amores** – Claudia Tajes
699.**Poirot sempre espera** – Agatha Christie
701.**Apologia de Sócrates** *precedido de* **Êutifron** e *seguido de* **Críton** – Platão
702.**Wood & Stock** – Angeli
703.**Striptiras (3)** – Laerte

704.**Discurso sobre a origem e os fundamentos da desigualdade entre os homens** – Rousseau
705.**Os duelistas** – Joseph Conrad
706.**Dilbert (2)** – Scott Adams
707.**Viver e escrever** (vol. 1) – Edla van Steen
708.**Viver e escrever** (vol. 2) – Edla van Steen
709.**Viver e escrever** (vol. 3) – Edla van Steen
710.**A teia da aranha** – Agatha Christie
711.**O banquete** – Platão
712.**Os belos e malditos** – F. Scott Fitzgerald
713.**Libelo contra a arte moderna** – Salvador Dalí
714.**Akropolis** – Valerio Massimo Manfredi
715.**Devoradores de mortos** – Michael Crichton
716.**Sob o sol da Toscana** – Frances Mayes
717.**Batom na cueca** – Nani
718.**Vida dura** – Claudia Tajes
719.**Carne trêmula** – Ruth Rendell
720.**Cris, a fera** – David Coimbra
721.**O anticristo** – Nietzsche
722.**Como um romance** – Daniel Pennac
723.**Emboscada no Forte Bragg** – Tom Wolfe
724.**Assédio sexual** – Michael Crichton
725.**O espírito do Zen** – Alan W. Watts
726.**Um bonde chamado desejo** – Tennessee Williams
727.**Como gostais** *seguido de* **Conto de inverno** – Shakespeare
728.**Tratado sobre a tolerância** – Voltaire
729.**Snoopy: Doces ou travessuras? (7)** – Charles Schulz
730.**Cardápios do Anonymus Gourmet** – J.A. Pinheiro Machado
731.**100 receitas com lata** – J.A. Pinheiro Machado
732.**Conhece o Mário?** vol.2 – Santiago
733.**Dilbert (3)** – Scott Adams
734.**História de um louco amor** *seguido de* **Passado amor** – Horacio Quiroga
735(11).**Sexo: muito prazer** – Laura Meyer da Silva
736(12).**Para entender o adolescente** – Dr. Ronald Pagnoncelli
737(13).**Desembarcando a tristeza** – Dr. Fernando Lucchese
738.**Poirot e o mistério da arca espanhola & outras histórias** – Agatha Christie
739.**A última legião** – Valerio Massimo Manfredi
741.**Sol nascente** – Michael Crichton
742.**Duzentos ladrões** – Dalton Trevisan
743.**Os devaneios do caminhante solitário** – Rousseau
744.**Garfield, o rei da preguiça (10)** – Jim Davis
745.**Os magnatas** – Charles R. Morris
746.**Pulp** – Charles Bukowski
747.**Enquanto agonizo** – William Faulkner
748.**Aline: viciada em sexo (3)** – Adão Iturrusgarai
749.**A dama do cachorrinho** – Anton Tchékhov
750.**Tito Andrônico** – Shakespeare
751.**Antologia poética** – Anna Akhmátova
752.**O melhor de Hagar 6** – Dik e Chris Browne
753(12).**Michelangelo** – Nadine Sautel
754.**Dilbert (4)** – Scott Adams
755.**O jardim das cerejeiras** *seguido de* **Tio Vânia** – Tchékhov
756.**Geração Beat** – Claudio Willer
757.**Santos Dumont** – Alcy Cheuiche
758.**Budismo** – Claude B. Levenson
759.**Cleópatra** – Christian-Georges Schwentzel
760.**Revolução Francesa** – Frédéric Bluche, Stéphane Rials e Jean Tulard
761.**A crise de 1929** – Bernard Gazier
762.**Sigmund Freud** – Edson Sousa e Paulo Endo
763.**Império Romano** – Patrick Le Roux
764.**Cruzadas** – Cécile Morrisson
765.**O mistério do Trem Azul** – Agatha Christie
768.**Senso comum** – Thomas Paine
769.**O parque dos dinossauros** – Michael Crichton
770.**Trilogia da paixão** – Goethe
773.**Snoopy: No mundo da lua! (8)** – Charles Schulz
774.**Os Quatro Grandes** – Agatha Christie
775.**Um brinde de cianureto** – Agatha Christie
776.**Súplicas atendidas** – Truman Capote
779.**A viúva imortal** – Millôr Fernandes
780.**Cabala** – Roland Goetschel
781.**Capitalismo** – Claude Jessua
782.**Mitologia grega** – Pierre Grimal
783.**Economia: 100 palavras-chave** – Jean-Paul Betbèze
784.**Marxismo** – Henri Lefebvre
785.**Punição para a inocência** – Agatha Christie
786.**A extravagância do morto** – Agatha Christie
787(13).**Cézanne** – Bernard Fauconnier
788.**A identidade Bourne** – Robert Ludlum
789.**Da tranquilidade da alma** – Sêneca
790.**Um artista da fome** *seguido de* **Na colônia penal e outras histórias** – Kafka
791.**Histórias de fantasmas** – Charles Dickens
796.**O Uraguai** – Basílio da Gama
797.**A mão misteriosa** – Agatha Christie
798.**Testemunha ocular do crime** – Agatha Christie
799.**Crepúsculo dos ídolos** – Friedrich Nietzsche
802.**O grande golpe** – Dashiell Hammett
803.**Humor barra pesada** – Nani
804.**Vinho** – Jean-François Gautier
805.**Egito Antigo** – Sophie Desplancques
806(14).**Baudelaire** – Jean-Baptiste Baronian
807.**Caminho da sabedoria, caminho da paz** – Dalai Lama e Felizitas von Schönborn
808.**Senhor e servo e outras histórias** – Tolstói
809.**Os cadernos de Malte Laurids Brigge** – Rilke
810.**Dilbert (5)** – Scott Adams
811.**Big Sur** – Jack Kerouac
812.**Seguindo a correnteza** – Agatha Christie
813.**O álibi** – Sandra Brown
814.**Montanha-russa** – Martha Medeiros
815.**Coisas da vida** – Martha Medeiros
816.**A cantada infalível** *seguido de* **A mulher do centroavante** – David Coimbra
819.**Snoopy: Pausa para a soneca (9)** – Charles Schulz
820.**De pernas pro ar** – Eduardo Galeano

821.**Tragédias gregas** – Pascal Thiercy
822.**Existencialismo** – Jacques Colette
823.**Nietzsche** – Jean Granier
824.**Amar ou depender?** – Walter Riso
825.**Darmapada: A doutrina budista em versos**
826.**J'Accuse...! – a verdade em marcha** – Zola
827.**Os crimes ABC** – Agatha Christie
828.**Um gato entre os pombos** – Agatha Christie
831.**Dicionário de teatro** – Luiz Paulo Vasconcellos
832.**Cartas extraviadas** – Martha Medeiros
833.**A longa viagem de prazer** – J. J. Morosoli
834.**Receitas fáceis** – J. A. Pinheiro Machado
835.(14).**Mais fatos & mitos** – Dr. Fernando Lucchese
836.(15).**Boa viagem!** – Dr. Fernando Lucchese
837.**Aline: Finalmente nua!!!** (4) – Adão Iturrusgarai
838.**Mônica tem uma novidade!** – Mauricio de Sousa
839.**Cebolinha em apuros!** – Mauricio de Sousa
840.**Sócios no crime** – Agatha Christie
841.**Bocas do tempo** – Eduardo Galeano
842.**Orgulho e preconceito** – Jane Austen
843.**Impressionismo** – Dominique Lobstein
844.**Escrita chinesa** – Viviane Alleton
845.**Paris: uma história** – Yvan Combeau
846(15).**Van Gogh** – David Haziot
848.**Portal do destino** – Agatha Christie
849.**O futuro de uma ilusão** – Freud
850.**O mal-estar na cultura** – Freud
853.**Um crime adormecido** – Agatha Christie
854.**Satori em Paris** – Jack Kerouac
855.**Medo e delírio em Las Vegas** – Hunter Thompson
856.**Um negócio fracassado e outros contos de humor** – Tchékhov
857.**Mônica está de férias!** – Mauricio de Sousa
858.**De quem é esse coelho?** – Mauricio de Sousa
860.**O mistério Sittaford** – Agatha Christie
861.**Manhã transfigurada** – L. A. de Assis Brasil
862.**Alexandre, o Grande** – Pierre Briant
863.**Jesus** – Charles Perrot
864.**Islã** – Paul Balta
865.**Guerra da Secessão** – Farid Ameur
866.**Um rio que vem da Grécia** – Cláudio Moreno
868.**Assassinato na casa do pastor** – Agatha Christie
869.**Manual do líder** – Napoleão Bonaparte
870(16).**Billie Holiday** – Sylvia Fol
871.**Bidu arrasando!** – Mauricio de Sousa
872.**Os Sousa: Desventuras em família** – Mauricio de Sousa
874.**E no final a morte** – Agatha Christie
875.**Guia prático do Português correto – vol. 4** – Cláudio Moreno
876.**Dilbert (6)** – Scott Adams
877(17).**Leonardo da Vinci** – Sophie Chauveau
878.**Bella Toscana** – Frances Mayes
879.**A arte da ficção** – David Lodge
880.**Striptiras (4)** – Laerte
881.**Skrotinhos** – Angeli
882.**Depois do funeral** – Agatha Christie
883.**Radicci 7** – Iotti
884.**Walden** – H. D. Thoreau
885.**Lincoln** – Allen C. Guelzo
886.**Primeira Guerra Mundial** – Michael Howard
887.**A linha de sombra** – Joseph Conrad
888.**O amor é um cão dos diabos** – Bukowski
890.**Despertar: uma vida de Buda** – Jack Kerouac
891(18).**Albert Einstein** – Laurent Seksik
892.**Hell's Angels** – Hunter Thompson
893.**Ausência na primavera** – Agatha Christie
894.**Dilbert (7)** – Scott Adams
895.**Ao sul de lugar nenhum** – Bukowski
896.**Maquiavel** – Quentin Skinner
897.**Sócrates** – C.C.W. Taylor
899.**O Natal de Poirot** – Agatha Christie
900.**As veias abertas da América Latina** – Eduardo Galeano
901.**Snoopy: Sempre alerta! (10)** – Charles Schulz
902.**Chico Bento: Plantando confusão** – Mauricio de Sousa
903.**Penadinho: Quem é morto sempre aparece** – Mauricio de Sousa
904.**A vida sexual da mulher feia** – Claudia Tajes
905.**100 segredos de liquidificador** – José Antonio Pinheiro Machado
906.**Sexo muito prazer 2** – Laura Meyer da Silva
907.**Os nascimentos** – Eduardo Galeano
908.**As caras e as máscaras** – Eduardo Galeano
909.**O século do vento** – Eduardo Galeano
910.**Poirot perde uma cliente** – Agatha Christie
911.**Cérebro** – Michael O'Shea
912.**O escaravelho de ouro e outras histórias** – Edgar Allan Poe
913.**Piadas para sempre (4)** – Visconde da Casa Verde
914.**100 receitas de massas light** – Helena Tonetto
915(19).**Oscar Wilde** – Daniel Salvatore Schiffer
916.**Uma breve história do mundo** – H. G. Wells
917.**A Casa do Penhasco** – Agatha Christie
919.**John M. Keynes** – Bernard Gazier
920(20).**Virginia Woolf** – Alexandra Lemasson
921.**Peter e Wendy** *seguido de* **Peter Pan em Kensington Gardens** – J. M. Barrie
922.**Aline: numas de colegial (5)** – Adão Iturrusgarai
923.**Uma dose mortal** – Agatha Christie
924.**Os trabalhos de Hércules** – Agatha Christie
926.**Kant** – Roger Scruton
927.**A inocência do Padre Brown** – G.K. Chesterton
928.**Casa Velha** – Machado de Assis
929.**Marcas de nascença** – Nancy Huston
930.**Aulete de bolso**
931.**Hora Zero** – Agatha Christie
932.**Morte na Mesopotâmia** – Agatha Christie
934.**Nem te conto, João** – Dalton Trevisan
935.**As aventuras de Huckleberry Finn** – Mark Twain
936(21).**Marilyn Monroe** – Anne Plantagenet
937.**China moderna** – Rana Mitter
938.**Dinossauros** – David Norman
939.**Louca por homem** – Claudia Tajes
940.**Amores de alto risco** – Walter Riso

941.**Jogo de damas** – David Coimbra
942.**Filha é filha** – Agatha Christie
943.**M ou N?** – Agatha Christie
945.**Bidu: diversão em dobro!** – Mauricio de Sousa
946.**Fogo** – Anaïs Nin
947.**Rum: diário de um jornalista bêbado** – Hunter Thompson
948.**Persuasão** – Jane Austen
949.**Lágrimas na chuva** – Sergio Faraco
950.**Mulheres** – Bukowski
951.**Um pressentimento funesto** – Agatha Christie
952.**Cartas na mesa** – Agatha Christie
954.**O lobo do mar** – Jack London
955.**Os gatos** – Patricia Highsmith
956(22).**Jesus** – Christiane Rancé
957.**História da medicina** – William Bynum
958.**O Morro dos Ventos Uivantes** – Emily Brontë
959.**A filosofia na era trágica dos gregos** – Nietzsche
960.**Os treze problemas** – Agatha Christie
961.**A massagista japonesa** – Moacyr Scliar
963.**Humor do miserê** – Nani
964.**Todo o mundo tem dúvida, inclusive você** – Édison de Oliveira
965.**A dama do Bar Nevada** – Sergio Faraco
969.**O psicopata americano** – Bret Easton Ellis
970.**Ensaios de amor** – Alain de Botton
971.**O grande Gatsby** – F. Scott Fitzgerald
972.**Por que não sou cristão** – Bertrand Russell
973.**A Casa Torta** – Agatha Christie
974.**Encontro com a morte** – Agatha Christie
975(23).**Rimbaud** – Jean-Baptiste Baronian
976.**Cartas na rua** – Bukowski
977.**Memória** – Jonathan K. Foster
978.**A abadia de Northanger** – Jane Austen
979.**As pernas de Úrsula** – Claudia Tajes
980.**Retrato inacabado** – Agatha Christie
981.**Solanin (1)** – Inio Asano
982.**Solanin (2)** – Inio Asano
983.**Aventuras de menino** – Mitsuru Adachi
984(16).**Fatos & mitos sobre sua alimentação** – Dr. Fernando Lucchese
985.**Teoria quântica** – John Polkinghorne
986.**O eterno marido** – Fiódor Dostoiévski
987.**Um safado em Dublin** – J. P. Donleavy
988.**Mirinha** – Dalton Trevisan
989.**Akhenaton e Nefertiti** – Carmen Seganfredo e A. S. Franchini
990.**On the Road – o manuscrito original** – Jack Kerouac
991.**Relatividade** – Russell Stannard
992.**Abaixo de zero** – Bret Easton Ellis
993(24).**Andy Warhol** – Mériam Korichi
995.**Os últimos casos de Miss Marple** – Agatha Christie
996.**Nico Demo: Aí vem encrenca** – Mauricio de Sousa
998.**Rousseau** – Robert Wokler
999.**Noite sem fim** – Agatha Christie
1000.**Diários de Andy Warhol (1)** – Editado por Pat Hackett
1001.**Diários de Andy Warhol (2)** – Editado por Pat Hackett
1002.**Cartier-Bresson: o olhar do século** – Pierre Assouline
1003.**As melhores histórias da mitologia: vol. 1** – A.S. Franchini e Carmen Seganfredo
1004.**As melhores histórias da mitologia: vol. 2** – A.S. Franchini e Carmen Seganfredo
1005.**Assassinato no beco** – Agatha Christie
1006.**Convite para um homicídio** – Agatha Christie
1008.**História da vida** – Michael J. Benton
1009.**Jung** – Anthony Stevens
1010.**Arsène Lupin, ladrão de casaca** – Maurice Leblanc
1011.**Dublinenses** – James Joyce
1012.**120 tirinhas da Turma da Mônica** – Mauricio de Sousa
1013.**Antologia poética** – Fernando Pessoa
1014.**A aventura de um cliente ilustre** ***seguido de*** **O último adeus de Sherlock Holmes** – Sir Arthur Conan Doyle
1015.**Cenas de Nova York** – Jack Kerouac
1016.**A corista** – Anton Tchékhov
1017.**O diabo** – Leon Tolstói
1018.**Fábulas chinesas** – Sérgio Capparelli e Márcia Schmaltz
1019.**O gato do Brasil** – Sir Arthur Conan Doyle
1020.**Missa do Galo** – Machado de Assis
1021.**O mistério de Marie Rogêt** – Edgar Allan Poe
1022.**A mulher mais linda da cidade** – Bukowski
1023.**O retrato** – Nicolai Gogol
1024.**O conflito** – Agatha Christie
1025.**Os primeiros casos de Poirot** – Agatha Christie
1027(25).**Beethoven** – Bernard Fauconnier
1028.**Platão** – Julia Annas
1029.**Cleo e Daniel** – Roberto Freire
1030.**Til** – José de Alencar
1031.**Viagens na minha terra** – Almeida Garrett
1032.**Profissões para mulheres e outros artigos feministas** – Virginia Woolf
1033.**Mrs. Dalloway** – Virginia Woolf
1034.**O cão da morte** – Agatha Christie
1035.**Tragédia em três atos** – Agatha Christie
1037.**O fantasma da Ópera** – Gaston Leroux
1038.**Evolução** – Brian e Deborah Charlesworth
1039.**Medida por medida** – Shakespeare
1040.**Razão e sentimento** – Jane Austen
1041.**A obra-prima ignorada** ***seguido de*** **Um episódio durante o Terror** – Balzac
1042.**A fugitiva** – Anaïs Nin
1043.**As grandes histórias da mitologia greco-romana** – A. S. Franchini
1044.**O corno de si mesmo & outras historietas** – Marquês de Sade
1045.**Da felicidade** ***seguido de*** **Da vida retirada** – Sêneca
1046.**O horror em Red Hook e outras histórias** – H. P. Lovecraft
1047.**Noite em claro** – Martha Medeiros
1048.**Poemas clássicos chineses** – Li Bai, Du Fu e Wang Wei
1049.**A terceira moça** – Agatha Christie

1050.**Um destino ignorado** – Agatha Christie
1051(26).**Buda** – Sophie Royer
1052.**Guerra Fria** – Robert J. McMahon
1053.**Simons's Cat: as aventuras de um gato travesso e comilão – vol. 1** – Simon Tofield
1054.**Simons's Cat: as aventuras de um gato travesso e comilão – vol. 2** – Simon Tofield
1055.**Só as mulheres e as baratas sobreviverão** – Claudia Tajes
1057.**Pré-história** – Chris Gosden
1058.**Pintou sujeira!** – Mauricio de Sousa
1059.**Contos de Mamãe Gansa** – Charles Perrault
1060.**A interpretação dos sonhos: vol. 1** – Freud
1061.**A interpretação dos sonhos: vol. 2** – Freud
1062.**Frufru Rataplã Dolores** – Dalton Trevisan
1063.**As melhores histórias da mitologia egípcia** – Carmem Seganfredo e A.S. Franchini
1064.**Infância. Adolescência. Juventude** – Tolstói
1065.**As consolações da filosofia** – Alain de Botton
1066.**Diários de Jack Kerouac – 1947-1954**
1067.**Revolução Francesa – vol. 1** – Max Gallo
1068.**Revolução Francesa – vol. 2** – Max Gallo
1069.**O detetive Parker Pyne** – Agatha Christie
1070.**Memórias do esquecimento** – Flávio Tavares
1071.**Drogas** – Leslie Iversen
1072.**Manual de ecologia (vol.2)** – J. Lutzenberger
1073.**Como andar no labirinto** – Affonso Romano de Sant'Anna
1074.**A orquídea e o serial killer** – Juremir Machado da Silva
1075.**Amor nos tempos de fúria** – Lawrence Ferlinghetti
1076.**A aventura do pudim de Natal** – Agatha Christie
1078.**Amores que matam** – Patricia Faur
1079.**Histórias de pescador** – Mauricio de Sousa
1080.**Pedaços de um caderno manchado de vinho** – Bukowski
1081.**A ferro e fogo: tempo de solidão (vol.1)** – Josué Guimarães
1082.**A ferro e fogo: tempo de guerra (vol.2)** – Josué Guimarães
1084(17).**Desembarcando o Alzheimer** – Dr. Fernando Lucchese e Dra. Ana Hartmann
1085.**A maldição do espelho** – Agatha Christie
1086.**Uma breve história da filosofia** – Nigel Warburton
1088.**Heróis da História** – Will Durant
1089.**Concerto campestre** – L. A. de Assis Brasil
1090.**Morte nas nuvens** – Agatha Christie
1092.**Aventura em Bagdá** – Agatha Christie
1093.**O cavalo amarelo** – Agatha Christie
1094.**O método de interpretação dos sonhos** – Freud
1095.**Sonetos de amor e desamor** – Vários
1096.**120 tirinhas do Dilbert** – Scott Adams
1097.**200 fábulas de Esopo**
1098.**O curioso caso de Benjamin Button** – F. Scott Fitzgerald
1099.**Piadas para sempre: uma antologia para morrer de rir** – Visconde da Casa Verde
1100.**Hamlet (Mangá)** – Shakespeare
1101.**A arte da guerra (Mangá)** – Sun Tzu
1104.**As melhores histórias da Bíblia (vol.1)** – A. S. Franchini e Carmen Seganfredo
1105.**As melhores histórias da Bíblia (vol.2)** – A. S. Franchini e Carmen Seganfredo
1106.**Psicologia das massas e análise do eu** – Freud
1107.**Guerra Civil Espanhola** – Helen Graham
1108.**A autoestrada do sul e outras histórias** – Julio Cortázar
1109.**O mistério dos sete relógios** – Agatha Christie
1110.**Peanuts: Ninguém gosta de mim... (amor)** – Charles Schulz
1111.**Cadê o bolo?** – Mauricio de Sousa
1112.**O filósofo ignorante** – Voltaire
1113.**Totem e tabu** – Freud
1114.**Filosofia pré-socrática** – Catherine Osborne
1115.**Desejo de status** – Alain de Botton
1118.**Passageiro para Frankfurt** – Agatha Christie
1120.**Kill All Enemies** – Melvin Burgess
1121.**A morte da sra. McGinty** – Agatha Christie
1122.**Revolução Russa** – S. A. Smith
1123.**Até você, Capitu?** – Dalton Trevisan
1124.**O grande Gatsby (Mangá)** – F. S. Fitzgerald
1125.**Assim falou Zaratustra (Mangá)** – Nietzsche
1126. **Peanuts: É para isso que servem os amigos (amizade)** – Charles Schulz
1127(27).**Nietzsche** – Dorian Astor
1128.**Bidu: Hora do banho** – Mauricio de Sousa
1129.**O melhor do Macanudo Taurino** – Santiago
1130.**Radicci 30 anos** – Iotti
1131.**Show de sabores** – J.A. Pinheiro Machado
1132.**O prazer das palavras** – vol. 3 – Cláudio Moreno
1133.**Morte na praia** – Agatha Christie
1134.**O fardo** – Agatha Christie
1135.**Manifesto do Partido Comunista (Mangá)** – Marx & Engels
1136.**A metamorfose (Mangá)** – Franz Kafka
1137.**Por que você não se casou... ainda** – Tracy McMillan
1138.**Textos autobiográficos** – Bukowski
1139.**A importância de ser prudente** – Oscar Wilde
1140.**Sobre a vontade na natureza** – Arthur Schopenhauer
1141.**Dilbert (8)** – Scott Adams
1142.**Entre dois amores** – Agatha Christie
1143.**Cipreste triste** – Agatha Christie
1144.**Alguém viu uma assombração?** – Mauricio de Sousa
1145.**Mandela** – Elleke Boehmer
1146.**Retrato do artista quando jovem** – James Joyce
1147.**Zadig ou o destino** – Voltaire
1148.**O contrato social (Mangá)** – J.-J. Rousseau
1149.**Garfield fenomenal** – Jim Davis
1150.**A queda da América** – Allen Ginsberg
1151.**Música na noite & outros ensaios** – Aldous Huxley
1152.**Poesias inéditas & Poemas dramáticos** – Fernando Pessoa
1153.**Peanuts: Felicidade é...** – Charles M. Schulz

1154.**Mate-me por favor** – Legs McNeil e Gillian McCain
1155.**Assassinato no Expresso Oriente** – Agatha Christie
1156.**Um punhado de centeio** – Agatha Christie
1157.**A interpretação dos sonhos (Mangá)** – Freud
1158.**Peanuts: Você não entende o sentido da vida** – Charles M. Schulz
1159.**A dinastia Rothschild** – Herbert R. Lottman
1160.**A Mansão Hollow** – Agatha Christie
1161.**Nas montanhas da loucura** – H.P. Lovecraft
1162(28).**Napoleão Bonaparte** – Pascale Fautrier
1163.**Um corpo na biblioteca** – Agatha Christie
1164.**Inovação** – Mark Dodgson e David Gann
1165.**O que toda mulher deve saber sobre os homens: a afetividade masculina** – Walter Riso
1166.**O amor está no ar** – Mauricio de Sousa
1167.**Testemunha de acusação & outras histórias** – Agatha Christie
1168.**Etiqueta de bolso** – Celia Ribeiro
1169.**Poesia reunida (volume 3)** – Affonso Romano de Sant'Anna
1170.**Emma** – Jane Austen
1171.**Que seja em segredo** – Ana Miranda
1172.**Garfield sem apetite** – Jim Davis
1173.**Garfield: Foi mal...** – Jim Davis
1174.**Os irmãos Karamázov (Mangá)** – Dostoiévski
1175.**O Pequeno Príncipe** – Antoine de Saint-Exupéry
1176.**Peanuts: Ninguém mais tem o espírito aventureiro** – Charles M. Schulz
1177.**Assim falou Zaratustra** – Nietzsche
1178.**Morte no Nilo** – Agatha Christie
1179.**Ê, soneca boa** – Mauricio de Sousa
1180.**Garfield a todo o vapor** – Jim Davis
1181.**Em busca do tempo perdido (Mangá)** – Proust
1182.**Cai o pano: o último caso de Poirot** – Agatha Christie
1183.**Livro para colorir e relaxar** – Livro 1
1184.**Para colorir sem parar**
1185.**Os elefantes não esquecem** – Agatha Christie
1186.**Teoria da relatividade** – Albert Einstein
1187.**Compêndio da psicanálise** – Freud
1188.**Visões de Gerard** – Jack Kerouac
1189.**Fim de verão** – Mohiro Kitoh
1190.**Procurando diversão** – Mauricio de Sousa
1191.**E não sobrou nenhum e outras peças** – Agatha Christie
1192.**Ansiedade** – Daniel Freeman & Jason Freeman
1193.**Garfield: pausa para o almoço** – Jim Davis
1194.**Contos do dia e da noite** – Guy de Maupassant
1195.**O melhor de Hagar 7** – Dik Browne
1196(29).**Lou Andreas-Salomé** – Dorian Astor
1197(30).**Pasolini** – René de Ceccatty
1198.**O caso do Hotel Bertram** – Agatha Christie
1199.**Crônicas de motel** – Sam Shepard
1200.**Pequena filosofia da paz interior** – Catherine Rambert
1201.**Os sertões** – Euclides da Cunha
1202.**Treze à mesa** – Agatha Christie
1203.**Bíblia** – John Riches
1204.**Anjos** – David Albert Jones
1205.**As tirinhas do Guri de Uruguaiana 1** – Jair Kobe
1206.**Entre aspas (vol.1)** – Fernando Eichenberg
1207.**Escrita** – Andrew Robinson
1208.**O spleen de Paris: pequenos poemas em prosa** – Charles Baudelaire
1209.**Satíricon** – Petrônio
1210.**O avarento** – Molière
1211.**Queimando na água, afogando-se na chama** – Bukowski
1212.**Miscelânea septuagenária: contos e poemas** – Bukowski
1213.**Que filosofar é aprender a morrer e outros ensaios** – Montaigne
1214.**Da amizade e outros ensaios** – Montaigne
1215.**O medo à espreita e outras histórias** – H.P. Lovecraft
1216.**A obra de arte na era de sua reprodutibilidade técnica** – Walter Benjamin
1217.**Sobre a liberdade** – John Stuart Mill
1218.**O segredo de Chimneys** – Agatha Christie
1219.**Morte na rua Hickory** – Agatha Christie
1220.**Ulisses (Mangá)** – James Joyce
1221.**Ateísmo** – Julian Baggini
1222.**Os melhores contos de Katherine Mansfield** – Katherine Mansfied
1223(31).**Martin Luther King** – Alain Foix
1224.**Millôr Definitivo: uma antologia de *A Bíblia do Caos*** – Millôr Fernandes
1225.**O Clube das Terças-Feiras e outras histórias** – Agatha Christie
1226.**Por que sou tão sábio** – Nietzsche
1227.**Sobre a mentira** – Platão
1228.**Sobre a leitura *seguido do* Depoimento de Céleste Albaret** – Proust
1229.**O homem do terno marrom** – Agatha Christie
1230(32).**Jimi Hendrix** – Franck Médioni
1231.**Amor e amizade e outras histórias** – Jane Austen
1232.**Lady Susan, Os Watson e Sanditon** – Jane Austen
1233.**Uma breve história da ciência** – William Bynum
1234.**Macunaíma: o herói sem nenhum caráter** – Mário de Andrade
1235.**A máquina do tempo** – H.G. Wells
1236.**O homem invisível** – H.G. Wells
1237.**Os 36 estratagemas: manual secreto da arte da guerra** – Anônimo
1238.**A mina de ouro e outras histórias** – Agatha Christie
1239.**Pic** – Jack Kerouac
1240.**O habitante da escuridão e outros contos** – H.P. Lovecraft
1241.**O chamado de Cthulhu e outros contos** – H.P. Lovecraft

1242.**O melhor de Meu reino por um cavalo!** – Edição de Ivan Pinheiro Machado
1243.**A guerra dos mundos** – H.G. Wells
1244.**O caso da criada perfeita e outras histórias** – Agatha Christie
1245.**Morte por afogamento e outras histórias** – Agatha Christie
1246.**Assassinato no Comitê Central** – Manuel Vázquez Montalbán
1247.**O papai é pop** – Marcos Piangers
1248.**O papai é pop 2** – Marcos Piangers
1249.**A mamãe é rock** – Ana Cardoso
1250.**Paris boêmia** – Dan Franck
1251.**Paris libertária** – Dan Franck
1252.**Paris ocupada** – Dan Franck
1253.**Uma anedota infame** – Dostoiévski
1254.**O último dia de um condenado** – Victor Hugo
1255.**Nem só de caviar vive o homem** – J.M. Simmel
1256.**Amanhã é outro dia** – J.M. Simmel
1257.**Mulherzinhas** – Louisa May Alcott
1258.**Reforma Protestante** – Peter Marshall
1259.**História econômica global** – Robert C. Allen
1260(33).**Che Guevara** – Alain Foix
1261.**Câncer** – Nicholas James
1262.**Akhenaton** – Agatha Christie
1263.**Aforismos para a sabedoria de vida** – Arthur Schopenhauer
264.**Uma história do mundo** – David Coimbra
265.**Ame e não sofra** – Walter Riso
266.**Desapegue-se!** – Walter Riso
267.**Os Sousa: Uma famíla do barulho** – Mauricio de Sousa
268.**Nico Demo: O rei da travessura** – Mauricio de Sousa
269.**Testemunha de acusação e outras peças** – Agatha Christie
70(34).**Dostoiévski** – Virgil Tanase
71.**O melhor de Hagar 8** – Dik Browne
72.**O melhor de Hagar 9** – Dik Browne
73.**O melhor de Hagar 10** – Dik e Chris Browne
74.**Considerações sobre o governo representativo** – John Stuart Mill
5.**O homem Moisés e a religião monoteísta** – Freud
6.**Inibição, sintoma e medo** – Freud
7.**Além do princípio de prazer** – Freud
8.**O direito de dizer não!** – Walter Riso
9.**A arte de ser flexível** – Walter Riso
0.**Casados e descasados** – August Strindberg
1.**Da Terra à Lua** – Júlio Verne
2.**Minhas galerias e meus pintores** – Kahnweiler
3.**A arte do romance** – Virginia Woolf
4.**Teatro completo v. 1: As aves da noite** *seguido de* **O visitante** – Hilda Hilst
5.**Teatro completo v. 2: O verdugo** *seguido de* **A morte do patriarca** – Hilda Hilst
6.**Teatro completo v. 3: O rato no muro** *seguido de* **Auto da barca de Camiri** – Hilda Hilst
7.**Teatro completo v. 4: A empresa** *seguido de* **O novo sistema** – Hilda Hilst
1288.**Sapiens: Uma breve história da humanidade** – Yuval Noah Harari
1289.**Fora de mim** – Martha Medeiros
1290.**Divã** – Martha Medeiros
1291.**Sobre a genealogia da moral: um escrito polêmico** – Nietzsche
1292.**A consciência de Zeno** – Italo Svevo
1293.**Células-tronco** – Jonathan Slack
1294.**O fim do ciúme e outros contos** – Proust
1295.**A jangada** – Júlio Verne
1296.**A ilha do dr. Moreau** – H.G. Wells
1297.**Ninho de fidalgos** – Ivan Turguêniev
1298.**Jane Eyre** – Charlotte Brontë
1299.**Sobre gatos** – Bukowski
1300.**Sobre o amor** – Bukowski
1301.**Escrever para não enlouquecer** – Bukowski
1302.**222 receitas** – J. A. Pinheiro Machado
1303.**Reinações de Narizinho** – Monteiro Lobato
1304.**O Saci** – Monteiro Lobato
1305.**Memórias da Emília** – Monteiro Lobato
1306.**O Picapau Amarelo** – Monteiro Lobato
1307.**A reforma da Natureza** – Monteiro Lobato
1308.**Fábulas** *seguido de* **Histórias diversas** – Monteiro Lobato
1309.**Aventuras de Hans Staden** – Monteiro Lobato
1310.**Peter Pan** – Monteiro Lobato
1311.**Dom Quixote das crianças** – Monteiro Lobato
1312.**O Minotauro** – Monteiro Lobato
1313.**Um quarto só seu** – Virginia Woolf
1314.**Sonetos** – Shakespeare
1315(35).**Thoreau** – Marie Berthoumieu e Laura El Makki
1316.**Teoria da arte** – Cynthia Freeland
1317.**A arte da prudência** – Baltasar Gracián
1318.**O louco** *seguido de* **Areia e espuma** – Khalil Gibran
1319.**O profeta** *seguido de* **O jardim do profeta** – Khalil Gibran
1320.**Jesus, o Filho do Homem** – Khalil Gibran
1321.**A luta** – Norman Mailer
1322.**Sobre o sofrimento do mundo e outros ensaios** – Schopenhauer
1323.**Epidemiologia** – Rodolfo Saracci
1324.**Japão moderno** – Christopher Goto-Jones
1325.**A arte da meditação** – Matthieu Ricard
1326.**O adversário secreto** – Agatha Christie
1327.**Pollyanna** – Eleanor H. Porter
1328.**Espelhos** – Eduardo Galeano
1329.**A Vênus das peles** – Sacher-Masoch
1330.**O 18 de brumário de Luís Bonaparte** – Karl Marx
1331.**Um jogo para os vivos** – Patricia Highsmith
1332.**A tristeza pode esperar** – J.J. Camargo
1333.**Vinte poemas de amor e uma canção desesperada** – Pablo Neruda
1334.**Judaísmo** – Norman Solomon
1335.**Esquizofrenia** – Christopher Frith & Eve Johnstone
1336.**Seis personagens em busca de um autor** – Luigi Pirandello

IMPRESSÃO:

PALLOTTI
GRÁFICA

Santa Maria - RS | Fone: (55) 3220.4500
www.graficapallotti.com.br